徳間文庫

ワーキングガール・ウォーズ

柴田よしき

徳間書店

目次

ピンクネイル・ジャーニー

1

今日の爪《つめ》もベージュ。

そして神林《かんばやし》の爪は、アーミーグリーンだった。あたしは本当に驚いた。神林の勇気にではなくて、そういう色のマニキュアを売っているんだ、ということに。

「神林さん」

あたしは脊髄《せきずい》反射で意地の悪い声を出していた。

「ちょっと」

神林麻美《まみ》。去年の新入社員。露骨にふてくされた顔になる。たった一年で、あたしに対して平然とそういう顔をするようになった。

「なんでしょうか」

ハナから反抗的な声を出す。見下すように、あたしの顔の前、机ぎりぎりのところに立つ。

「先週出して貰《もら》った企画書ね」

「はい」

「金曜日の企画会議にこのまま出すのは無理だと思う。練り直して」

「どこが悪いんですか？」

神林は怒りに満ちた瞳《ひとみ》を見開いていた。

「課長はいいアイデアだって誉《ほ》めてくれましたよ」

「アイデアはね」

あたしはゆっくり頷《うなず》いた。

「アイデアはとってもいいわよ。でもね、予算がかかり過ぎるのよ」

「概算で見積もりは出しましたよ。二千万ちょっとですよ。そのくらいも出せないってことですか？　予算は二千万前後って言ってたじゃないですか。たった百万かそこら出たくらいで……」

「見積もり、計算違いしてるのよ」

あたしは慈愛溢《あふ》れる表情に見えると効果的なんだけど、と思いながら微笑《ほほえ》んだ。

「ここのとこ。ね？　足し算が間違ってるの。ほら。三足す八で十一、一おいて十は繰り上がり、なのに、繰り上がってないから……正しい答えは三千百七十万。企画書の段階で一千万も予算オーバーするとなるとね、実際にはもっと経費がかかるわけだから、会議の出席者を説得するのは難しいでしょ。このアイデアで削れる予算はないか見直してみて。それから、暗算じゃなくて紙に書いて計算するといいわよ、ケタの多い足し算は。電卓の使い方がわからないんなら小林《こばやし》くんにでも訊《き》いてね」

神林は返事をせずにあたしの手から企画書をひったくって自分の席に戻った。

あたしは、アーミーグリーンの爪のことで嫌味を言うのを忘れたことに気づいて心の中で舌打ちした。まあいいや。神林はアホだから、また機会はある。


ランチタイムになると、フロアからはサッと人気が消える。派遣社員の畑中《はたなか》と岩村《いわむら》はランチタイムをずらしてとることになっているので、フロアに残って電話番をしながらパソコンのキーを叩《たた》いている。二人はあたしに関心がないが、敵意も抱いていないように思える。たぶん、二人は他の社員から除《の》け者にされているのだろう。あたしも昔は、派遣の子をいじめて鬱憤《うっぷん》晴らしをしていたことがあったっけ。あの頃はバブルで、その気になれば就職なんて簡単で、それでも派遣でいる女の子というのは、あたしたちには人生に目標があるの、と言ってはばからない嫌なやつらだった。やれアメリカ留学だ、通訳検定だ、あげくのはては、作家になりたいなんて寝言を並べているバカもいた。残業もせず飲み会にも出ず、簡単な仕事をやって男性社員に愛想を振りまいて、それで手取りはあたしたちとほとんど変わらない、いや、多かったかも知れない。もちろん彼女たちにはボーナスはなかったから、年に二回だけは溜飲《りゅういん》を下げた気分に浸れたけれど、結局のところ、親と暮して家賃も生活費も限りなくタダに近い子にはリッチ度で勝てるわけもなく、きりきりしているうちに目標の貯金ができたとか契約が満了したとか仕事に飽きたとか好き勝手な理由で消えてしまうので、優越感をおぼえている暇がない。そんなこんなしている内にバブルが弾《はじ》けて、派遣の子たちも貧相になり、正社員はもっと貧相になってしまった。あの頃のことは、今では懐《なつ》かしい思い出なのだ。今、派遣で来る子たちはほとんど例外なく、正社員になりたいのに就職口が見つからない子ばかりで、いじめようと思えるような対象ではなかった。畑中も岩村も、休憩時間に就職情報誌ばかり熱心に読んでいる。

何もかも、湿って鬱陶《うっとう》しかった。喉《のど》が弱いからと次長が公私混同でフロアに置いた加湿器のせいばかりではなく、窓ガラスを叩く氷雨《ひさめ》のせいばかりでもない。あたしのせいらしい。

陰口、というほどもはや小さくもない悪評はとっくに耳に届いている。このフロアが陰気なのもこの会社が働きにくいのも、日本が不況なのも、全部、あたしのせいらしい。

ひとりぼっちのランチタイムなんてもう慣れっこで、別に困ることも悩むこともなく、あたしは財布とケータイとハンカチとティッシュだけ入れたプチ・バッグをぶらぶらさせて、新しくできた高層ビルのドーム付きプロムナードを歩いて行く。こうしたハイテク設備に固められた高層ビルをひと昔前はインテリジェント・ビルとかなんとか呼んでいたみたいだが、なんとなく語感が嫌味なせいか巷《ちまた》に定着したようには思えない。今も昔も、高層ビルは高層ビル。四十二階まであるのだからそれがいちばんしっくり来る。飲食店が入っているのは主に地下と二階。一階には大きな書店と喫茶店、それに旅行社か。本は昨日買ったばかりの文庫本がまだ手つかずだし、今日は喫茶店のランチ定食の気分ではなかった。地下か二階。地下には日本蕎麦《そば》と飲茶《ヤムチャ》と創作パスタ、とんかつ屋、クレープとピザの店。二階は南欧料理、懐石、讃岐《さぬき》うどん、イタリアン・カフェ、四川《しせん》料理、本格インドカレー。日本人の胃袋には節操というものがない、という言葉を誰かのエッセイで見かけたのを思い出した。何がいい？　どこにする？　あたしは、自分の胃に訊いてみる。どの店に入っても居心地の悪さはきっと一緒だ。女がひとりでランチを食べているというだけで、そこには悲哀の匂《にお》いが漂う惨《みじ》めな空間が生まれてしまう。もちろん、あたしは気にしてなどいなかった。気にしていた時期はとうの昔に過ぎ去ったから。

三十七歳。未婚。入社十四年と十ヵ月。それがどうした？

胃が返事した。うどんでいい。ゆうべ、寝酒を少しばかり飲み過ぎたのが今頃になって効いているから。おかしな胃袋だ。あたしは笑いながらエスカレーターを上がる。今朝はなんともなくて、いつものようにシリアルに牛乳をかけてバナナを一本添えて、コーヒーはブラックでちゃんと飲み干したのに。ＮＨＫの朝の連ドラを見ながら、ちゃんと。

大学四年間は学生寮で我慢した。寮には一人部屋がなくて、一年毎《ごと》にルームメイトが替わった。学生寮に一年以上いる女子学生は少なかった。寮は埼玉にあって、学校まで一時間かかった。入学の時は親の要望で門限のある女子寮に渋々入った田舎のお嬢さんたちは、だいたい一年後には男をつくって寮生活に不自由を感じ、学校が遠くて授業に出るのが大変なの、こっちは電車のラッシュが凄《すご》いのよ、と電話で愚痴《ぐち》って一人暮しを親に承諾させて出て行った。同じ手はもちろん、あたしも使ってみた。でももともと東京なんかに出ること自体に反対で、田舎の公務員夫婦で下に弟もいる経済状況を抱えた両親は、うん、とは言ってくれない。最後には、それだけじゃないの、毎日電車で痴漢に……、と切り札を出してみたけれど、辛《つら》そうな母親の声がこう囁《ささや》いただけだった。掌《てのひら》に画鋲《がびょう》を握り込んでおけばいいよ、それで痴漢の手を思いきり刺してやりなさい。

笑い話だ。だが現実だった。弟はあたしよりずっと成績が良くて、その分、受験勉強に金がかかっていたのだ。結果的には地元の国立に入った弟の方が親にかけた負担は小さかったわけだから、弟を恨むのは筋違いなのだけれど。

アルバイトで家賃を補って一人暮しすることも考えなかったわけじゃない。そのつもりで不動産屋をまわってみたこともあった。けれど、すぐに挫折《ざせつ》した。東京の家賃は高過ぎて、寮費はそれに比べると安過ぎた。差額を考えると引っ越しする気が失《う》せた。第一、男、と呼べるほど確定的な相手がいたわけではなくて、たまに、ミステリ研の先輩とセックスするだけなら相手のアパートでたくさんだった。

そうやって、四人のルームメイトと一年ずつ暮し、アルバイト代はなんとなく貯金し、単位は無難にとりまとめ、就職はバブル真っ最中で楽勝で。

挫折も栄光もなく未来はそこはかとなく明るくて、卒業式は楽しかったし、入社式も晴れがましくうきうきと弾んでいた……ような憶《おぼ》えがある。十四年と十ヵ月前の自分。一九八八年四月の自分。十四年と十ヵ月後、ひとりでランチを食べるのが板についてしまう未来など想像もしていなかった頃の、自分。


どうでもいいや。

あたしは讃岐うどんの店のガラスの中に飾られた、見本のうどんを見つめながら思う。昔、自分が何を考えていたかなんて、今さら思い出してみても仕方ないもの。ともかくその十四年と十ヵ月のおかげで、あたしには都心に1LDK五十五平米のマンションが一部屋あって、毎朝NHKの連続ドラマを終わりまで見てから部屋を出ても九時の始業時間にゆっくり間に合うのだから。ローンはまだ二十五年残ってるけど、支払いは家賃並みだから何とかなるし。手取りの給与だってそう悪くない。年収も、世間並み家族四人がそれで暮していける程度にはある。それをひとりで遣えるんだから少なくとも貧乏じゃない。

他に何が残ったか、そんなこと数えたって仕方ないし、失ったものを数えるのはもっと馬鹿馬鹿《ばかばか》しい。頭で何を考えても、昔に戻れるわけじゃない。戻りたいとも思わない。負け惜しみでもなんでもなくて、あたしは自分の人生をここまでのところ、後悔してなんかいないのだ。これっぽっちも。

「今から？」

讃岐定食、うどんと煮物と小碗《こわん》のかやく御飯にプリンが付いて七百八十円、これでいいか、と店に入りかけたところで背後から声がした。課長の渡瀬耕三《わたせこうぞう》。三歳しか歳《とし》が違わないのに、額が見事に後退しているのでずっと年上に思える男。気が小さくて、次長の山本《やまもと》の前では何か喋《しゃべ》るたびにこめかみが微《かす》かに痙攣《けいれん》する。愛想笑いが妙に不自然で気持ち悪いと女子社員から爬虫《はちゅう》類《るい》扱いされていることには、たぶん当人は気づいていない。それでもまあ、あたしよりは嫌われ者ではないだろう。あまりにも臆《おく》病《びょう》で、女子社員に嫌われるような言動などこいつにはとれないのだ。

「ここ初めてなんだけど、うどんは本格的らしいんだ。ちょっと試してみようかなと思ってさ。ちょうどいいや、今日は奢《おご》るよ」

渡瀬が昼食を奢ると言い出した時は、必ず魂胆があった。渡瀬の小遣いは昼食代込みで月額三万円という噂《うわさ》だったから、一回の昼食に千五百円かけたらコーヒー代もなくなる計算だ。専業主婦の妻と小学生の子供二人を養って埼玉に一戸建てを買ってローンを払っているのだから無理もないが、妻を働かせないで小遣いが少ないのは自業《じごう》自得《じとく》なので同情は感じない。第一、この不況でサラリーマン亭主の小遣いが三万というのは多い方なのだ。渡瀬の妻は怠け者だと思う。弁当くらい作って持たせれば、渡瀬の小遣いを一万円に減らすことができる。あたしがこいつの妻だったら絶対にそうする。弁当なんて、前夜の夕飯の残り物を詰め込んでおけば一丁上がりなんだから。

ぐうたら妻のせいで、せっかくのランチタイムをこんな男に邪魔されたのかと思うと、一度も顔を見たことがない渡瀬の妻が憎らしかった。

渡瀬の魂胆がどこにあるにしても、奢ってくれると言うのだから奢ってもらうことにする。讃岐定食七百八十円はキャンセルして、こんぴら定食八百七十円にした。煮物の替わりに小エビと野菜のかき揚げがついて来る。天ぷらセット千二百円を選ばなかったのは武士の情けだった。

うどんはまずくなかったが、うどんを水洗いしているのが水道水なので、カルキの臭《にお》いがした。東京で冷やしうどんを食べるのはやっぱり不正解だった。つゆ物にしておけば良かった。

「でね」

あらかた食べ終わって、盆の隅に載っていたプリンの容器に二人が手を伸ばした頃、渡瀬はやっと用件に入った。

「実はさっき、神林から相談を受けてさ」

ほら来た、とあたしは思う。神林の得意技なのだ。あたしが何かであいつから一本とるたびに、渡瀬に告げ口する。悪知恵だけはよく働く。足し算もまともにできないくせに。

「いや、あの企画ね。ほら、素人《しろうと》のバンドを公開オーディションして合格したのを集めてCD出すって、あれさ。費用の半分は各バンドにCDを押し付けて回収する、あれならリスクは小さいし、僕はいいアイデアだと思ったんだけど」

「あたしが指摘したのは企画の中身じゃありません」

あたしはすましてプリンを食べた。

「見積もりの計算間違いだけですよ」

「そうなの？」

渡瀬は気持ちの悪い愛想笑いをした。

「いや、神林はなんか、企画を練り直せと君に言われたって」

「だって一千万も余計にかかるんですもの。練り直して削らないと話になりません」

「なんだ、そういうことか」

　渡瀬はより一層薄気味悪い顔になってへらへらした。

「神林の誤解だったんだね。いや、あの企画はなかなかいいから、僕としては神林を応援してやりたいと思ってさ。なんだ、そうか、それならいいんだ」

「誤解じゃないと思いますけど。あの子はわかっていて告げ口したんですよ。同情をひいてあたしを悪者にする為《ため》に」

　あたしはずけずけと言ってプリンを食べ終えた。

「フロア中に聞こえる声で、足し算を間違えてるって言われたんで根に持ったんでしょ。京大出の肩書きが偽物《にせもの》じゃないかって疑われるのが怖いんじゃないんですか。あたしもたまに偽物じゃないかって疑ってますから」

「いや、わははは、最近はさ、ほら、国立の入試も様変わりしたみたいだし、わははは」

　何もおかしいことなどなかった。その昔は国立一期と呼ばれていた高偏差値の国立大学出ほど足し算引き算が出来なくて漢字が読めないというのは、今や巷の定説であって、神林を見ている限りはだいたい事実なのだ。神林は、呆然《ぼうぜん》と書いて、あぜん、と読んでいる。ある時、神林が何か文章をパソコンの画面で読んでいるのをたまたま見ていて、それに気づいた。神林は自分では気がついていない癖を持っていて、画面の文章を声を出さずに唇だけ動かして読むのだ。もちろん、あたしはそのことをあいつに教えてやっていないし、みんなの前で指摘して恥をかかせるチャンスにもまだ恵まれていない。別に恵まれなくても構わないけど。その手の恥なら神林にかかせようと思って材料に困ることはないから。

「まあでもほら、言うでしょ、腐っても鯛《たい》ってさ。神林は会社も期待かけてる子だから、こう、温かくっていうか、長い目でさ、育ててやりたいと思うんだ。いや、君が指導してくれるのはありがたいと思ってるし、最初が肝心だからね、厳しくした方が本人のためなのもわかるんだが、何しろまだ若いでしょう、感情的な部分は多いと思うし、最近の若い子は叱《しか》られるのに慣れてなくてプライドが高いって言うかなんていうか、人前で叱責《しっせき》されるとね、あまりいい効果が出ないと思うんだよね。猫とか犬だって怒ってばかりいると卑屈になったり性格が悪くなったりするからね、その、せっかく素直ないい子だからさ、変に曲がってしまったらもったいないじゃない」

神林が素直でいい子なのは男の前だけだ。それも上司の前だととびきり素直でいい子になる。わかり易いと言えば言える。

それとも、と、あたしは少しだけ謙虚に考える。あの子はあたしの前でだけ特別素直じゃないかわいくない子になるのだろうか。その可能性はあるかも知れない。あたしと敵対しているという位置にいることで、フロアの他の女子社員から可愛《かわい》がられるという代償を得られることは確かなのだ。足し算はできないが、神林は利口な子だ。高偏差値大卒でそこそこ顔もかわいいとなると一歩間違えば四面楚歌《しめんそか》。その危険を回避するために、あたしの存在を利用しているのかも知れない。となると、他の女子社員の前ではやっぱり素直でいい子なんだろう。そして、あたしに対してと、たぶん、自分の親に対してだけはクソ生意気なガキになるわけだ。

「誰だって最初はいろいろとさ、戸惑うだろうしできなくて当たり前でしょう。君だって、新入社員の頃はそうだったと思うんだよね。いや、君の教育に文句をつけているわけじゃないんだ、誤解しないでね。ただ、そのさ、人ってのはものの言い方言われ方で受け取り方も違って来るから。やっぱり、新人はできるだけ真直《まっす》ぐ大らかに伸びて行って欲しいからね、押さえつけたりケチつけたりしてばかりだと、曲がっちゃうから、どうしても。あ、いや、ほんとに誤解しないでね、これは文句じゃないから」

渡瀬は必死に笑顔をつくってそう言うと、恩着せがましくゆっくり伝票を摑《つか》み、あ、ここはいいから、ほんとにいいから、と手を振ってレジに向かった。奢ってくれると最初に言ったから一緒の席に座ったのだ、ここはいいから、ってそんなの当たり前じゃないの。

あたしは一礼すると、渡瀬をおいて店を出た。渡瀬にしても、あたしと肩を並べて会社に戻りたいとは思っていないだろうし、昼休みはまだ二十分以上残っている。本屋に寄って雑誌でも立ち読みしよう。

うどんの味もかき揚げの味も忘れてしまった。渡瀬とのパワーランチはあたしのモチベーションを思いきり下げてパワーレスにしてくれた。渡瀬が言いたかったことはつまり、神林がひん曲がったとしたらそれはおまえのせいだぞ、ということだ。どうせいつもそうなのだ。あのフロアで何かよくない事が起こるたび、それは全部あたしのせいになる。

お局様《つぼねさま》、なんて言葉ももうとっくに死語なのかも知れない。今はあたしみたいな存在を、巷《ちまた》では何と呼ぶんだろう?

たまたま人事異動がないままひとつの部署に長くいて、その部署の歴史と共に細かな事柄をすべて知っている。何を訊《き》いても答えが返って来る。どんなことでもいちばん楽なやり方を知っている。対外的にも顔が広い。だから便利。便利だが、うざったい。おだててごますって必要な時はつかうが、遊びには呼ばない。仲間には入れない。誘ったってどうせ断るだろうし。煙たいがいなくなられると困る気がする。まあ本当のところは、いなくなったらなったで新しい基準をつくればいいだけのことで、いなくなってくれた方がさっぱりしそうなんだけどな。そんなふうにみんなが思っている。思われていると知っているけれど、今さらこちらから下手に出たって馬鹿にされるだけ。年収と年金と退職金を確保するために、一日でも長くその椅子《いす》に座り続けるために、より一層孤立する。便利だが怖い。嫌いだけど便利。何かあったらあいつの悪口を言っておけば自分が仲間はずれになることはない。そういう意味でも便利。それがあたし。

入ったばかりの頃、神林はどんな顔をしていたっけ。あたしはエスカレーターを下りながら思い出そうとしてみた。たぶん、あの頃の神林は、ペットショップのウィンドウの中で飼い主になってくれる人を待っている仔犬《こいぬ》のような顔であたしを見ていたに違いない。まだあたしのことが嫌いではなく、敵視もせず、それどころか、この人に気に入られようと一所懸命に尻尾《しっぽ》を振って。でも彼女は気づいたのだ。この年増《としま》の古株中年女は仮想敵にうってつけの存在で、この女に逆らって見せれば自分は勇気あるジャンヌ・ダルクとしてみんなに可愛がられるだろうことに。たった一年かそこら、いや、数ヵ月でそれに気づいて実行に移しているわけだから、神林はやはり利口な子だ。

春になれば、また新しい神林がフロアにやって来るだろう。仔犬の目をした二十二、三歳の女の子。今度は克明に観察日記でもつけてやろう。その仔犬の黒い瞳《ひとみ》に軽蔑《けいべつ》と敵意が現れるのに、何日かかるのか。

『南半球は真夏！　輝く太陽とエメラルドグリーンの海へ！　ケアンズへ直行便時差なし七時間の旅、ハワイより近い常夏《とこなつ》』

ものすごいおっぱいだった。Fカップ？　いや、GとかIとか、そんなのかも。青いビキニからもうひと揺さぶりしたらこぼれ落ちそうな胸を突き出して、女の子が笑っているポスター。ビルの外は氷雨《ひさめ》なのに、見ているだけで寒くなりそうな格好だった。

旅行社か。旅行。海外旅行もしばらくしてないな。最後はいつだったかしら？　マンションを買おうと決めてからは海外旅行なんて大きな出費は避けるしかなくなったから、少なくとももう六年以上、パスポートを使っていないはず。

エスカレーターの正面に旅行社の自動ドアがあった。あたしはほとんど無意識に、その前に立っていた。

2

墨田翔子《すみだしょうこ》。それがあたしのフルネームだ。翔子の翔は飛翔の翔、で、ハンドルはフェザーB、とした。Bは墨だからブラックのB。ちょっと恥ずかしいので誰にも言えない。もっとも、このML、メーリングリストの主宰者には本名で登録申し込みをしなくてはならなかったので、主宰者はすべて知っていることになる。でも主宰しているのは個人ではなくて、都内のデパートのレディス会員用ホームページだったから気が楽だった。お買い物が一部サービス品を除いて全品三パーセント引きになります、というので会員になったらダイレクトメールが送られて来て、そこに書かれていたホームページにアクセスしたらMLの登録を募集していて。他愛《たわい》のないOLと主婦の井戸端会議をメールでやっている、その程度のMLだったが、書かれている愚痴だの噂《うわさ》だの笑える話だの、身近で頷《うなず》けるものがけっこうあるので自然とハマった。もちろん、全然頷けない話だってある。特に若いOLが会社で先輩に叱責されたことを逆恨みして書きつらねている類《たぐ》いのものには、つい反論をかましたくなる。だがあたしはそのMLでメールを発信したことはない。そうした頭に来る寝言でも、逆に考えればいい参考資料にはなった。どんな言葉がいちばん胸にグサッと来るものなのか、刺された被害者の発言ほど確かなものはないからだ。

フェザーBは読むだけの参加者だった。それでいいと思っていた。

会社から帰り、食事もシャワーもすべて済ませてあとは寝るだけになってから、パソコンを起動して届いているメールを読む。MLは誰かが発信するたびにメールになって届くので、多い時には一日で十通以上も届くことがある。今夜は七通で、こまめによく発信する常連のハンドルがずらっと並んでいた。相変わらず、職場の愚痴、子供のこと、おいしいランチの店、ブランド物の噂話。あたしにはブランド信仰はほとんどないが、係長と肩書きがついてからは会社に安物のバッグをぶら下げて行く勇気がなくなり、バッグと靴だけには少しお金をかけるようになった。それでも、ブランド・バッグに夢中になる心理というのは相変わらずよくわからない。考えてみると、身を飾るもの一切に対して興味が薄い自分に気づく。化粧品にしても毎シーズンの宣伝に踊らされて口紅を買い替えるなどということはせず、十年も前から愛用している色だけをしつこく買い続けているし、服も最近は行きつけの店が決まってしまい、シーズン前に先駆けを少しと、シーズンの終わりにバーゲン品を少し、すべて着まわしがきくオーソドックスな形や色ばかり買うだけだ。部屋にいる時はもっぱら、安いことで有名な量販店のカジュアルウェア。アクセサリーも最小限、時計もずっと同じ物を使っている。それで不便も渇望も不満も感じたことがない。他の物を欲しいという欲求が湧《わ》いて来ないのだ。

面白みのない女。

そういうことなんだろうか。

ただエルメスだというだけで十数万円を布製のたかがトートバッグに費やせる感覚は、面白みというのではなくて滑稽《こっけい》と呼ぶのだ。そうあたしは信じている。プラダのなんとかかんとかなんて、店頭で見て驚いた。ただのビニールバッグでポケットも少なくて使い難《にく》そうな代物《しろもの》で、数万円の値札は完全に右端のゼロが一個余分だと思った。そうした自分の感覚は正しいと思っている。数十万円のバッグでも一万円札でおつりが来るバッグでも、少なくとも普通のＯＬの日常生活で使用する際にさほど違いが出ることはないはずだ。数十万円払う人間は、その違いを実感できる生活をしているべきなのだ。

信念はあったが、そうやって自分は正しいと思い込めば込むほど、疎外感《そがいかん》が深まるのはどうしようもなかった。そして、最近では、そんな疎外感を楽しむこともおぼえてしまった気がする。ファッション雑誌で誇らし気にエルメスを下げている若い女の顔に、馬鹿女《ばか》、と声に出して呟《つぶや》いてやる、その快感。

だがその夜、あたしはいつもと少し違っていた。パソコンの横に一枚のパンフレットが載っていたせいだった。なんとなく入ってしまった旅行社で、なんとなく貰《もら》ってしまった海外旅行の案内。

フェザーBの最初の発信は、あたし自身も送信してしまってから、どうしてあんなことしたのかしら、と首を傾《かし》げたようなものになった。

『はじめまして、フェザーBです。こちらから来るメールを毎日楽しみにしています。でも発信するのは初めてです。実は、今度、お休みをとって旅行してみたいと思っています。今日、ケアンズという町を勧められたのですが、どなたかケアンズについて御存じの方がいらっしゃいましたら、どんな場所なのか、旅をして楽しいかなど、教えてくださいよろしくお願いいたします』

送信して数秒後、メールの着信を知らせるチャイムが鳴る。チェックすると、自分が発信したメールがMLのメールとして送られて来ていた。あらためて読み返して、頭が悪そうな文章になっちゃったな、と嫌悪感《けんおかん》を抱く。やっぱり、読むだけにしておいたら良かった、と後悔した。

あのパンフレットが悪いのだ。あんなもの貰って来たから、柄にもないことをうっかりやってしまった。

ケアンズ。オーストラリアの田舎町だ。国際空港があり、日本から直行便が出ているのでちょっとしたブームになっているらしいが、パンフレットを隅から隅まで読んでみても、町自体には何もなかった。多少珍しいものと言えばカジノだけ、だがそれも、ラスベガスのような絢爛《けんらん》豪華なものとはまるでかけ離れているようだ。旅行者が勧められるのはすべてオプショナルツアー。逆に言えば、町中には見るべきものなどひとつもない、ということ。

オプショナルツアーは豊富に揃《そろ》っている。グレートバリアリーフの端っこに位置する町なので、沖合いに出れば世界一の珊瑚礁《さんごしょう》を堪能《たんのう》することもできるし、珊瑚礁の中に浮かんだグリーン島などのリゾートアイランドもある。野生動物の宝庫オーストラリアらしく、動物を見学するツアーや自然公園のツアーも数多く、熱気球で空を飛ぶツアーだとか、キュランダ高原という涼しげで美しい高原に行くツアーもある。

あたしは何となく、面倒になった。オプショナルツアーのあの慌《あわ》ただしさはあまり好きではない。朝早くからホテルに迎えに来たバスに乗り、見知らぬ人々に愛想笑いをして、長い時間バスに揺られ、おしきせのランチとおしきせの観光をしてついでに土産物屋に連れて行かれて買い物をさせられ、地元の衣装を着た人と記念写真を強引に撮られてその写真も買うはめになる。疲れきってホテルに送り届けられた頃にはディナータイムも終わりかけていて、仕方なく、ルームサービスでまずい夕飯を食べることになるのだ。

やっぱり、ケアンズなんてやめよう。どこかもっと別なところ、ヨーロッパの小さな町にしよう。どうせ休みをとるのなら、旅に出てよかったと思いたいもの。

休みをとる？

ほんとに？

あたしはパンフレットを手にしたままでひとり笑いした。渡瀬とのランチでくさくさしたから何となく入った旅行社で、カウンターにいた男性がけっこういい男だったので、暇潰《ひまつぶ》しになるかと旅に出たがっている振りをしただけなのに。あたしったら、いつのまにかその気になってる。

＊

翌日のＭＬでちょっとした異変が起こった。届いた十二通のメールの半分が、フェザーBの「ケアンズについて知りたい」という発信への回答だったのだ。なるほど、ケアンズがブームになっているというのは本当のことらしい。グレートバリアリーフやグリーン島についての発信が多く、また、食事がおいしいという話も多かった。それでも、あたしは内心がっかりしていた。ケアンズという町そのものについては、小さくて気持ちのいいところ、とか、清潔でフレンドリー、日本語の看板が多い、日本人が多い、ホテルが快適……要約すれば、観光客しかいない田舎町、食べ物屋と土産《みやげ》物屋しかないよ、そういう感じらしい。やっぱり別のところにした方が良さそうだった。有給休暇をとってひとりで海外旅行に行く、というアイデアは気に入った。少なくとも少しの間、神林の顔も渡瀬の顔も、その他、あたしを煙たがっているフロアの連中の顔を見なくて済むというだけでも嬉《うれ》しいし、ここ数年、マンションの頭金を払って激減してしまった貯金通帳の残高を増やすことにばかり気をとられ、お金のかかる楽しみはほとんど持たないでいたことが、無用なフラストレーションの原因になっているのかも知れない、と思いあたったのだ。

あのハンサムな旅行会社の営業マンは、季節が逆のオーストラリア、中でもケアンズは常夏でとても美しい町で、と、立て板に水で勧めていたけれど、どうせ行くならもう少し文化の薫りのするところがいいし、オプショナルツアーなんて面倒なものに参加しなくても、ホテルから歩いて出て楽しめるようなところがいいな……

『はじめまして、A美です。昨日のフェザーBさんの発信を読んで、わたしも発信してみようと思いました。わたしは今、ケアンズに住んでいます』

最後のメールを読み始めて、あたしは思わず画面に身を乗り出した。ケアンズに住んでいる？　つまり旅行で訪れたのではなくて、ケアンズ在住……

『こちらで日本の旅行社の現地支店に勤めています。ケアンズはとても小さな町で、田舎ですが、気持ちのいい風が吹く居心地の良い場所です。刺激が少ないのでこちらで生活していると退屈も感じますが、日本で忙しい生活をしている人が休息するには最適だと思います。もしよろしければ、ケアンズについてもっと詳しくお話しいたしますので、直接メールをくださいね』

A美、という芸のないハンドルから、頭のきれる女性ではなさそうだな、とは思ったものの、あたしはA美が発信したメールアドレスをアドレス帳に登録していた。そんなことも、これまでしたことがなかった。昨日のあの不愉快なランチ以降、自分が普段はしないことばかりしていることに、あたしは気づいていた。

たぶん、あたしはいよいよ嫌気がさし始めているんだ。

そう思った。

翌日、会社で小さな事件が起こった。

3

昼休みが終わってフロアの席がほぼ埋まり、入れ違いに派遣社員の女の子二人が食事をしに出掛けた直後、入社六年目、若手の女性の中では中堅で、仕事もほどほどに出来て愛想もほどほどに良く、上司や同僚からもそこそこ気に入られている、といった立場の川越七海《かわごえななみ》が、あの、ちょっとよろしいですか、とあたしの前に立った。川越は神林のようにあからさまな敵意を見せはしないが、心の中ではもしかすると、いちばんあたしを蔑《さげす》んでいるのかも知れないと、あたしはずっと疑っている。

「何かあったの？」

「見ていただきたいものがあるんです……ちょっと判断に迷ったものですから」

年齢的に、川越とあたしの間には四人の男性社員が挟《はさ》まっているが、三十代前半の女性がたまたまいない。川越が主任の高橋《たかはし》にではなくあたしに直接見てもらいたいと言ったということは、それが、女性だけに関係する何かであることは間違いない。

あたしは立ち上がり、川越と共にフロアを出た。川越が向かったのは、女子社員のロッカールームだった。各フロアの廊下の端にひとつずつ設けられたロッカールームには、人数分のロッカーの他に、畳二枚が敷かれた簡易休憩室がある。偏頭痛や生理痛などで就業中に休む時に使う場所だった。ロッカールームとは引き戸一枚で隔てられている。あたしはもう長いこと、その畳の上には寝たことがない。生理痛はもともと軽い性質《たち》で、偏頭痛の発作には医者に処方してもらった薬で対処することにしている。

引き戸を開けてすぐに異変に気づいた。狭い部屋の空気が刺激的に臭《にお》う。シンナーか何かの匂《にお》いに似ているが、馴染《なじ》みのある匂いでもあった。

マニキュア。

川越が視線で示したところを見て、合点がいった。畳の上にべったりと、マニキュア液がこぼれていたのだ。

しかも、色はあの、アーミーグリーンだった。

「いつ見つけたの？」

「昼休みが終わった直後です。ストッキングを穿《は》き替えようとしていた斎藤《さいとう》さんが見つけて」

あたしは社内用のサンダルをぬいで畳の上にあがった。膝《ひざ》をついてそっと人指し指をくすんだ緑色に触れてみる。表面はもう固まっていてつるつるしていた。だがマニキュア液にかなり濃度があったらしく盛り上がるように流れているので、中の方はまだ固まりきっていないだろう。

「変わった色ですよね」

川越が何かを期待するように言った。あたしの口から言わせたいのだ。その色は神林が最近愛用している色だ、と。

あたしは川越の期待を無視してやった。

「そうね、なんか汚い色。迷彩服みたいね。こんな色、つける人の気が知れないわ。いったい誰のものなのかしら」

川越は迷っているように唇を舐《な》めたが、結局、ご注進に及ぶのはやめたらしく肩をすくめただけだった。

「いずれにしても、このままだと掃除のおばさんに見つかって総務に報告されるわね。落としておいた方がいいわ」

「除光液、買って来ましょうか」

「お願い。レシートくれればあたしが後で払うわ。大きな瓶にしてね。それとコットンも必要ね。あ、でもあなたがすることはないわよ」

「畑中さんか岩村さんに頼みましょうか」

「それだと一時間後になっちゃうわ。神林さん、彼女にお使い頼んで、ついでにここに来て貰ってくれる？」

川越の顔に喜びが浮かぶ。あたしは少し意外に思いながらそれを見ていた。

「あたしと神林さんでやっとくわ」

「係長がですか？」

「あの子ひとりじゃ可哀想《かわいそう》でしょ」

「だったらあたし、しますけど」

「いいの」

あたしがきっぱり言うと、川越は了解した、というように頷《うなず》いた。あたしが神林をマニキュアのことで責めるつもりだと察したのだ。

川越が出て行くと、あたしは壁についた小さなアルミサッシの窓を開いた。空気を入れ替えないと、マニキュアの匂いで酔っぱらいそうだった。

十分ほどで神林がコンビニの袋を下げて現れた。引き戸を開け、あたしの顔を見て、それから畳を見た瞬間に顔色を変えた。

「これって……あの……」

「除光液とコットン、買って来てくれたのね？」

神林は袋を差し出したが、唇が細かく震えているように見えた。

「それじゃ、ここを拭《ふ》くの手伝って。あたしひとりじゃ時間かかりそうだから」

「どうして！」

神林が悲鳴に似た声をあげた。

「どうしてあたしが拭かないとならないんですか！　これ、あたしがしたんじゃありません！」

あたしは静かに言った。

「あたしがこぼしたんでもないわよ。でも拭くのはあなたとあたしなの。なぜかってね、あなたがいちばん下っぱで、あたしがいちばんおばさんだからよ、このフロアで。こういう余計な雑用を引き受けるのは、新人と監督する立場にある人間、それが日本の会社社会の慣習なの。嫌なら別に手伝わなくてもいいけどね。でも誰かが拭かないとここ、使えないでしょ」

神林は畳に膝をついた。あたしは驚いた。目に涙を浮かべている。

「……わかりました。でも……あたしじゃないんです。ほんとです。あたし、会社にマニキュア持って来てません……はげないように何度も塗ってるから必要ないんです……本当なんです」

あたしは答えなかった。コットンに除光液を染《し》み込ませ、無言のままで畳をこすった。あたしが働き始めたので、神林も働かないわけにはいかなくなった。二人で黙ったまま、せっせと畳にこびりついたアーミーグリーンを落とした。コットンに染み込んだ除光液のせいで、あたしの爪《つめ》に塗られていたベージュのマニキュアがまだらに剝《は》げた。神林の指を見ると、彼女のマニキュアも醜く剝げていた。そして、その爪先に、ぽたっ、と水滴が落ちた。あたしは見なかったことにして、ただ黙々と畳を拭いた。

悪意なのだ。これは悪意だ。

神林はあたしが思っていたほどには、フロアのアイドルになることに成功していなかった、ということだ。彼女はやはり嫉妬《しっと》されていた。高偏差値大学を出て会社に期待され、一年目から企画部に配属されて企画会議にだって出してもらえる。渡瀬も他の男たちも神林を可愛《かわい》がる。妬《ねた》まれない方がおかしい。

同情は感じなかった。ここはそういうところで、悪意を避けるか受け止めるかする力を身に着けていない者は他人より高いところには上がれない。そのことは神林自身、よくわかっているはずだった。だからこそこの子は、あたしを攻撃することで自分に向くはずの悪意を避けようとしていたのだから。

ただ、世の中は彼女が思っていたほど甘くはなかった。それだけのこと。

でも。

あたしは、まだらになった爪先を見て、ふと、考える。

ここは本当に昔から、そういうところだったんだろうか。

あたしが神林と同じ歳《とし》だった時、あたしは毎日、どんなことを考えてここに通っていたのだろう……

「あたしのせいなのかも」

あたしは、自分が声を出したことに気づいていなかった。神林の涙で光る瞳《ひとみ》があたしを見つめて、やっとそれに気づいた。

あたしのせいなのかも。

心の中でもう一度繰り返してみた。根拠などないように思う。あたしが新人だった頃にもお局《つぼね》はいたし、それよりもっと性質の悪い小局《こつぼね》もごろごろ棲息《せいそく》していた。意地悪や皮肉や小言や愚痴は日常的な問題で、だがみんなそれらに抵抗しながらなんとかかんとかやっていたのだ。あの頃と、本質が何か変化したというわけでは決してない。

だがそれでも、あたしの喉《のど》には小骨が刺さったままとれなくなった。鬱陶《うっとう》しく、情けない。

「あっ、ごめんなさい、あたしします！」

大声がして驚いて顔をあげると、畑中と岩村がコンビニの袋をぶら下げてそこにいた。ランチタイムから戻ったのだ。

「いいのよ、もう終わるから」

あたしがそう言うのと、畑中が靴を脱ぎ散らかして畳にはいつくばるのがほぼ同時だった。

「すみません、戻ってから拭くつもりだったんです！　どうせ除光液も買って来ないとならないし、さかえ軒のオムライス、今日は半額の日だったから」

「わたしがこぼしちゃったんです」

岩村も畳に座り込み、袋から出した新しい除光液の瓶やコットンと格闘している。

「すぐ拭けば良かったんですけど、オムライスに未練があって……」

「それじゃこれ、あなたたちのしわざ？」

「はい」

畑中はまったく悪びれずに言った。

「戻ってから拭きますのでこのままでお願いします、って、ここに書いてありましたでしょ？　畑中、岩村、って」

「書いてあった……？」

「ここに紙に書いて置いておいたんです、端っこセロテープでとめて。やだ、ありませんでした？」

あたしは首を横に振った。畑中は目をぱちくりさせた。

「匂いがひどいから窓開けて行ったんで、風で飛んじゃったんでしょうか。ちゃんと書いて貼《は》っておいたのになあ」

そんな紙があったという話は聞いていない。川越も知らなかったはずだ。知っていたら、わざわざあたしをここに連れて来たわけがない。

神林は顔を上げ、畑中を見ていた。その表情が、少しずつゆるみ、やがて満面の笑みになった。それは勝利の笑みだった。

神林があたしを見た。そこには、いつもの彼女の、あの高慢で反抗的な顔があった。

やっぱりそうじゃん。あたしが嫌われてるわけないもんね。嫌われてるのはあんたなのよ。あたしじゃないんだから。へーん、だ。

神林の涙は魔法のように瞬時に乾き、彼女は生き返ったようにせっせと手を動かし始めた。畑中と岩村がそんな神林に、ごめんね、余計な仕事させちゃってごめんね、と何度も謝る。そのたびに神林は、可愛らしい笑顔になって、いいんです、大丈夫です、を繰り返し、アイドルを演じ続けていた。

畳がもとの状態に近いところまで綺麗《きれい》になると、山になったコットンの後始末は畑中に任せ、あたしと神林と岩村は部屋に戻った。あたしのベージュの爪は、いつのまにか、白っぽいピンク色になっている。マニキュアがほとんど剝げてしまって、爪の地色が見えていた。その爪に、縦に白い線が何本か入っている。その線が隠したくて、せっせとマニキュアを塗っているのだ。爪の縦線は、老化現象。

窓は閉っていた。確かに、閉っていた。あたしが開けたのだ。そして、畑中と岩村も窓を開けて出掛けた。それは勘違いではないだろう。あの匂《にお》いを追い出したいと窓を開けるのは自然な行為だ。だがその後で、誰かが閉めた。

畑中が貼っておいた紙は消えていた。窓を閉めた誰かは、その紙に気づかなかったのだろうか。そんなことはあり得ない。必ず気づいた。そしてその誰かは、同時に、畳にこぼれているマニキュアの色が、神林がここ数日気に入って塗っている色と同じだということにも気づいたのだ。だから紙を畳から剝がし、持ち去った。わざわざ窓を閉めたのは、不快な匂いを部屋の中に充満させて、マニキュアをこぼして拭かずにいる人間への憎悪《ぞうお》をより強く発見者に植えつけるため。

悪意はちゃんと存在している。神林を嫌っている者が、フロアのどこかに、いる。

岩村と神林が畳のマニキュアの顚末《てんまつ》を喋《しゃべ》っている声が聞こえる。川越も斎藤も、なーんだ、そうだったの、と笑っている。他の社員も頷いて笑うか、あるいはそんな会話には関心を示さずに自分の仕事に没頭している。

あたしは、疲れを感じていた。嫌気、と言い換えてもいいような、ぼんやりとして鈍重で、とても不愉快な疲れだった。喉の小骨は刺さったまま。あたしの耳の中では、あんたのせいだよ、という誰かの声がずっと囁《ささや》き続けている。

目の前に、文字がちらついた。あたしの部屋のパソコン、その画面に映っていたあのA美からのメール。あの時の文字だった。

刺激が少ないのでこちらで生活していると退屈も感じますが、日本で忙しい生活をしている人が休息するには最適だと思います。

不意に、ケアンズに決めた、と思った。他の理由なんてどうでも良かった。休息に最適。それ以外には今、望むことなんてひとつもなかった。

＊

A美宛《あて》にメールを出すと、翌日には返事が来た。本名は嵯峨野《さがの》愛美。まなみ、と読むらしい。愛美《まなみ》もあたし同様、MLはもっぱら読むだけで発信する気はなかったようで、ケアンズについて知りたいというあたしの発信を読んだ時反射的に発信してしまったので、ハンドルネームに凝《こ》る暇がなかったと書いてあった。あたしがフェザーBなので、頭に浮かんだのがBに対してA、名前が愛美だったのでA美にしてしまった。なるほど。愛美は少しおっちょこちょいなところがあるのかも知れない、とあたしは感じた。年齢は二十九歳。世間的にはもう若いとは言われないかも知れないが、あたしから見れば八歳も年下。だいたい川越ぐらいの年齢か。あたしは画面の前で首をすくめる。川越の隙《すき》のなさ、すべてに合格点というあのそつのなさは苦手だった。三十前後の女はいちばん狡《ずる》くなる、と何かの本で読んだのを思い出す。

だが愛美の文章は特別上手でもなければ美文でもなく、素直で感じのいいものだった。ケアンズの魅力について、大袈裟《おおげさ》ではない程度に語っている。そして正直に、ケアンズの小ささや町としての眠たさ、目の前の海は実はちっとも青くなくてどんよりとした泥色だということなども教えてくれた。これは少しショックだった。パンフレットや、会社帰りに書店で買込んだ旅行ガイドなど見る限りでは、ケアンズのすぐ沖合いにはもうグレートバリアリーフが広がり、エメラルドグリーンの素晴らしい海があるようにしか思えない。しかし本当のところは、ケアンズの町に面した一帯には海流の関係でヘドロが溜《た》まり、海の色は汚い茶色で少しも青くはないらしい。車でケアンズから少し北上するか、船で沖まで出なければ海水浴もできないのだ。それでも、海岸沿いの公園はとても気持ちが良く、運が良ければペリカンが見られます、と書いてある。ペリカンがあの大きな頭をふりふりよちよちと砂浜を歩いている場面を想像して、あたしはひとり、にやついていた。有給休暇の申請を課長に出す時、こう言ってみたらどんな顔するかしら？

すみません、ペリカンが見たいので一週間ほど休みます。

そう、あたしはペリカンを見に行くのだ。それが悪い？

突然の長期休暇と海外旅行。どうせフロアの連中は憶測であうだこうだ言うに違いない。でもどんな憶測も妄想も中傷も、あたしは即座に否定する。いいえ、そんなんじゃないの。ただペリカンが見たいだけなのよ。いけない？

あたしは夢中になっていた。毎日愛美にメールを書いてケアンズの情報を仕入れた。もちろん、ツアーは愛美が勤めている会社に頼むことにした。あのハンサムな営業社員のいる旅行社ではなくて。幸い、愛美が勤めている会社はさほど大手というほどではなかったが、新橋に本店があった。日取りは、思いきって、月曜出発にした。まるまる一週間会社を休むことになるが、それがどうした、という気分だった。すべてを決定し、手続きしてから、意気揚々と課長に有給休暇申請を出した。

まるで退職願でも突き付けられたように、渡瀬のこめかみが痙攣《けいれん》した。

仕事を押し付けた、と陰口を叩《たた》かれるのは我慢できなかったので、ケアンズに出発する前の半月は死にものぐるいで仕事をこなした。予定の大部分を前倒しして、一ヵ月先の企画まで段取りをつけた。神林の企画は予算見積もりを計算し直したものが会議に出され、決定会議にまわされることになった。企画の決定は部長会議でくだされる。新人の企画がそこまで上がることは滅多にないので、神林の名前が社内で一気に広まった。神林は得意を押し殺して謙虚な振りをし続ける。恥ずかしそうに笑いながら、嘘《うそ》みたいです、と首を傾《かし》げる。そしてあたしに対してだけは、見下した視線を投げかけた。あたしは気にしなかった。あたしの関心はもう、神林にも会社にもなかった。まるで何かにとりつかれたみたいに、あたしはケアンズのことだけ考えていた。休息に最適、な町のことだけ。

出発が来週の月曜日、という金曜日の朝、企画室に激震が走った。机に突っ伏して周囲もはばからずに号泣する神林とそんな彼女を慰めるために集まっている女子社員の見える位置で、あたしはその記事を読んだ。新聞の一面広告だった。ライバルの楽器メーカー、あたしの会社同様、総合音楽産業に乗り出して成功している会社が出した、アマチュアバンド・コンテストの予告と出場者募集の案内だった。神林の企画とほぼ、そっくりなプロジェクト。

いい気味。

あたしはハッとしてフロアを見回した。どこからかその声が聞こえたのだ。いや……幻聴なのか。

ガキみたいにピーピー泣くなっつーの。

企画が盗まれた？

ちがうって、あいつがどっかから盗んだんだって。

じゃなくって、結局あれでしょ、その程度のもんだったたってことでしょ。

そうそう。誰でも思いつく程度のもんだったのよ。

それをあんなにエラソーにしてるから罰が当たったのよね。

だいたいさ、最初っから生意気過ぎたと思わない？

いちいち墨田のおばちゃんにつっかかってさ。あれって自分の存在をアピールしてたわけでしょ、つまり。

墨田なんかに逆らったってしょうがないじゃん、ねえ。ただ古いってだけで、もうあれ以上出世しないんだしさ。

逆らうなら部長に逆らってみろって。

見え透いてんだよ、やることが。

優等生だからなんでも頭で計算してんでしょ。

その割には足し算間違えたけどね。

ああいうのってどのクラスにもいたよね。やたら先生にウケが良くって、そのくせ裏ではイジメとかやってんの。

これでちょっとはおとなしくなるんじゃない？

いいや、あのタイプは絶対懲《こ》りないって。

ほんとうざったいよね。どっか消えて欲しい。

海外転勤とかなんないの？

誰もそんなことは喋っていなかった。それなのに、あたしの頭の中は悪意に満ちた会話でいっぱいになった。あたしは席をたち、トイレに駆け込んだ。そして吐いた。

フロアにいる人々の心の中が読めたわけではない。彼らの心の声が聞こえたわけではないのだと、あたしにもわかっている。

そう、あれは誰かの会話なんかじゃなかった。あたし自身の心の声だった。十五歳も年下の女の子に対して、あたしが自分の内部で育てていた悪意の囁きだった。

喉の小骨がちくちくと痛い。

痛い。

あたしはいつまでも吐き続け、胃液まで吐いた。それから鏡の前に立ち、バシャバシャと水をはねかえして顔を洗った。どうして泣いているのだろう。悲しいのでも悔しいのでもない。怖いのだ。

怖くてたまらない。

もしあたしが畳にこぼれたマニキュアと畑中のメモとを最初に発見していたら、窓を閉めたのはあたしだったかも知れない！

顔を上げると、くしゃくしゃになった自分の顔が見えた。化粧が流れ落ちてひどく醜い。

鏡の中でドアが開き、神林の顔が現れた。あたしを見て、鏡の中のあたしの顔を見て、ぎょっとしている。鏡の中で視線が合わさる。そのまま、見つめあった。あたしは思い出した。神林が初めてあたしに向かって口を開いた時の表情を思い出した。緊張しながらも幸福そうだった、その顔を思い出した。

「ゆうべ飲み過ぎたの」

あたしは無理に笑った。

「二日酔いで最低」

奇跡のように、神林が微笑《ほほえ》んだ。どことなく慈愛をふくんだその笑顔は、あたしの嘘を見抜いていた。


「月曜からお休みですね」

神林はあたしの隣りに並んで立った。鏡の中に話し掛ける。

「オーストラリア、いいですね」

「ペリカンを見に行くのよ」

あたしは、ずっと言いたかったことを、やっと言った。

「ペリカンを見るの。いいでしょ？」

「羨《うらや》ましいです」

神林はまた、微笑んだ。泣き腫らしたウサギの目もとが、少しゆるんで愛らしく見えた。

＊

『……ですね。待ち遠しいです。あ、そうそう、ケアンズにはどんな色のマニキュアが似合うかという質問の答えですが、うーん、熱帯なので陽射しがとても強いですから、けっこうすごい色でも大丈夫です。光のコントラストが強いので、派手な色は似合いますよ。でも、実はオーストラリアでは、どんな時でも自然が勝つんです。何よりも強いのが自然です。だからたぶん、何も塗らない爪がいちばん綺麗に見えるんじゃないか、そんなふうにちらっと思います。とは言っても、あたしも爪には自信がないんで、いつもピンクとかベージュに塗ってるんですけど（笑）……』

あたしは返事を送信してからパソコンの電源を落とした。準備万端。スーツケースの点検は四回目、合格。あとは爪だ。

除光液を染《し》み込ませたコットンで、丁寧に爪のマニキュアを拭《ふ》き取った。白く疲れた爪が現れる。ネイルクリームをすりこんでマッサージし、バッファーで形を整え、磨く。白さが消えて爪は透明になり、やがて、その下の血の色をうつしてピンクに輝いた。くっきりと縦線の入った、ピンクネイル。

壁の時計は午後八時半をさしている。

明日の今頃は、成田だ。

ペリカンズ・バトル

1

「ハーイ、マナミ！」

チャーリーがそのごつい掌《てのひら》であたしの背中を、どん、と叩《たた》いた。本人は軽い挨拶《あいさつ》のつもりなのだろうが、チャーリーに背中を叩かれるたびに一瞬息ができなくなる。

『また、今朝もシケた顔してんじゃないの。どうしたのさ、愛美。昨夜はカレシと喧《けん》嘩《か》でもしたかい？』

チャーリーの朝の挨拶はいつもこのパターンだった。顔色が悪いのは生まれつきだ。日本人というのはこういう顔色をした人種なのだ。毎朝毎朝、茹《ゆ》でた桜エビみたいな桃色の禿頭《はげあたま》を光らせたオージー野郎に同情されるいわれはない。

だがあたしは、無理して笑顔をつくった。ここで仏頂面《ぶっちょうづら》すると、やれ具合が悪いのか、何か心配ごとでもあるんじゃないのかとしつこいのがオージーの特徴だ。良く言えば親切、普通に言って、おせっかい。

もちろん、彼らを嫌いではない。白人にしてはいい奴《やつ》らだ、と心から思っている。アメリカで暮していた頃は、東洋人であることの悲哀を感じることがたびたびあったが、このオーストラリアの田舎町で生活を始めてからは、あからさまな差別で苦い思いを味わうことはめっきり減った。

それでも、たまにホームシックのでき損ないみたいな気分で目覚めてしまった朝などは、チャーリーの軽口ですら鬱陶《うっとう》しく感じてしまったりする。

あたしは、心が狭い。

MANAMI　SAGANOと書かれたプレートを胸につける。プレートの裏にとりつけられた安全ピンはバネがやたらと硬くて、つけようとするたびに親指を突き刺しそうになる。実際、何度か突き刺している。今朝も突き刺した。丸い血のボールが、ぷうっ、と指先で膨《ふく》らんだ。直径〇・五ミリ未満。軽傷。

あたしはバスに乗り込み、指示表とツアー名簿を読み返す。

ケアンズと成田の時差は一時間、なのになんだって、毎朝午前六時前に空港に行かなくてはならないのか。理由は単純明快。成田を飛行機が飛び立てる時間に制限があり、そして、成田からケアンズまではたった七時間しかかからないから。

つまり、成田を遅くても午後十一時までに出発する飛行機は、否応《いやおう》なしにこちらの午前七時には到着してしまうわけである。

シフト表によれば来週は午後の担当になっている。エアーズロックやダーウィン、パースあたりからケアンズに戻って来るツアー客は、午後三時以降に到着する。早起きは昔から苦手だったので、午後の担当になるとホッとする。でも最近は不況のせいで事務所も人手不足、朝のお迎えをやらされて、ついでに午後もお迎え当番になっていることは珍しいことではない。

名簿の確認をする時いつも困るのは、名前がカタカナで書かれていることだった。漢字を併記してくれないとどう発音していいのかわからないことがある。ハナハジメ、ならハナ・ハジメ、と読めるが、ワケタカミチ、と書かれていると、ワケ・タカミチさんなんだかワケタカ・ミチさんなんだかわからないのだ。しかし、ぶつぶつ言っていても仕方がない。事務所でリストの作成を担当しているのはいちおう日本人なのだが、日本に住んでいたのは七歳まで、漢字能力は小学一年生強、という女性だった。

日本語新聞を読むのにルビを振ってくれと言って来る。親は何をしてたんだい、まったく、と思う。

スミダショウコ。

リストの中にその名前を見つけて、あたしは複雑な気持ちになった。いよいよ、来たか、という感じ。

インターネットで東京のデパートのHPをたまに覗《のぞ》いているのは、日本の流行を知っていたいという哀《かな》しい焦《あせ》りからである。ここ、ケアンズはあまりにものどかな田舎で、シドニーの流行《はや》りものの情報すらろくに入って来ない。休暇がとれても日本に帰ると飛行機代に東京でのホテル代までかかるので、流行りものが流行っている間に手に入れられる可能性は極めて低いのだが、それでも何も知らない間に世界から取り残されていくような感覚に対しては、むなしくても抵抗していたかった。

そのデパートのHPで、メーリングリストというものを主宰していた。インターネットには、好きなように発言を書き込める、BBSと呼ばれる場所があるのは知っていた。面白そうで自分も書き込んでみたいと思うことはあったが、好きなように書き込めるということは不特定多数の人に読まれるということだ。不特定多数、の人間の中には、精神に異常を来《きた》したような人間も混ざっているかも知れないし、ものすごく嫌な性格のヤツだって混じっているかも知れない。うっかり書き込みなんかして、いらぬトラブルに巻き込まれるのはごめんだ、と思うと書き込む勇気が湧かなかった。

メーリングリスト、MLは、そうしたBBSの機能をメールでやり取りすることで代用してしまう仕組みだった。あらかじめメーリングリストに登録されたメンバーが、特定の指定されたアドレスに宛《あ》ててメールを書くと、それがメンバー全員のところに送信されるのだ。一発言ごとに一通のメールが届くことになるので少し鬱陶しいものの、この仕組みならメンバー以外の者には発信された発言を読まれることがないので、登録の時にしっかりメンバーを管理して貰《もら》っていれば、万が一トラブルになっても相手の氏名や住所が明らかなので対処し易《やす》い。自分の身元がばれているのにおかしなことができるほど壊れている人間はそう多くないだろうし、場を荒らして鬱憤《うっぷん》晴らししているような連中は、わざわざMLなど使わずに直接BBSに書き込むだろうから、MLは比較的安全に情報交換ができる方法として人気があるらしい。

主宰者が大手デパートで、登録の時に現住所や氏名、性別、年齢、その他様々な事柄が必要だったことで、何かあってもこれなら大丈夫だろう、と登録してみた。だが何かを過大に期待していたわけではない。日本で、というより東京で何が起こっているのか知っていたい、他愛《たわい》のない芸能界の噂話《うわさ》やブランド物の人気ランキング、ヒットしてるJ－POPだとかちょっと狙《ねら》い目のインディーズ・バンド、そんな、身近だけれど海外にいたのではなかなか耳に入って来ない情報を仕入れたい、と考えていただけだった。何も友達が欲しかったわけじゃない。女友達なんて面倒なだけだもの。

だからMLももっぱら読むだけで、自分から発信してみようなどとは思っていなかったのだ……フェザーBという気取ったハンドルをつけた、なんだか無防備な女の発信したメールを読む瞬間までは。

フェザーB、本名、墨田翔子は、突然思いたって一人旅をしようと旅行社に駆け込み、そこでケアンズを勧められ、ケアンズとはどんなところか教えて、とMLに書き込んで来た。そしてあたし、嵯峨野愛美は、たまたまそのケアンズ在住の日本人だった。それだけのことなのに、人間の優越感とは不思議なものだ。その時のあたしには、フェザーBがあたしを名指しで質問して来たかのように思えてしまった。

だいたい、今どきケアンズとはどんなところだ、などとボーッと他人に訊《き》いてくるというのは、海外旅行の経験がほとんどない、地味な生活をしている女というイメージがあった。きっと英語も苦手だったりするんだろう。しかも突然の一人旅、たぶん、失恋したんだ。あたしは勝手にそう解釈した。そして同情から親切な答えを返した。案の定、フェザーBはすぐに反応して来た。直接メールをくれるようになり、こちらが何か一言書くたびに、夢中になって返事をよこした。わざわざあたしが勤めている旅行社の新橋本店まで出掛けてツアーの予約をしてしまった。ペリカンが見てみたいだとか、どんな色のマニキュアを塗ればいいかとか、遠足に行く前の小学生のようにはしゃいで一所懸命で、女が一人、東京で暮して働いて、海外旅行にも初めて出るような給料しか貰ってなくておまけに失恋、ああ、どんなにか胸膨らませて今度の旅行を楽しみにしていたんだろう、そう想像すると、墨田翔子が可哀想《かわいそう》で愛《いと》しくて、ついつい、自分の本来の性格とはかけ離れた思い遣《や》りに溢《あふ》れたメールを送り続けてしまったのだ。

ところが。

ツアー申し込み書のコピーがFAXされて来た時、あたしは予想もしていなかった事実と直面した。

墨田翔子の年齢、なんと三十七歳と数ヵ月！　立派な中年のおばさんじゃないの！

おまけに、勤務先。日本人なら誰でも知っている、大手総合音楽企業の本社勤務、企画部第二企画課、ですって？　東証一部上場の優良会社で、女子社員の平均年収が日本の全上場企業中二十位以内には入るという、いわば女子大生の憧《あこが》れの就職先、だったのだ。しかも墨田翔子の役職は、係長。勤続十五年未満で係長ということになれば、彼女の年収は、軽く一千万を超えているだろう。

馬鹿《ばか》みたい。

あたしは、とほほほ、な気分で溜息《ためいき》をついた。なんでそんな、優雅なシングル・キャリアおばはんに親切にしてやらにゃならんのや！

ちなみに、あたしの月収は現在約二千四百ドル、一オーストラリアドル＝七十円に計算して、日本円で十六万八千円。まあまあじゃないの、と言われるとシャクなのでぶちまけるが、ボーナスはなし、である。いや、完全にないというわけではない。いちおう、クリスマスの時期には日本円で五万円くらいの「餅代《もちだい》」は支給される。だがそれだけだ。なぜならあたしは正社員ではなく、あくまで契約社員待遇だからである。

これであたし、二十九歳。いやもう、大台目前。いちおうだけど、ハワイ大学を卒業して、英語はぺらぺら、のつもりなのだ。

大阪生まれの神戸育ちで京都の短大を出て、勤めに出たのは京都市内の洋菓子メーカーで、営業研修では系列の喫茶チェーン店でエプロン付けてウエイトレスをやらされた。それから一年近く、デパートの地下食料品売場で、甘ったるくて気が遠くなりそうな匂《にお》いに埋もれてクッキーの量り売りをやっていた。短大を出て就職試験に受かって会社員になったのに、高校生のアルバイトと仕事の内容がほとんど変わらなかった。やっと内勤の辞令が出て異動した先は総務経理部で、接客のお茶汲《く》みと会議のお茶汲みと部長のお茶汲みで一日の大半が過ぎてゆき、残りの時間は営業社員の出張精算書とにらめっこして終わってしまった。二十二歳と二ヵ月でブチ切れて退職、退職金で語学専門学校の海外留学コースに入学。二十三歳半年で渡米、と言っても、選んだ先はハワイだった。その専門学校で留学を斡旋《あっせん》してくれるのはハワイかロサンゼルスかボストンしかなく、はっきり言ってあたしは憧れていたのだ、ハワイ暮しに。それに、ハワイがいちばん年間費用も安かった。貯金と、親に土下座して借りた金を合わせても数年海外で暮すにはぎりぎり、少しでも費用が安いに越したことはない。外国人用の語学学校で死にものぐるいで英語にかじりつき、なんとかＴＯＥＦＬの規定点数をとってハワイ大学に入学を許可され、ワイキキの土産《みやげ》物屋やバーガーレストランなどのバイトでかつかつ食い繋《つな》いで、ようやく卒業して、ばんざーい、と両手をあげたのは昨年の六月。

ところが。

就職なんかどこにもなかった。日本が大不況に陥ってその直撃を喰《く》らったのがワイキキだったのだ。日本人観光客は激減中。閉店する店も数知れず。日本語のできる人材の求人は減る一方。それなら、とアメリカ本土での求人を探した。そして、とある単純な事実に愕然《がくぜん》とした。

つまり。

アメリカでは子供でも英語が話せたのだ。

笑わないで欲しい。

日本で就職したくない、日本で働いていていまいち不満、だったら海外で自分を生かそう！　なんて簡単に思い込んであたしと同じコースを歩く人間がどれだけたくさんいることか。英語コンプレックスは日本人の共通病だ。ともかく英語さえ話せれば国際社会で通用する、と勘違いしてアメリカやイギリスの大学に入りたがる日本人は跡を絶たない。確かに、英語が話せないと国際社会で活躍するのは辛《つら》いだろう。だが英語が話せるだけでは、英語圏の中学生と同じラインに立つという以上の意味を持たないのだ。

ハワイではまだ、日本語ができる、というのは武器になった。だが本土では、十年以上に及ぶ大不況で青息吐息の日本を主な相手として商売する企業など、もはや少数になってしまった。日本語と英語を自在に操る人材など掃《は》いて捨てるほどいる。プラスアルファがなければ採用してくれる企業などない。マウイ島やハワイ島ならば就職先はないでもなかった。だがどれも現地採用で、雇用契約はいい加減、日系三世だ四世だという「島の主《ぬし》」みたいな古株が幅をきかせる村社会がはびこっていて、過疎《かそ》の農村に嫁にいくぐらいの覚悟がなくては勤まりそうにない。もっとも、それもいいかな、とはちらっと思ったけれど。過疎の農村にいけば若い女は大事にしてもらえるということもあるかも知れない。ハワイ島の現地スタッフになれば、日系三世のおばあちゃまたちから可愛《かわい》がってもらえるかも。

しかしそれでは、いったい何の為《ため》に、爪《つめ》に火をともすような思いまでして英語圏の大学を出たのだ？

あたしにだって野心くらいはある。あったから日本を飛び出したのだ。ただ空気が綺麗《きれい》で自然が美しいところでのんびり暮したかったわけじゃない。

つまり、アメリカにいるからいけないのだ、と、あたしは発想を転換させた。アメリカにいれば英語が喋《しゃべ》れてあたり前。だったら日本に戻ればいいんだ。日本の会社で英語に堪能《たんのう》な人材を求めているところを狙おう。

あくまで甘いあたし。自分が日本を離れていた五年近くの間に、日本の就職戦線は一層悲惨なものとなっていたことを、ちょっとばかり英語がしゃべれるというだけの三十目前の女に働く口なんかあるもんか、と、母校である専門学校の就職相談窓口で冷たい視線を向けられるまで認識していなかった、アホ丸出しのあたし。

それでもさすがは母校だけのことはある。何社か有望そうな会社を紹介してもらい、ともかく面接までは漕《こ》ぎ着けた。ほとんどが中堅以下の商社と零細に毛が生えた旅行代理店。いきなり正社員に、というところは一件もなかった。それは無理もない。三十目前まで会社勤めの経験がわずか三年にも満たないという経歴では、いきなり正社員で雇ってやろうなんて誰も思わないだろう。それでもできるだけ条件のいいところ、勤務実績によって正社員に登用可、能力重視、福利厚生関係充実、年収四百万以上、というところを絞り込んで粘り、ようようの思いで採用の通知を手にしたのが、新橋に本社がある旅行代理店M社だった。勤務先はオーストラリア、ケアンズ。ケアンズってどこよ？

あたしは世界地図を引っ張りだし、オーストラリアのガイドブックを買い、結論した。ケアンズはラハイナよりちょっとだけ大きい。でもたぶん、観光客の数は少ない。

ううう。

あれ、月収十六万八千円でどうして年収四百万？　ボーナスなしなのに？

そうなのだ。計算が合わないのだ、どう足し算してみても。からくりは後になって判明した。M社の契約社員には、契約一種、契約二種、と二種類の形態があって、あたしが採用されたのは契約二種、限り無く現地採用パートタイムに近い、いわば臨時雇いのような状態だったのである。もちろん抗議はした。したわよ、そりゃ。したけれど、雇用契約確認書はお渡ししてあります、と言われたらそれでおしまいだった。確かに貰っていた。ただ細かいとこまでは読まなかっただけ。契約二種で入社して年収四百万に達するには、勤務実績でAAA《トリプルエー》を獲得して主任クラスに出世するよりない。契約一種に格上げして貰いたいなら、旅行業務取扱管理者資格を取得してください、とあっさり言われた。資格があればすぐ一種に変更させていただきます。はい、正社員登用対象にもさせていただきますよ。

かくして、あたしはまた、へとへとになって仕事から戻ると参考書や問題集と格闘する日々をおくっている。

そのあたしが、なにゆえ、年収一千万を超えているであろう優雅な独身貴族ババアの気晴らしにつきあわなくてはならないのだ。仮に墨田翔子が見るも無惨な失恋をしたあげくの逃避行を企てたんだとしても、お金があるんだからなんとかしなさいよ、自分で。何がペリカンだ、何がマニキュアだ。海外旅行が初めてだなんてわけ、ないものね。ケアンズを知らなかったのは、田舎町なんかに興味がなかったから。きっと、パリだミラノだニューヨークだロンドンだってひと通りは行き尽くして、おまけに都内にマンションなんか持ってるに違いないんだから、ほんとにもう！

と、ひとりで怒りを盛り上げてしまいそうになって、あたしはぐっと自分を抑えた。別に熱くなる必要はないのだ。たかがメーリングリストで知りあったという程度の交友関係、別に親友になったわけでもなんでもない。翔子にしてみたところで、あたしがケアンズに住む日本人だったから旅の情報を集めるためにメールをよこしたに過ぎないわけだし、たぶん、この旅行から日本に戻ったらあたしのことなど忘れてしまうだろう。ほんの一時《いっとき》すれ違っただけの人生なのだから、お互い、嫌な思い出にならないように猫をかぶっていればいいだけのこと。あたしもさんざん猫をかぶりまくったことだし、きっとフェザーBだってそうだろう。

海外旅行にある程度免疫《めんえき》があり、そこそこ知的な旅行者なら扱い易いし問題も起こさないだろうから、歓迎すべきお客様。海外がまったく初めての場合には、古典的にバスタブに湯を入れる方法から寝巻でホテルの廊下を歩くなという注意までしなくてはならないし、逆に妙に海外慣れしている連中には、面白半分で危険な場所に近づくな、とか、麻薬や売春にはくれぐれも手を出さないでくださいとか、本気で涙目になって頼み込まないとならなくなる。ケアンズにはオアフのダウンタウンのように危険な場所などはないが、それでもカジノがあって売春婦も少ないながらうろついている。特に、日本からの直行便がケアンズ国際空港に乗り入れるようになってから、この田舎の小さな町に日本人観光客が溢れるようになって、町の様子もかなり変わって来た。もちろん、自分も含めてその変化の一部なわけだけれど。ケアンズを経由する以前はかなり南のブリスベンまで行って、そこで乗り換えてゴールドコーストなどの観光地に向かうのが一般的だったが、ケアンズで乗り換えがきくようになって、エアーズロックやダーウィンなど、内陸や北側の観光地に日本人が楽にアクセスできるようになった。オーストラリア全体の観光産業にとっては朗報だが、同時に、未《いま》だに金持ち神話を背負わされている日本人がたくさんうろうろする町ということで、シドニーあたりの犯罪者まで移動して来ているという噂《うわさ》がある。数年前にはとうとう、日本人の若い女性が殺人事件の被害者になってしまった。もし自分の担当した旅行者がそんな事件に巻き込まれたら、と思うとゾッとする。ともかく危ないことはしないで、余計なことはしないで、決められた観光コースでおとなしく観光して帰ってと、祈るような気持ちで空港出迎えにのぞむのが正直なところなのだ。

その観点からすれば、フェザーBは良客で、特に問題なく日本に帰ってくれそうだった。たった数日のこと、猫をかぶり通しても辛いというほどのことはないし、第一、フリープランのツアーなのだから、あたしがいちいち面倒をみてやる義理はないのだ。何か相談されたら答えてあげればいいだろう。

あたしは名簿をもう一度確認した。今朝空港で出迎えるツアー客は二種類で、ケアンズだけに滞在する予定の三組八人と、今日の昼の国内線でエアーズロックに向かう予定の四組十人、計十八人だ。このうち四組十人は、到着の確認だけ済ませたら別の担当に引き継いで終わり。国内線の出発ロビーは別のビルの中にあり、国際線のビルからはかなり遠い。マイクロバスに乗せてしまえば、後は国内線のビルにいる担当者の責任になる。従って、あたしの担当はたった八人。

あれ？

あたしは名簿をもう一度見た。一組一人は墨田翔子、それは問題ないとして、残りの七人の内訳が、三と四、とか二と五、ではなく、一と六だったのが意外だった。六人というのは年齢と名前からすべて家族とわかる。つまり、翔子の他にひとり旅の客が一組一名、いるわけである。

海外旅行の一人旅そのものは特に珍しくない。男性なら一人旅にわざわざツアー申し込みをしたりはしないだろうが、女性は一人旅でもツアーを利用する。一人旅の場合、ホテルの部屋料金などを割増されるのでツアーでも決して安くはならないのだが、何かあった場合に旅行社の社員に相談できるという点で心強いのだろう。それに最近のツアーは、集合の時だけは団体行動になるものの、現地ではほとんどフリープランでほっておかれる。一人旅の気ままさを損なわれる心配はほとんどない。現に、翔子もひとりでツアーを申し込んで来ている。

やだな。あたしはひとり、舌打ちした。特に意味もないのに、このもやもやした不安はなんなんだろう。この仕事を始めてから、「嫌な予感」がけっこう当たるようになったというのは事実だった。認めたくない事実だけれど。担当するツアー客の名簿を見た時に、理由はないのにどうもひっかかる名前というのがあるものなのだ。そしてそうやってひっかかった名前の持ち主は、大なり小なり必ずトラブルを起こしてくれる。不幸を予言する女なんて最悪。こんなことがバレたら、男は絶対に寄りついて来なくなるだろう。

あたしにもやもやした気分をもたらした客の名前は、オオイズミレイナ。レイナ、ってどんな字を書くのかしら。麗奈かな、やっぱり。少女漫画チックな字とすれば。こういう名前を娘につける親、特に母親は、たいてい、自分の容姿に過剰に自信があるか極度に自信がないかのどちらかだ。娘が自分に似て美人になると信じているか、父親の血が混じるのだから少なくとも自分よりはましになると信じていなければ、そうそうつけられる名前ではない。期待にそぐわない結果が生じた場合の娘の悲劇を少しでも想像してみたらいい。それはともかく、この場合には、親の期待にそぐわない結果を生じていることを密《ひそ》かに願っておく。ツアー客のトラブルは、不美人より美人の方が起こす確率が高いというのはなぜか真実なのだ。どうしてなのか理由は分析したことがないけれど。

入国手続きを終え、荷物を受け取って税関も無事に通り抜けたツアー客が姿を現す到着ロビーには、毎朝毎朝、数社の日本の旅行会社が客のお出迎えにスタンバイしている。ワイキキやグアムなどと違って、まだ日本人観光客が訪れるようになってから年数の浅いケアンズには、日本の旅行社の数はあまりない。大手数社を除けば、あたしが勤めている会社が「小さいところ」の筆頭で、それより小さいとなると、オプショナルツアーやオリジナルの観光案内を現地で請け負う会社ばかりになる。そうしたところはツアー本体を企画して販売するわけではないので、お出迎えには加わらない。従って、必然的に、お出迎えの中ではあたしの会社がいちばんちっちゃい、ということになるわけだ。最近の価格競争の結果として、大手だろうとうちの会社程度の中の下クラスだろうと、ツアー料金そのものにはたいした差もないし、泊るホテルもオプショナルツアーにもさほどの違いはない。これがオアフあたりになると、ピンからキリまで様々な料金設定が可能、ホテルのランクも上から下までよりどりみどりだし、市内観光などの中身もツアー価格によってびっくりするほどの違いが出る。しかしケアンズにはワイキキほどたくさんのホテルも土産物屋も存在しないので、バリエーションはおのずと限られてしまうわけである。では何が違うのか。あたしの主観では、何より差を感じるのは、お出迎えの時のバスの大きさ、なのである。そう、あたしの会社では、ツアー客が二十名を超えなければ大型の観光バスなど用意しない。今朝のように、ケアンズ滞在組が計八人、となればかろうじてマイクロバスが登場するが、これが七人だったら三列シートのヴァンに客を押し込んで移動することになる。荷物は別の車でそれぞれの滞在ホテルに運んでしまうからヴァンでも乗れないことはないのだが、隣りで大手旅行社の用意したでっかい観光バスがドドーッと排気ガスを撒《ま》き散らして去って行くのを横目で見ているツアー客の顔には、はっきりと、やっぱ大手にしといたら良かったかなあ、という後悔の色が浮かんでいたりするわけだ。どうせホテルのチェックインタイムまでの時間潰《つぶ》しに自然公園でカンガルーを眺める、というコースはどのバスに乗っても変わらないのだが。

今朝も、ロビーにはすでに日本の旅行業界最大手のひとつ、J社の持ち看板を足下に立てて、その上に器用に肘《ひじ》を載せた格好で名簿を眺めている見知った顔がいた。

「ハーイ」

室戸《むろと》瑛子《えいこ》が片手をあげてあたしに挨拶《あいさつ》する。

「モーニン。調子はどう？」

「いつもと同じ」

あたしは瑛子の横に立ち、ちらっと名簿を盗み見た。多い。軽く二十名は名前が並んでいる。

「連休でもないのに、けっこう来るのね」

「キャンペーンやってるのよ。すごく胸がでっかいなんとかいうタレントが水着でね、時差がほとんどないからハワイよりいいぞー、って煽《あお》ってるの。確かに時差はないけど、他にもないもんはいっぱいあるんだけどねぇ」

「スリル、サスペンス、そしてエキサイティング」

「いい男」

言って、瑛子は肩をすくめた。

「ま、それはいらないかもだけど。今日も来るのは新婚と家族連ればっかし」

「新婚、そんなに多いの？　オーストラリアのハネムーン・ブームは終わったって言われてるのにね」

「不況だからねぇ、日本は。結局、ヨーロッパとかは高くつくでしょ、ツアー料金そのものが安いとこで探せば、月並みにハワイかアジア、オーストラリアってことになるわけね。おまけにまだシーズンオフだから、割引料金だし」

「やっぱりエアーズ行きが多いの？」

「うん。今日も七組の新婚が砂漠の真ん中に向けて旅立つわよ。あんな暑いとこに新婚でわざわざ行くことないと思うけどねぇ。でも日本人ってのは、聖なるもの、ってキャッチに弱いからね。初日の出を拝む感覚でエアーズのサンライズをありがたがっちゃうわけね。人生の門出は神秘的な力に包まれてどうだこうだ……ああ、あたしも本社の広告企画部あたりに異動にならないかなあ。広告代理店のイケメンと組んでキャンペーンの企画立てるなんてのが、あたし的に理想のキャリアウーマン像なわけだもんね」

瑛子は新卒で入社した正社員らしい。異動で日本に戻れる可能性は大いにあるわけだ。

他愛《たわい》のないお喋《しゃべ》りをしているうちに、成田からの便が到着したと表示が出た。あたしはミスしないよう名簿にもう一度目を通し、ツアー客がちゃんとバッジをつけて出て来てくれることを祈る。お出迎えの時点で迷子を出すと、あたし自身の査定に大きく響くのだ。

2

エアーズロックに向かう十人を無事国内線ビルに向かうマイクロバスに乗せ、残り八名もともかく大きなトラブルなく出迎え用のバスに詰め込んで、最終的な点呼をとって全員がバスの中にいることを確認すると、あたしはやっと緊張を解いて毎朝の儀式にとりかかった。とりあえず自己紹介してからバスの運転手、チャーリーの紹介、そのチャーリーがおぼえたばかりの日本語で古いジョークを飛ばしてシャイな日本人がいくらか笑うのに満足すると、今度はケアンズの町並みの解説、気候の話。カジノのドレスコードの説明と、ケアンズの港の前に広がる泥色の海の言い訳。パンフレットに載っているグレートバリアリーフは嘘《うそ》じゃありません、船でちょっと出ると見られます、と、失望した顔つきの客たちを納得させ、ホテルのチェックイン時刻までワイルドワールドでコアラを抱っこさせて記念撮影、それからDFSに連れて行ってショッピングカードを作らせ、午後一時もだいぶ過ぎて、ようやくそれぞれが宿泊するホテルをまわって客を降ろす。客の数が多い時はホテルごとに別のスタッフが待っていてチェックイン手続きをしてくれるが、今日はたった三組なので全部ひとりでやらなくてはならなかった。もっとも、ほとんどのホテルはチェックインが午後三時からなので、早めにホテルに着いてしまったツアー客はロビーに放り出されて部屋の用意が整うまで待たなくてはならない。運が良ければ早く部屋に入れてもらえることもあるけれど、いずれにしてもあたしは部屋に入るまでつきあってはいられない。

墨田翔子は、想像していたよりも少しだけ美人だった。そして、感じは悪くなかった。何より、あたしの劣等感を刺激するような輝きが感じられない点が気に入った。そう、翔子は疲れていた。明らかに。飛行機の中でほとんど寝られなくて睡眠不足とかそういう問題ではなく、もっと深いところに疲労を溜《た》め込んでいる感じがした。この仕事をしていて毎日毎日、旅に出る、という非日常の中に身を置いた人々の顔を見るようになり、おぼろげながら、その人がどうして旅に出たいと考えたのか想像ができる場面にぶつかることが、たまにあった。翔子はそつのない化粧をして、実際の年齢より少し若く見えてはいたけれど、彼女が何かから逃げたくて旅に出たのだ、ということが、そこはかとなく伝わって来る程度にくすんだ皮膚と、うっすらとした目の下のクマ、それにいくらかたるんだ頬《ほお》を持っていた。それだけで、あたしは優しい気持ちになって翔子を見た。翔子は他のツアー客の前で馴《な》れ馴れしい態度をとるほど馬鹿《ばか》ではなく、初対面の点呼の時から照れたような微笑《ほほえ》みを見せただけだったが、それでも、あたしに会えて喜んでいるんだ、ということがわかった。あたしは、フェザーBにケアンズを勧めて良かった、と、素直に想《おも》った。

ワイルドワールドで順番にコアラを抱いている最中に、やっと翔子と二人だけで話ができる時間があった。

「嵯峨野さんって、思っていた通りのひとだった」

翔子は嬉《うれ》しそうに言った。

「陽気で親切で、それにすごく機転が利《き》きそうで。朝からずっと、大変なお仕事だなあって感心してました」

翔子の言葉に皮肉はなかった。勤めている会社の規模は比較にならないけれど、年上の女性に仕事ぶりを認めて貰《もら》えたことが、どうしてなのか、ひどく嬉しい。そう言えば最近誰かに誉《ほ》められたことがほとんどなかったな、と、あたしは思っていた。

「コアラもいいけど、わたし、ペリカンが見たいんですよね。海辺の公園で見られることがあるって、メールに書いてありましたよね？」

ペリカン、ねえ。あんな不細工な鳥にどうしてそんなにこだわるんだろ、と思ったけれど、あたしは頷《うなず》いた。

「墨田さんのホテルはその公園の真ん前なんです。朝、公園の散歩に出てみてください。運がいいと見られますよ。他には何か計画あります？　オプショナルツアーの申し込みは今日もできますけど」

「ペリカンのことばかり考えていたから、他に何をしたらいいかわからないわ」

翔子は呑気《のんき》に笑った。

「お勧めはあります？」

「そうですねえ……やっぱりグリーン島へのクルーズかな。ここまで来たらグレートバリアリーフは見ないと残念ですよね。後はキュランダ高原も気持ちのいいところだし、動物がお好きでしたら夜行性動物を見学するツアーもあります……あの、でも」

あたしは、もしお疲れでしたら、と言いかけて言い直した。

「もしのんびりしたいなとお思いでしたら、無理にあちこち行かなくても、公園の木陰で本を読んだりカジノでスロットマシンか何かちょっとやってみたり、そういうのも楽しいと思います。治安はそんなに悪くないので、女性ひとりでもゆったりできますから。でも、男性からの誘いには気をつけてくださいね。最近は日本人女性を狙《ねら》った不良っぽい連中も増えてますし」

「こんなおばさんじゃ誰も声かけて来ないわ」

「そんなことないんですよ。日本人の顔ってとても若く見えるんです。あたしなんかでも、すっぴんでラフな服装だとカジノで断られることがあるくらいです」

とは言え、翔子はすっぴんでも未成年には見えないな、と、あたしは微《かす》かに優越感をおぼえたりする。若さを誇るのは愚かなこと、生きていれば誰でも宿命として歳《とし》をとる。あたし自身、自分より若い女の子たちの哀れむような視線に何度殺意をおぼえたことか。それなのに、人間の業《ごう》ってやつはまったく情けない。あたしは少し反省しつつ、オプショナルツアーのパンフレットを束《たば》にして翔子に手渡した。いずれにしてもこの人はしっかりしていそうだから大丈夫。家族連れはトラブルを起こしたにしても、一致団結していればパニックにはならないだろう。問題なのはあとひとり、オオイズミレイナ、パスポートによれば大泉嶺奈《おおいずみれいな》、麗奈じゃなかったのね、一九七二年生まれの彼女だけ。

とは言っても、今日の八人がケアンズからいなくなるまであと今日を入れて四日、その間にエアーズロック組の十人も戻って来るし、一日おいた明後日にはまたお迎え当番が回って来て、さらにシドニーからケアンズに来るグループも加わって担当するツアー客が一気に増えてしまう。ホテルごとに決まっている担当者に分担して貰うにしても、常時三十人以上の面倒をみていなければならないローテーションなので、まだ何もトラブルを起こしていない大泉嶺奈のことばかり考えているわけにもいかない。それでもついつい、大泉嶺奈の姿を探してしまうのが、朝から抱いていた理由のない不吉な予感の影響なのだろうか。

その大泉嶺奈は、しかし、おとなしく列に並んでコアラを抱く順番を待っている。あたしはさりげなく近寄って、カメラをお持ちでしたらシャッター、押しますよ、と申し出た。

その時、嫌な予感が半分当たった気がした。

「あの、あたし、カメラ持ってないんです」

ビデオも持っていない。そう言われてみると、彼女は、ＯＬが昼休みに財布を入れて歩くような、とても小さなトートバッグをひとつ持ったきりだった。スーツケースは別便でホテルに運んでいるから身軽なのは当然なのだが、日本人で海外旅行に来て、カメラもビデオも持たないというのは、非常に珍しい、と言っていい。しかも彼女は一人旅なのだ。

コアラを抱いた写真はプロが撮影して売りつけてくれるからいいとしても、他の思い出はどうするつもりなのだろう。すべて脳裏に焼きつけて帰る？　それができるなら確かにスマートだし、西洋人にはそうした感覚を持つ人々も多いかも知れない。だが日本人は違う。日本人は写真が大好きなのだ。おそらく、世界でいちばん写真が好きな民族だろう。何しろ携帯電話にまで写真を撮らせてしまうくらいなのだから。きっとそのうち、冷蔵庫とか炊飯器にも写真が撮れる機能をつけちゃうんじゃないかと思う。

それなのに、大泉嶺奈はカメラを持って来ていなかった。忘れたのではない。忘れたのならば空港でもどこでも、レンズ付きフィルム、通称使い捨てカメラを売っているのだから買えたはず。

あたしは、不自然に見えないように微笑みながら後じさりして墨田翔子のそばに戻った。翔子もコアラとの記念撮影の列に並んだところだった。

「あの、ちょっとお願いしたいことがあるんですけど」

あたしはごく小さな声で囁《ささや》いた。

「これからご案内するホテル、今写真を撮っている大泉さんと墨田さん、同じホテルなんですよね」

「あら、そうなの。一人旅同士だからちょうど良かったわね」

「ええ。あのそれで……お二人にはわたしの携帯の番号をお教えしますので、何かあったら二十四時間、いつでもかけていただいて構わないんですけど」

「ほんと？　でもそれじゃ、嵯峨野さん、大変でしょ？」

「六人連れの和田《わだ》さんは、ホテルに担当者がいるんです。でも墨田さんと大泉さんがお泊りになるホテルにはうちのツアーデスクもないし、担当もいないので、お帰りになるまでわたしが直接担当させていただくことになっています。仕事ですから遠慮はいりませんので。ただ、その……それとは別に」

「別に？」

「……大泉さんのご様子に……何か、その……気になることがあったら教えていただきたいんです。電話で、すぐに」

墨田翔子は、漫画の主人公のように目をぱちくりさせた。そうして瞬《まばた》きすると、つけ睫《まつげ》ではない自前の睫がすごく長いんだな、とわかる。翔子は瞬時に事態を把握しようとあたまを回転させたらしい。一秒足らずで、その瞳《ひとみ》に興奮と輝きが現れた。

「……わかりました。できるだけ気をつけています」

秘密任務をさずかったFBI捜査官のような顔で翔子が頷いた。ちょっとノセ過ぎたかな、とも思ったが、翔子は勤め先からしても年齢からしても、のぼせあがってすべてをぶち壊すようなタイプではないだろう。大泉嶺奈、ひとり旅の女の様子がおかしい、とほのめかせば、自殺防止に協力するのは自分の義務だと思ってくれるはず。実際、頼むからこのツアーの最中に自殺だけはやめてね、と、あたしは祈るような気持ちでいた。この仕事に就いた直後、以前は香港《ホンコン》で旅行社に勤めていたという同僚が教えてくれたのだ。一人旅の女がカメラを持ってなかったら要注意よ。昔あたしが担当したツアー客でね、ホテルの部屋に遺書遺《のこ》したまんま行方不明になっちゃった女がいたんだから。もちろんまだ行方不明のまんまよ。それからしばらく、アバディーンで食事するたびに、出て来た蟹《かに》が海中で何を餌《えさ》にしていたのか考えて食欲が失《う》せちゃったわよ……

大泉嶺奈はコアラを抱いて微笑んでいる。特に奇妙な笑顔ではない。だがはっきりと、固い。あたしは大泉嶺奈がもう少し美人であってくれたら良かったのに、と、数時間前とは逆の思いを抱いていた。美人はよほどのことがない限り自殺しない。標準以下のご面相の場合も同様。女性で自殺率がいちばん高いのは、ごく普通にそのへんに転がっている、特に美人でもないけれど良く見たら可愛《かわい》い部分もあるよ、という容姿の持ち主なのだ。どうしてかって、そんなの決まってる。いちばん騙《だま》され易《やす》いから、だ。そして大泉嶺奈は、少しだけ名前負けしている、とてもとても騙され易い顔をした女性だった。哀《かな》しいことに。

3

墨田翔子はグリーン島の半日観光とキュランダ高原への一日ツアーを申し込み、残りの二日間はペリカンに会えるのを楽しみに、公園で読書したり町をぶらついたりする、と言っていた。適度な観光と休息、ひとり旅には賢明な選択だろう。シーフードのおいしい店を教えて欲しいと言われたので、観光客にはあまり教えないとっておきの店も紹介した。ガイドブックには載っていないが、とびきり新鮮なシーフードが楽しめてしかも安い店。ケアンズ在住の日本人が贔屓《ひいき》にしている店だ。翔子なら、ひとりで食事してもそれなりに様《さま》になりそうだった。良く言えば世慣れている、いじわるに言えば、独りが板についちゃった感じ。

翔子の抱えている疲労の原因を知りたいとは思わなかったが、この旅が終わって日本に戻ったら、きっと彼女の方からメールで打ち明けて来るだろうという気がした。

　一流企業で高い給料を貰っているからって人生薔薇色（ばらいろ）とばかりは限らない。当たり前のことだけれど、翔子の肩書きだけ見て僻《ひが》んでむくれた自分がおかしかった。せっかく知り合いになって、こうしてケアンズまで自分に会いに来てくれた人なんだから、もっと素直に迎えてあげないとね。それに、秘密任務をお願いしたことでもあるし。もし仕事の合間に時間がとれたら、翔子を誘って食事でもしてみようか。ツアー客に見られると特定の客を贔屓したみたいでまずいから、こっそりホテルに電話して。そんな余裕があるといいんだけれど。それには担当してるツアー客がトラブルを起こさないでいてくれることがいちばんだ。

しかし、受け持ちのツアー客がひとりもトラブルを起こさずにいられる日など一年を通じてもそんなにはない。墨田翔子を出迎えた日の夜には、前日にシドニーから到着していたツアー客がカジノで財布をスられ、翌朝はさらに別の日からケアンズに滞在している客がパスポートをなくしてしまった。今どき、ホテルのセイフティボックスにパスポートを入れずに腹巻の中にしまって持って歩いていたというのにも驚いたが、トイレでその腹巻をたくしあげた際にパスポートを落としたことにまったく気づかなかったというのにはもっと驚かされる。海外に出たらパスポートは命の次に大切なものなんですよ、と子供に言い聞かせるようにして説明したのは、つい二日前だったというのに。まあそれでも、金品の盗難やパスポートの紛失は、水あたり食あたりの次にありふれたトラブルではあった。全財産なくしてしまった、という場合にはちょっと困るが、たいていの場合、観光客もいくらかの現金やトラベラーズ・チェックは別の場所に保管しているし、運良くクレジットカードが手元にあるならケアンズで生活に困ることはない。むしろカードを財布と一緒に紛失していることの方が心配なのだ。今回の場合、スられたのは外貨を入れてあった財布だけで、日本円とカードの入った財布は無事だったので面倒は少なかった。午前中一杯、パスポート紛失に伴う諸手続きを当事者と一緒に済ませ、ツアー終了日に一緒に帰国できるめどがたったところでホッとする間もなく、エアーズロックに一泊した十人を出迎えに空港へ向かう。中にひとり、エアーズロック登山中に軽い捻挫《ねんざ》をして足を引きずっている女性がいたが、とりあえず全員砂漠から無事帰還していたのでチャーリーが運転するバスでそれぞれのホテルに送り届ける。事務所に戻って業務日誌をつけ終わると生欠伸《あくび》が出るほど疲れを感じ、同僚の食事の誘いも断って早々に自分のフラットへ帰った。それでも携帯電話だけは電源をオンにして部屋の中にいても身近に置くのが習慣だ。シャワー中にだってすぐ応答できるよう、ビニール袋に入れてバスルームにまで持ち込んでいる。まるでニューヨークの証券取引所を舞台に巨額の取引を扱うトレーダーか何かみたいに、忙しさだけはいっちょまえ。

それだけが楽しみのバスタイム、いちばん気に入っているワイルドローズの香りの入浴剤を湯に溶かしてからだを沈め、オーストラリア特産ラノリン石鹸《せっけん》を泡立てると、やっと少しだけ幸せを感じ始めた。

石鹸の泡で掌《てのひら》の上に抽象的なオブジェを創造しつつ考えるのは、休暇はいつところか、それだけだった。本社は日本の会社なのでオーストラリアの一般的基準からするとかなり少ないが、それでもバカンスは四週間認められている。現実問題として人手不足なので四週間まとめて休める可能性は低いけれど、なんとか十日だけでもまとめて休んで日本に戻りたい。戻ったら、まず温泉だ。それから徹底的に買い物三昧《ざんまい》。と言っても予算の問題があるので、まあ大部分はウィンドウ・ショッピングだけれど。ともかく都会の空気を感じたかった。ケアンズは悪い町じゃない。でも田舎過ぎる。

あたしはいつまでここで暮すんだろう。

考え出すと堂々巡りに陥るので考えないようにしている疑問。

日本に戻りたい？　日本で仕事をして暮したい？

それも少し違う。まだ海外暮しは続けていたい。でもずっとこの町にいるのは？

それはイヤ。

あたしは中途半端《はんぱ》なのだ。自分のその半端さ加減を持て余している。

墨田翔子は、あの歳《とし》になるまで独身で働き続けている。彼女は恋愛をしたことがあるんだろうか。もちろんあるだろう。でも結婚は？　そこまで突っ込んだ話はまだしていないから、もしかすると離婚経験者なのかも。あたしは彼女の歳になった時、どこで何をしているんだろう。まだこの町にいて観光客の世話をやき続けているのか、それとも全然別の何かをしているのか……

突然携帯が鳴った。あたしは盛大に舌打ちして、ビニールの上から携帯を摑《つか》み、応答した。ビニールを通しても受け答えくらいはできる。

「ハロー？」

日本人の発音だった。女性。墨田翔子？

「アー、ミス・マナミ・サガノ、プリーズ」

「わたしです。翔子さん？　あの、ちょっと待ってください。五秒！」

あたしは湯舟から出てバスタオルをからだに巻いた。手の水気をふきとり、ビニールから携帯を出す。

「もしもし？　どうしました？」

「ごめんなさい、こんな時間に」

「構いません。何かトラブルですか？」

「いえ、その……あたし、今、レストランにいるんです。ダンディーズです」

観光ガイドには必ず載っている有名レストランだ。カンガルーだのクロコダイルだのが上品に食べられるので、珍しいもの好きの観光客に人気がある。それはいいとして、何よ、まさか今からあんなところでエミューでも一緒に食べませんか、なんて言うつもりじゃ……

「大泉さんがいるんです」

翔子の言葉に、あたしは緊張した。

「ご一緒なんですか？」

言ってはみたが、一緒に仲良く食事しているだけならわざわざ携帯に連絡などして来ないのはわかっていた。

「いいえ」

翔子の声が囁き声になった。レストランの電話からかけていて、近くに日本人の姿があるのだろう。

「カンガルーを食べてみたくて来てみたら、たまたま姿を見かけて。あのでも……ごめんなさい、たいしたことではないかも知れないんですけど……大泉さんの様子が少し……」

「どうしたんですか?」

あたしもつい小声になった。自分のフラットのバスルームにいるのに。

「何かおかしなことでも?」

「ずーっと、見つめているんです。日本人の、たぶん新婚じゃないかと思うカップルのこと。わたしたちのツアーの人ではないと思います。J社の日程表を手にして喋《しゃべ》っているのが見えましたから。あたしが先に席について、それからカップルが来たんです。そのすぐ後で大泉さんが来たんですけど、ウエイターに何か言ってました。で、カップルからとても離れた席についたんです。あたし、大泉さんに声をかけようとしたんだけど……彼女、じーっと、ものすごく真剣にカップルの方を見たまんまなの。瞬きもしないって感じで。さっきからもう十五分くらい。オードブルみたいなものが運ばれたのにもほとんど手をつけなくて。なんでもないことだと思うんだけど……何か気になって」

「わかりました。あたし、もうオフタイムなんで、今から行きます」

「せっかくお休みなのにそんな……」

「どうせ夕食、まだだったんです。えっと、支度して、そうですね、三十分で行かれますから。もしそれまでに大泉さんが店を出てしまったらまた携帯に連絡ください」

嫌な予感は、今や三分の二以上当たってしまった。シチュエーションは簡単に想像できる。大泉嶺奈は、自分をフッて別の女と結婚した男の新婚旅行に日程を合わせてこのケアンズにやって来たのだ。彼女の旅の目的が何なのか、それ以上は想像したくない。大事なことは、つまらない考えを絶対に実行に移させないようにすることだ。墨田翔子が敏感な女性で、本当に助かった。

タクシー代を奮発してダンディーズに駆け付けたのは、電話を受けて二十二分後。墨田化粧もせず、髪は濡《ぬ》れたままだったが、そんなことに構ってはいられなかった。墨田翔子のテーブルに案内して貰って席に座ると、なるほど、視界の左端に大泉嶺奈が見える。あたしは彼女に気づかれないよう、翔子の陰になる位置に座った。翔子の前にはオーストラリアンフェアと呼ばれるプレートが置かれている。カンガルーだのバラマンディだのクロコダイルだのを一緒くたに盛り付けた、観光客向けの一皿。だが翔子は嶺奈のことが気掛かりなのかほとんど手をつけていない。旅行代金を払ったお客様なのに、こんな探偵みたいなことさせて悪かったな、と思う。だがそれよりもまず、大泉嶺奈だ。

「あそこ。あのカップル。もう食事、終わりそうね」

翔子が顎《あご》の先だけで教えた視界の右端に、一目見ただけで新婚とわかる華やかな二人連れがいた。女は美人だし男は美男子だ。それだけで反感をおぼえるあたし。二人はもう食後のコーヒーを飲んでいた。

「出るかも。ね、これ早く食べてしまいましょ」

あたしは翔子をせかして皿の上のものを口に詰め込ませ、コーヒーを二つ追加してついでにカードを手渡した。

「ここ、あたし出しますから」

翔子が大袈裟《おおげさ》に辞退しようとするのを視線で抑えつけ、同じようにコーヒーを飲み始めた嶺奈を観察する。嶺奈は本当に、ほとんど瞬きをしていない。その思い詰めた顔つきに、あたしは背中の寒気をこらえて呟《つぶや》いた。かなりヤバそう。

遂にカップルが立ち上がる。あたしは緊張した。当然、嶺奈も後を追うのだと思った。だが、違った。嶺奈は動かなかった。あたしと翔子とは、カップルが完全に店から姿を消すまで、身の入らないお喋りを続けていた。拍子抜けはしたが、今夜は何事もなさそうだ、と思うとホッとする。十分近くしてから嶺奈がやっと立ち上がった。あたしたちも嶺奈から遅れて一分ほどで店を出た。嶺奈はゆっくりと歩いていた。行く先の見当はすぐついた。DFSだ。DFSからは主要ホテルを巡回して送り届けてくれるバスに乗れる。予想通り、嶺奈はバスが横付けする入り口の歩道に立ってショッピングカードをバッグから取り出し、握り締めている。今夜の探偵ごっこは、どうやらこれで終了のようだ。

あたしは翔子と顔を見合わせて苦笑いし合った。

「さっきの食事、食べた気がしなかったでしょ？　イタリアンでよければ安くておいしいとこ知ってるけど、どうですか？　カクテルも飲めるし」

「嬉《うれ》しい！」

翔子がニコッとした。目尻《めじり》の皺《しわ》が笑うと目立つ。それでも、やっぱりこのひと、あたしより美人だ、とあたしは思った。

4

十時前に翔子をホテルに送り届け、あたしはJ社の室戸瑛子に電話をかけた。

「ちょっと待って、どんな新婚だって？」

「だから、女はねえ、松嶋菜々子《まつしまななこ》をちょっとブスにして背を縮めたみたい、男はえっと、不夜城の金城《かねしろ》なんとかいうやつみたい」

瑛子がゴソゴソと書類をめくる音がした。

「なにしろ、今受け持ってる新婚って十一組もあんのよねぇ。ちょいブスの松嶋菜々子に不夜城ねえ……あ、これかな？　北見兼一《きたみけんいち》と滝上《たきがみ》めぐみ。まだ入籍してないね、こいつら。今どき古風だねぇ」

未入籍で新婚旅行に出て、旅行から戻ってから入籍するのは昔は当たり前のことだったが、最近は夫婦共働きで新婚旅行に出られる時期がなかなか一致しないせいなのか、結婚生活を始めて時間がたってから旅行するカップルが多い。だが北見&滝上夫妻はそうではない。未入籍であるということは、式は挙げていても法律的にはまだ結婚していないのと同じことだ。新婚旅行で大きなトラブルが発生すれば、簡単に成田離婚できる。大泉嶺奈の狙《ねら》いはたぶん、それだ。この旅行中に捨て身で騒ぎを起こし、新妻が夫になる寸前の男のさもしい正体に気づいて愛想づかしして破談。もちろんそんなことをすれば、未来永劫《えいごう》に北見を失うことになるわけだが、どのみち自分のものにならない男なら不幸にしてやりたいと思うほど、嶺奈は追い詰められているのだろう。

「その二人、明日の予定はどうなってる？　オプショナルツアーに申し込み、してる？」

「してないわよ、少なくともうちでは。でも町に出ればチラシがいっぱいまかれてるから、英語に自信があればフラッとなんかのツアーに参加するかも知れないけど」

「英語、できそうだった？」

「うーん、よく憶《おぼ》えてない。あ、そうね、男の方はいくらかしゃべれる感じかな。運転手と何か話してたから」

「明日、二人がどこに行くつもりか調べられないかな？」

「ちょっと、いったいなに？　新婚さんの予定をあれこれ詮索《せんさく》するなんて無理だよ、ふつう」

あたしは躊躇《ためら》った。瑛子は少し性格が雑なのだ。迂闊《うかつ》に嶺奈のことを話すと、いきなり警察に電話しろとか騒ぎ出しかねない。だが幸い、今夜の瑛子にはデリカシーがあった。実はちょっと気になる客がいてね、女の一人旅なのにカメラ持ってなくて、その人がどうも北見&滝上らしいカップルをレストランで凝視してて、とそこまで話したところで、瑛子は合点してくれた。

「わかった。なんとか明日の予定、聞き出してみる。起きて待っててくれる? 新婚だからこの時間には絶対、部屋にいると思うからさ」

なるほど、新婚さんは小学生の子供並みにベッドに入る時間が早いらしい。瑛子からは十五分経《た》たないうちに折り返しの電話が入った。

「すっごい迷惑そうな声だったわよ、男の方」

瑛子はクスクス笑っている。

「合戦寸前、ってとこだね、あれは」

「最中じゃなくて?」

「最中なら電話になんか出ないって。オーストラリア観光局からお客様の安全についての問い合わせが入ったものですから、なんて大嘘《おおうそ》ついたんで、テロですか! なんて狼狽《ろうばい》してた」

瑛子はケラケラと笑った。二ヵ月くらい前に恋人と別れたとか言っていたので、彼女もかなりタマッているわけだ。

「ともかく、明日は北見&滝上さん、ケアンズ最終日なのよ。あさってメルボルンに向かう予定なの」

「あさっての午前中は帰国組とまとめてDFSね？」

「うん、その前に熱気球ツアーに申し込んでる。だからあさっては勝手にうろうろされる心配はなしね。それで明日は、一日ケアンズの町を散歩するとか言ってるわよ。とりあえず早起きして、エスプラネードをぶらぶら歩いてペリカン探すんだって。同じツアーの誰かが昨日の朝、ペリカンを見たらしいのよ。それで見たいって。どうしてあんなあたまのでっかい不細工な鳥を見たがるのかしらねぇ、みんな。日本に戻ればトラックの横っぱらに描いてあるのがいくらでも見られるのに」

ペリカン、か。これはいい口実かも。あたしは瑛子に礼を言い、気になる女性客が迷惑をかけないよう最大限注意するから他言無用で、と頼みこんで電話を切った。明日はお出迎え当番で朝早くから空港に行かなくてはならない。こうなったら翔子に期待するしかない。どのみち彼女もペリカンを見たがっているわけだから、新婚カップルをそれとなく見張ってくれと頼んだとしても嫌な顔はされないだろう。あさってには新婚カップルがケアンズを離れる。明日一日何事もなければこの危機は乗り切れるのだ。お出迎えの仕事が終わったら翔子と交代しよう。顔を知られている嶺奈を直接尾行するより、何も知らない新婚カップルを見張る方が楽だし確実だ……

＊

翌朝は暗いうちから忙しかった。まず事務所で、予備の携帯電話を借り出して翔子の泊っているホテルに行き、伝言メモと共にフロントに預けた。その後は同僚に電話をかけて国内線乗り換え組の担当と交代して貰《もら》った。さんざ嫌味を言われたが仕方ない。万が一のことがあった時、ワイルドワールドにいたのでは駆け付けるのに間に合わない。

事務所に事情を話して指示を仰ぐのが賢明だ、ということは重々わかっていた。だがそれをする気になれなかったのは、大泉嶺奈の思い詰めた瞳《ひとみ》に宿っていた不思議な諦《あきら》めが、彼女が自分自身を憎んでいる、情けなく思っていることをあたしに教えたからだった。今、事を荒立てて彼女に屈辱を与えてしまえば、きっと彼女は自分への憎悪《ぞうお》を爆発させてしまうだろう。この旅の間は何もしなくても、日本に戻ってからもっと過激な行動に出てしまうかも知れない。

あたしには、嶺奈の痛みが理解できる。なぜなら……

国内線に乗り換えるツアー客にスケジュールの説明をしている間中、あたしは携帯が鳴り出すのをおそれて胸のポケットを押さえていた。押さえていたって鳴る時は鳴るのに。だが携帯は沈黙したままだった。午前九時を過ぎ、あたしは事務所に戻る車の中でラジオから流れるオージー・ポップスに耳を傾けていた。オリビア・ニュートン・ジョン。このひと、今いくつぐらいなんだろう。大昔はものすごく綺麗《きれい》で可憐《かれん》だったらしいけれど。レッツ・ゲット・フィジコォル、フィジコォル……

フィジカル。この曲だ。あの時かかっていたのは、この曲。もう十年以上も前のこと。短大の一年だった。ロストバージンの相手にのめり込んで思いっきりフラれ、入ったことのないクラブの階段を降りて、八〇年代のポップスが大音響で鳴り響いているフロアでむちゃくちゃに踊って、浴びるほど飲んで、気がついたら見たこともない男とラブホテルにいた。見たことはなかったのに、どうしてなのか、踊りながらそいつと抱き合っていたことだけは憶えていた。フィジカル。若作りのオリビア・ニュートン・ジョンが目一杯のイメージチェンジでセクシー路線に転換した、あの曲が鳴り響く真ん中で。

女の子は好きな男としかセックスできないもの、と本気で思っていたのに、そんなのは大嘘で、酔っぱらえば誰とやっても同じなんだ、という宇宙の真理をひとつ学んだ、あの夜の曲。


携帯が鳴った！　あたしの心臓が、ドッキン、と強烈に跳ねた。

「も、もしもしっ！」

「あたし、翔子です、あたし、早く、早く来て！」

「ど、どこっ！　今、どこですかっ！」

「ペリカンがっ」

翔子は半泣きだった。

「ペリカンがっ」

「どこなのよ！　早く言いなさいよっ！　どこにいるの！」

「ま、マトソン・リゾートの前あたり」

「すぐ行きます！」

あたしは運転手の首に後ろから飛びついて叫んだ。

「エスプラネード！　マトソン・リゾート！　ハリアーーーーーーップ！」

車がマトソン・リゾートの真ん前に着く寸前、あたしは海沿いの公園の中に人だかりができているのに気づいた。転がり出すようにして車から降り、クラクションを鳴らされるのも構わずに道路を横断して人だかり目指して突進する。頭の中はほとんど真っ白になりかけていた。会社に事情を説明してきちんと防護策をとらなかったあたしは、なんて、なんて、なんて大マヌケなんだ！

「ちょっとどいて、そこどいてーっ」

もはや英語すら出ない。日本語で怒鳴りながらあたしは人でできた輪の中に飛び込んだ。

そして、そこで、見た。

二人の日本人の女が、取っ組みあいの大喧嘩《げんか》をしていた。ケダモノそのものの叫びをあげ、髪を引っ張りあい、互いの腕だのふくらはぎだのに咬《か》みついて。あたしは呆然《ぼうぜん》となり、数秒間その場で固まった。

硬直は女のうちのひとりが発した断末魔のような金切り声でやっと解けた。あたしはくんずほぐれつしている二人の女の間に無理に腕を突っ込み、やめなさいーっ、と叫ぶと同時に両側からからだ中を殴られた。その痛みであたしの中でプツンと音をたてて何かが切れ、あたしは絶叫しつつ二人の女に攻撃を挑んでいた。誰かがあたしの二の腕に咬みついたので、あたしは誰かの腹をグーで殴ってやった。もうどうにでもなれ、なんでもいいや。蹴《け》ったり殴ったり髪を引っ張ったり、自分が振《ふる》っている暴力と自分が発散しているパワーとに酔って吐きそうだった。どのくらいそうやって喧嘩を続けていたのだろう。とてつもなく長い時間だったように感じていたが、実際にはものの数分というところ？　形勢は明らかだった。後からくわわったあたしだけが体力を残していて、後の二人はへとへとになっていたのだ。二人の女の動きがのろくなり、あたしはとどめにもう一発ずつ二人の背中と尻を蹴ってから、なんとか立ち上がった。

「な、な」息が切れる。「なにを、や、やってんのよ！　二人ともっ！」

墨田翔子と大泉嶺奈は、うつろな目であたしを見上げた。

「だって」

翔子の瞳は涙で濡《ぬ》れていた。

「だって……この人、ペリカンに石をぶつけてたんだもの。ペリカンに……あたしのペリカンに……やっとペリカンが見られたのに……やっと……せっかく日本から来たのに……ペリカンが見たかったのに……」

翔子が泣き出した。子供のようにおおらかに。

「何もかも嫌になってたのよぉ……仕事も、職場も、うざったいとか言われて、おばさん扱いされて……ペリカンを見に行くから休みます、そう言った時、ものすごくものすごく嬉《うれ》しかったのよぉ……嬉しかったの……野生のペリカン、動物園のでも宅配便のでもないペリカン、やっと見られたのに……やっと見られたのにぃ……」

「ごめんなさぁぁぁいぃぃぃ」

今度は嶺奈が大泣きを始めた。

「だってあのペリカン、パン貰ったんだものぉ……あの人から、あの人がパン、パン、あの人が……あた、あたしには何もくれなかったのに、あたしの全部、奪って行ったのに、どうしてペリカンにはパン、あげるの？　あたしには何も、何も残してくれなかったのに……」

「ドント・ウォリー、ジャスト・プライベート・トラブル。プリーズ、レット・アス・アローン」

東洋の神秘でも見ているような顔で見守っていたギャラリーを手で追い払い、あたしは二人の女性の腕を摑み、引っ張り上げた。

「あのね、大泉さん」

あたしは言った。

「ペリカンはパンなんて嫌いなのよ、きっと。魚食べるんだもん、だって。北見兼一は明日、メルボルンに行くんですって。どうします？ ついて行きたいならお宿の手配、しますけど。あ、でもツアー料金の返金はできませんから、ここからメルボルン、メルボルンから日本まで、ぜーんぶ実費になっちゃいますけど」

「い、行くわけないでしょ。ついて行ったってしょうがないわよ、ど、どうせパンしかくれない男なんだから」

翔子がまだいくらかしゃくり上げながら、まるで自分に訊《き》かれたかのように答える。その当然という口ぶりがおかしくて、あたしは笑った。驚いたことには、嶺奈も笑った。翔子の本性がけっこうタカビーで仕切り屋なんだとわかると、さっき大泣きした翔子とのギャップがたまらなくおかしいのだろう。

「行くもんか」

嶺奈は言った。

「わたし、ワラビーに餌《えさ》あげに来たんです。男なんか追い掛けて来たんじゃないです」

「それならよろしい」

あたしは言って、両手に繋《つな》いだままの二人の女性の手を、大きく振った。それからその手を離し、地面の上に落ちていた腕時計を拾い上げた。あたしの腕時計だった。そっと左手首につけ、あたしの過去を時計で隠した。ペリカンに石をぶつける代わりに自分の人生を切り刻もうとした、昔話の痕跡《こんせき》を。

地球の裏側で大喧嘩した日本人の女が三人。とんでもなくひどい姿だった。髪はぐしゃぐしゃ、傷と泥だらけで、しかも三人とも、もうたいして若くない。けれど、とりあえず、あたしたち三人はラッキーなのだ。ペリカンは空を飛んでいるし、夜になれば南十字星が見られるだろうし、カンガルーのステーキだって食べたことだし、そして何より、三人でいれば、ひとりぼっちじゃなくなるわけだ。

リバーサイド・ムーン

1

ケアンズから戻って数日、ボーッとしていてから、ようやく今朝、あたしは自分の頬《ほお》に掌《てのひら》ですくった冷水をぶっかけて、しゃきっと目覚めた。

いつまでもバカンス気分でいるからこんなことになったんだよ、と、吐き捨てるように言った課長の渡瀬の声色《こわいろ》が耳にうるさくつきまとっている。冗談じゃない、それはあたしのミスじゃなくて、留守中に決裁したあんたのミスだろうが、と胸ぐらを摑《つか》みそうになったのをぐっと堪《こら》えて、あたしは現実と向き合ったのだ。

たった一週間の有給休暇。いや、正味は五日。月曜から金曜まで。夏休みや正月休みと繋《つな》げない有給休暇を申請したのは、岐阜に住む母方の祖母の葬式以来のことで、入社してからでもたった三度目だった。それでどうして、あんなに白い目で見られなくてはならないのだ。自分がいない間に大きなミスが続いて、その後始末で全員が思いきり残業させられた、なんてことが、あたしに何の関係がある？

だが、日本という国の会社という場所は、そういうところだったのであり、今さらのようにそれを再確認させられたからといって、驚いていても始まらないわけである。

係長のくせに一週間よ、一週間も休む？　ふつう。

そう、口から泡を飛ばして同僚相手に陰口を叩《たた》いていただろう様子がありありと目に浮かぶその顔を間近で観察しながら、あたしは、女子社員の中では直属の部下である川越七海に、土産《みやげ》の詰まった袋を手渡した。ＤＦＳに並んでいるブランド物の化粧ポーチ、一個あたりが日本円で千五百円から三千円見当。値段の違いは純粋にブランドの格の違いだけのことで、品質はどれもたいして違わない。わざわざひとつずつ柄を変え、ブランドの格も三段階を取り混ぜて買って来たのは、自分たちで勝手に選ばせた方が余計なことを言われないで済むからだ。どっちにしたって、今さら化粧ポーチごときで感謝するような連中ではないし。それにお決まりのカンガルーとコアラのぬいぐるみも人数分、買っておいた。男性社員にはそこまで気をつかわず、セット売《ぎょ》りしているクロスのボールペンのみ。こういう時、男の方が女より性格が良くて御し易《やす》い、などとちょっと思う。少なくとも男たちは、タダで貰《もら》う土産の品にぐちぐちとケチをつけたりはしない。それに三時のお茶の時間にみんなでつまむ、マカデミアナッツ・チョコレート。マカデミアナッツはもともとオーストラリア原産なのだそうで、すっかりシェアを奪われてしまったハワイより我が国が本家なんです、と、やけに力の入ったパッケージの箱がDFSに山積みになっていた。なんだか負け犬の遠吠《とおぼ》えのようで笑ってしまった。原産地がアンデスだからって、アイダホポテトは偽物《にせもの》でわが国が本家です、なんて、南米諸国は言わないだろうに。言うのかな？

川越七海は大袈裟《おおげさ》に喜んで笑顔で袋を受け取った。席に座ったままの女性たちもにこにこしながら頭を下げてくれる。しかし、彼女たちの目は笑っていなかった。

楽園の午後は太平洋の彼方《かなた》へと去り、月曜日の朝からまた、単調でいつ終わるとも知れない戦いが始まった。しょっぱなから、留守中に起こった種々雑多なトラブルの後始末に追いまくられ、自分の本来の仕事に手をつけることができたのは夕方になってから。その日は十時まで残業しても未決書類の山はいっこうに低くならなかった。

今日はもう、木曜日である。半分はまだケアンズのペリカンのことを考えながらともかく目先の仕事に追われて三日が過ぎてしまった。四日目の今朝、あたしは自分に活を入れた。

ペリカンは見た。

友達、と呼べそうな人間も二人ほど持つことができた。

カンガルーも食べた。

とりあえず、あたしのバカンスは終わったのだ。夏休みはもう、余分な有給休暇など申請できそうな雰囲気ではないし、正月には実家に戻らないといけないし。今度ケアンズの町に足をおろすのはいつになるだろう。もう、二度とそうしたチャンスは来ないのかも知れない。

じたばたしても、オーストラリアは南半球にあるのであり、そしてあたしは今日も会社に行かなくては、このマンションのローンだって払えないのだ。

＊

「だめ。これじゃ先方には何のことかわからない。やり直し」

あたしは部下の目を見ずに書類を突っ返す。なんと思われようとだめなものはだめで、それ以上くどくど説明していたら口が疲れるだけ損なのだ。

こんなふうだからあたしは嫌われる。しかし、好かれたとしていったい何の得がある？　ちょっとばかり居心地《いごこち》がよくなったからって、それで給料が上がるわけでもあるまいし。

わざと足音をたてて部下が席に戻る。次に聞こえて来るのは絶対、引き出しをばちんと閉める音だ。あたしはひそかにわくわくしながら耳をすました。期待通り、ものすごい音をたてて引き出しが閉められた。物に八つ当たりするなんて、幼稚園児のレベルじゃないの、八幡《やわた》くん。

八幡光雄《みつお》は先月あたしの下に配属になった。四月の定期異動を前にして、営業部からの異動だ。

我が社はもともとは静岡の小さなピアノ屋だった。売っていたのではなく、つくっていたのだ。それがピアノ教室の経営に乗り出して成功し、ピアノ以外の楽器もつくるようになり、いつのまにか、総合音楽企業とかいうものに成長した。今では傘下《さんか》に音楽事務所やコンサートホール、アミューズメントパークに音楽教育の専門学校、通信教育セミナーから、とうとうファミレスにまで手を伸ばし、レコード会社の買収も進めている最中である。大卒の就職人気ランキングでは常に上位、株価もこの大不況の中では健闘中、本社は銀座を近くに見おろせる、社内に映画館まで備えたインテリジェント・ビル丸ごと一個を所有して、まあ言ってみれば、人もうらやむ一流企業、の部類に入るだろう。そういう企業にコネなしで入社できるのは、高学歴高プライド高自意識過剰の人間とだいたい相場が決まっていて、中でも、希望四回目にして営業から企画部へと異動になった八幡のような男にとっては、自分の行く手に三十七歳未婚の底意地の悪い女がたちふさがっているという現実は、容易に承認し得ないものであるのは理解できる。って、まわりくどい言い方をやめてすっきり言えば、この男は、フロアの男性社員の中で、おそらく、いちばんあたしのことを嫌いなのである。

ここでいつものセリフを吐かせていただくが、それがどうした、文句があるなら出世してみな、であり、あたしはかけらも気にしていない。

だいたい八幡なんて、まったくタイプじゃないんだもんね、顔。仕事と顔とどんな関係があるんだ、と訊《き》かれたら、あたしは即座に言ってやる。おおいに関係があるわよ、あったりまえじゃないの。

男たちは、女子社員の仕事より顔と胸と脚により強い興味を抱く自分の存在を棚にあげて、女の上司が顔のいい若い部下を可愛《かわい》がるのを汚いものでもつまむようにあれこれ言う。しかしそんなことは個人の勝手である。要するに最終的に仕事がちゃんと成り立てばそれでいいのだから、ジャニーズ系の新人が社内をうろついているのを発見した時にちょっとした妄想にふけるくらいのささやかな愉《たの》しみはほっておいて欲しいし、部下に見栄《みば》えのいい若いのが配属されたら、一度くらいは職権を乱用して夕飯に誘ったって構わないじゃないの。自分たちなんて、職権乱用しまくりで新人の女の子を追い掛けまわしているくせに。

が、八幡光雄に関してはそうしたよからぬ下心などあたしの心中にはまったく芽生えていない。どっちかと言えば、目障《めざわ》りなので早く海外支社にでも転勤になってくれればいいのに、ぐらいには思っているが、かと言って積極的に虐《いじ》めたいと思うほどの興味も湧《わ》かず、その挑戦的な暗く燃える瞳《ひとみ》とうっかり視線がぶつかってしまった時などには、子供の頃に近所で飼われていた、家の前を通る人間すべてに向かってきゃんきゃんとうるさく吼《ほ》えていた犬のことをぼんやり思い出してしまうのだ。あたしはいつか、その犬に石をぶつけてやりたいとひそかに思っていたのだが、いざ実行しようとするとなぜなのか、ひどく気分が悪くなって断念した。学校からの帰りにその家の前を通るたび、突然吼えたてられて心臓がドキドキする毎日をおくっていても、その犬の悲鳴を本気で聞きたいと思っていたわけではなかったのだろう。あたしと八幡との関係は、ほぼ、その時の犬とあたしの関係なのである。

あたしは八幡のことを本気で嫌いではないが、いなくなってくれるといいなあ、と思っており、八幡の方はあたしのことが本当に嫌いでいつか嚙《か》みついてやりたいと思っているのだろうが、たぶん、あたしがいなくなってしまうとそのマイナスの情熱をどこにぶつけたらいいのか、ちょっとの間、戸惑《とまど》うに違いない。

午前中の三時間でだいぶ調子が出て来た。この秋からピアノ教室の生徒募集キャンペーンで流れるＣＭのコンテをチェックして広告代理店に電話をかけ、制作スケジュールを確認して会議用の説明資料の下書きをおおかた作り終えたところで昼休みになった。当面、このキャンペーンの仕事があたしの抱えている最大の仕事、ということになっているが、昨年のＣＭが好評だったのでその続編で進めることであらかた上層部の了承は得ており、六月にはＣＭ録《ど》りの本番になる。今のところは順調で、とりあえずはあたしの地位も本年後半分は確保、といったところだった。

いつものように、小さなバッグに財布とハンカチにティッシュと携帯電話、それだけ詰めて会社を出たところで、ひとりで前を歩いて行く明るい栗色《くりいろ》のショートヘアに気づいた。部下の中でもいちばん若い、神林麻美だ。

麻美は、あたしのいるフロアの中でもとびきりの高学歴、それもかなり優秀な成績で卒業したとかで、新人の中では期待の星のような存在である。実際、頭の回転は速く、周囲の人間の心を摑む術も身につけている。だがいかんせん、ケアレスミスが多く、高偏差値大学の卒業生にたまにみられる、常識的な知識の欠如がはなはだしいタイプだ。

それでも、どちらかと言えば仔猫《こねこ》を連想させる愛くるしい顔だちをしているせいか、部内では人気者でいるように見えたのである……つい半月ほど前までは。

まあ、会社にはつきもののような話だった。野心満々、自信家で、本心では周囲の同僚たちを見下していた麻美の心の底は、とっくに透けてみんなにも見えていたのだ。そして、麻美が仕事上で大きな挫折《ざせつ》を体験したまさにその時、それまで抑えられていた何かが破裂した。

挫折にうちひしがれている麻美を表立って虐めるようなわかり易い人間はひとりもいなかったが、そこに流れた無言の制裁は、あたしの心の中に火傷《やけど》のような痕跡《こんせき》を残した。

誰も本気で麻美に同情などしていなかった。麻美の出した企画案が、部長会議で検討され、ゴーサイン寸前まで漕《こ》ぎ着けていたまさにその矢先に、ほとんど同じ企画のイベントをライバル会社が大々的に発表したのである。泣きじゃくる麻美の背中には、ひそかな嘲笑《ちょうしょう》と優越とが、小雨のように降り注いでいた。あたしには、それが目に見え、耳に聞こえた。

あたし自身も、麻美には特に同情していない。企画の世界は常に時間との戦いなのだ。人間のあたまがひねり出すアイデアなど、所詮《しょせん》、そう大差はない。ライバル会社の企画部にも、ライバル会社が契約している広告代理店にも、麻美程度の能力の社員はうじゃうじゃいるわけで、先を越された程度の挫折など、宣伝企画の仕事をしていれば日常茶飯事である。

ただ、ひとつだけ気掛かりなことはあった。

あのマニキュア事件。

ＯＬ生活を十五年も続けていると、様々な悪意や中傷、対立、足の引っ張り合いをいやおうなしに経験させられる。今度のマニキュアのことなどよりずっとずっと悪質な嫌がらせも、何度か目撃したし、自分に対して仕掛けられたこともあった。もはや都市伝説になっている、机の引き出しの奥に忘れられたチーズ、という例の逸話があるが、実際に、美人でしとやかで男性社員に人気のあった同僚の机の引き出しの奥から、カビだらけになって悪臭を放つカマンベールチーズのかけらが登場したのを見た時には、ホラー小説を読んでいるような寒気が背中に走った。まさかチーズの腐った臭《にお》いが手入れの悪い女性器と結びつけられてその同僚が男狂いで風呂《ふろ》にも入らない、などという噂《うわさ》はたちはしなかったが、チーズが発見される数日前から、フロアに何かが腐ったような臭いが漂っている、と気づいた何人かの同僚が鼻をひくひくさせていたのだ。机の引き出しの奥から出て来たチーズのかけらに、気の弱いその女性は思わず悲鳴をあげてしまい、フロア中の社員がその悲鳴を聞いてチーズの存在を知ってしまった。彼女はあのあとすぐに見合いをして、三ヵ月後には寿《ことぶき》退社してしまった。彼女の人生の選択に、誰かが悪意をもって仕掛けた腐ったチーズが何らかの影響を及ぼしたことは想像に難くない。他にも、小説やテレビドラマより生々しい数々の嫌がらせや対立を間近に見ながら暮して来て、あたしにはかなり耐性が備わってしまった、と思っている。

しょせん、会社も人間の集団のひとつであって、どんなに教師が懸命になっても学校には虐めがつきものなのと同様、会社にも虐めや戦いは普遍的に存在しているのだ。それが人間が集まった場における自然法則であり、虐められてそこを去るか戦って生き残るかは、優劣の問題ではなく、生き方の問題だった。

人間の醜さに失望して会社を去るのも、賢明な選択のひとつであり、あたしのように満身創痍《そうい》になりながらも図太く居座るのも、賢明かどうかは別として、ひとつの選択に過ぎない。

麻美はどんな選択をする気でいるのか、あたしは少しだけ興味があった。

「どこで食べるの？」

あたしは、麻美の背中に声をかけた。さりげなく、いかにもたまたま一緒に歩いているけれど、本当はあんたなんかに構わずに、さっさと追い越して行きたいのよ、という素振りを見せながら。

「あ、係長。いえ、何も考えてないんですけど。係長は？」

「新しいパスタの店、出来たでしょう、この先ちょっと行ったとこのビルの中に」

「……キョーエイ本社のビルですか」

「うん。あそこまだ行ってないからそこにするつもり。でも開店まもないんで、まだ混《こ》んでるかも。じゃ、急ぐね、席なくなっちゃうとイヤだし」

麻美を追い越して足を早めたところで、一瞬の躊躇《ためら》いの後、麻美が駆け出すようにしてついて来た気配を感じた。予想通りだった。

ケアンズに出発する前までは、麻美は必ずフロアの誰かとランチに出掛けていた。彼女の方から誘わなくても、昼休みになれば誰かが彼女に声をかけていた。男女問わず、みんなが麻美とランチをとりたがっているように見えた。その理由は、顔の可愛い女の子と店に入ると、店員の態度が良くなってなんとなく得をする、という経験則もあったのだろうが、何より、麻美が無防備に口にするあたしの悪口を、ちょっと刺激的なBGMとして期待していた者が多かったからだろうと思う。それが、あたしが一週間南半球で羽を伸ばしていた間に、確かに何かが変化したのだ。

月曜、火曜、水曜と観察して、今日で四日目。この四日間に麻美をランチに誘ったのは課長の渡瀬だけだった。

あたしはランチはひとりで食べる主義だった。と言うか、いつの間にかそれが習慣になっていた。誰にも誘われないことにわずかでも心が痛んでいたのは、もう何年も何年も昔の話だ。今では、ちょっと仕事の相談を兼ねて、などと課長や主任連中からお誘いを受けると、露骨に嫌な顔をしてしまうほどになった。いっそ経費節約も兼ねてお弁当組になってしまおうかな、と思うこともある。お弁当組とは言っても、みんなで仲良く弁当箱を開いて和気あいあいと食べるわけではもちろんなくて、住宅ローンだとか子供の学費だとか、離婚した妻と子への養育費なんかの支払いに追われて生活が苦しい連中が、前の晩のおかずの残りを詰め込んだ弁当をひろげ、新聞だのビジネス書だのを片手に自分の席で黙々と食べている、あれである。いちいち出掛けなくていいのは楽だし、好きな本を昼休みの時間いっぱいまで読めるのも魅力だし、ランチ代を二回節約すれば映画が一本、観《み》られるのだ。だが何度か試みた結果として、弁当を作るために三十分早起きするのがいかに辛《つら》いか身に染《し》みて、お弁当組参加は断念した。

そのくらい、ランチタイムに対しては冷めた感覚で臨むことにしていたので、新しく開店した店などへは極力足を向けないようにしている。そうした店には同じ会社の連中もごちゃっと溜《た》まっているものだ。目新しい店に行く時は、最初のブームが過ぎて空《す》いて来た頃を狙《ねら》うに限る。

従って、今日これから向かう店は、本当ならば今はまだ選びたくない店だった。だが麻美に声をかけた時点で、麻美が自分とランチを一緒にしたがるだろうと予想していたので、その店のことを口に出したのだ。

麻美はまだ、ひとりぼっちでランチタイムを過ごすことに慣れていない。ランチタイム・ブルーの辛さにはじめて直面して、誰でもいいから一緒に食事をしてくれる人間を欲しがっている。ばかばかしい、たかが昼飯じゃん。今のあたしは心からそう言って鼻でわらえるが、ランチに誘ってくれる同僚の声が次第に自分から遠ざかって行った当初には、あたしも今の麻美のように、寂しい背中を丸めて唇を噛みながら歩いていたのだろう、たぶん。もうあまり憶《おぼ》えていないけれど。

「一緒に行って、いいですか」

麻美が背中から声を掛けて来た。少し前までの麻美なら、殺されたってあたしに対してこんな殊勝な声は出さなかったに違いない。

「いいわよ」

あたしが言うと、麻美はホッとしたような顔になった。

開店して間もないので店は大混雑だったが、五分ほど待って運良く席が空いた。まだ開店サービス期間中で、サラダと飲み物が付いたランチセットが通常より百円安い六百円。パスタの種類は豊富だったが、ランチセットになるものは限られていた。心惹《ひ》かれたのはガーリックのパスタだったけれど、さすがに午後の仕事を考えて思いとどまり、オリーヴとトマトソースの無難そうなスパゲティを選ぶ。麻美は茄子《なす》入りのミートソース。やはり若い子は肉っぽいものが好きだ。

麻美はなかなか、本題に入ろうとしなかった。何か話したくてうずうずしているのは手にとるようにわかるので、なかなか話が聞けずにあたしの方も苛《いら》ついて来る。パスタが割と早く出て来て助かった。ともかく食べ終わるまでは、ケアンズでどんなことして何を食べた、などという他愛《たあい》のない話題で間をもたせ、食後のコーヒーが出たところで、あたしは腕時計を見てプレッシャーをかけた。

「あたし、一時前に電話しないといけないところがあるのよ。ちょっと早く戻らないと」

「あ、はい。すみません、つきあっていただいて」

別に麻美のランチにつきあったわけではない、ついて来たのはあんたの方よ、と言い返すのはやめて、あたしは黙ってコーヒーをすすった。あまり意地悪くすると、話すのを諦《あきら》めてしまうかも知れないし。

「嫌がらせ、続いてるんです」

麻美が、何かを口先からぽろっと落としたような口調で言った。

「マニキュアのこと、あれが最初でした、やっぱり」

あたしはどう答えていいか考えていた。確かに、マニキュア事件では誰かが麻美に悪意を抱いている、とあたしも感じたのだ。だが後になってみれば、ただの偶然だったのかな、という気もする。マニキュアをこぼした派遣社員の子がわざわざ貼《は》っておいたメモ、というのも、どの程度のものなのかわからない。小さなものだったとしたら、風で飛ばされなくても何かの拍子になくなることはあるだろう、と。

だがどうやら、あたしがケアンズで遊んでいる間にも、麻美に対する攻撃は続いていたようだ。

「あたしの企画が他社に先を越されてダメになったの、係長が旅行に行かれる直前でしたよね」

「そうだったわね。あれは残念だったわ。他社でもやったってことは、いい企画だった、ってことなのにね」

麻美は唇を噛《か》んでいる。未《いま》だに悔しいと思っているのだろう。

「係長が出発されて……翌日だったと思います。あたし、課長のお伴をして午後ずっと出掛けていました。都内のレコード会社を回ってたんです。それで六時半頃に戻ってみると、あたしの机の上に、飲み会の案内が載ってたんです」

「飲み会の案内？」

「はい。あたしの企画が他社に先を越されたことをみんなで慰めよう、みたいな」

「つまり、あなたを囲んで飲もうってこと？」

「そんなふうに読める案内でした。麻美ちゃんを励まそう、そう書いてあったんです。その日の夕方七時から、池袋の居酒屋で、地図まで書いてあって」

「それで、あなたはそこに出掛けた」

　麻美は頷《うなず》いた。

「あまり時間がなくって焦《あせ》りました。それでも地下鉄を乗り継いで、なんとか七時少し過ぎに着いたんです」

「でも、誰もいなかった」

　麻美は一度目を見開き、それから下を向いて頷いた。

「古典的な嫌がらせねえ。昔はたまにあったって聞いたことあるけど。つまり、その案内はニセモノだったってことね。でも外から戻った時、フロアには誰もいなかったの？　いたらちょっと確認すれば済むことだったんじゃない？」

「第二企画課の人は誰もいなかったんです。翌日わかったんですけど、同じ七時から新宿で、筒井《つつい》さんの誕生日カラオケがあったとかで」

フロアの誰かが誕生日を迎えると、それを口実にしてカラオケに行くのはあたしの部署の慣習だった。もちろんあたしの誕生日を口実にしたカラオケの会などはここ何年も開いてもらっていないが、数年前まではそんなあたしでさえ、カラオケをするダシに使われていたくらいだ。別に会社が主催する行事でもなく完全に任意参加なので、いつもいつも全員が顔を揃《そろ》えているというわけではないのだろうが、たまたまなのかそれとも誰かの故意なのか、その日は課長と麻美と出張組以外は全員参加だったらしい。渡瀬課長はカラオケ嫌いで、任意のカラオケパーティなどには絶対に参加しない。だが麻美はどちらかと言えば歌自慢なのだ。振り付けまでそっくりモー娘。を真似《まね》て得意になったりしている方である。そのことはみんな知っている。その麻美がまだ外回りから戻っていないのに誰も待っていなかった、しかもその後も麻美の携帯電話に誘いひとつよこさなかった、とすれば、麻美が欠席するとみんなが思っていたということになる。

つまり、ニセの飲み会案内を麻美の机の上に置いた人間が、カラオケの幹事に麻美の欠席届も出したということになるわけだ。

「突き止めるのはそう難しくないんじゃないの」

あたしはコーヒーをゆっくりと啜《すす》りながら囁《ささや》いた。あたしは猫舌である。

「あなたがカラオケに出ないって、幹事やってた人に言ったやつが犯人でしょ。誰も言ってなければ、主任あたりが気をきかしてあんたのケータイに呼び出しかけてるんじゃない？　ちょっと、幹事が誰だったのか聞いてみて、確かめてみたら？」

「……はい」

麻美は下を向いたままだった。

「でも」

「でも、なに？」

「……みんなが……みんなの考えたことだったらどうしようって……」

「みんな、って、カラオケ行った人がみんなであなたを除《の》け者にした、ってこと？」

「全員ではないにしても、何人かはグルだったんじゃないか、そんな気がするんです。だって……筒井さんの誕生日カラオケがあるなんて、前の日まで誰も言ってなかったんですよ！」

あたしはコーヒーを置いて、いつのまにか腕組みをしていた。麻美は泣くのを堪《こら》えている。だが、そんなことがあるのだろうか？　麻美のたてた企画のことで一時的に彼女が部内で人気を落としたのは間違いない。だがそれは嫉妬《しっと》であり羨望《せんぼう》であったとしても、憎悪《ぞうお》にまで発展するような出来事ではない。少なくとも麻美は、ついこの間までフロアのアイドル的存在で、明らかに周囲から可愛《かわい》がられていたのだ。もちろんそれは大部分、上辺《うわべ》だけの親切、見かけだけの人気だっただろうが、だとしても、それが一夜にして憎悪の対象にまで貶《おとし》められるというのはかなり不自然なのだ。

「それだけ？」

あたしは言ってみた。

「他にもあったの？」

麻美は頷いた。

「係長が旅行から戻られる前の日でした。バイトの笠村《かさむら》さんが、あたしのところに来て、書類の束を見せたんです。これ、シュレッダーしろって言われたんですけど、ほんとにいいんでしょうか、って。その書類の束……係長が留守中にあたしに振り分けられた、ピアノ教室でのアンケートを分析したレポートの原本だったんです。もちろん、シュレッダーしろなんて指示を出したおぼえはありません。コピーはとってありましたけれど、原本を課長に提出することになってましたし……赤ゴム印で、保管、と押しておいたんで、笠村さんが気をきかしてくれたんです。もし彼女が何も疑問に思わずにいたら……」

「笠村さんにシュレッダーを依頼したのは？」

「八幡さんです。でも八幡さんに事情を聞いたら、八幡さんもすごく驚いて。八幡さんは、前の日にキャビネットの書類を整理して、不要なものを選《よ》り分けたそうです。それを机の下に積み重ねておいて、笠村さんにシュレッダーを頼んだ、と。その中にあたしのレポートが入ってたなんてこと、もちろん知らなかったって。たぶんそれは本当のことだと思います。八幡さんが犯人なら、自分でシュレッダーを頼んだりしませんよね」

それはどうだか、とあたしは思った。裏の裏をかく、ということだってないとは限らないのだ。

いずれにしても、麻美に対する嫌がらせが存在しているのは確からしい。マニキュアをこぼした罪をなすりつけるとか、カラオケで除け者にするくらいならば幼稚な事件だと無視することもできるが、仕事の妨害まで始めたとなると、これは捨てて置けない。

「その飲み会のニセ案内はまだ持ってる？」

「捨ててしまいました……悔しくって」

「手書きだった？」

「プリントアウトです。モノクロだから、社内でも簡単に作れます」

「筒井くんの誕生日カラオケ、幹事は誰だったか知ってる？」

「たぶん……槙尾《まきお》さんだったと」

「わかった」

あたしはもう一度腕時計を見た。電話をする予定があると言ったのは嘘《うそ》ではない。

「二、三日時間くれる？　その間に、ちょっと事情を調べてみるわ。また何か嫌がらせめいたことがあったら教えて」

「ありがとうございます」

麻美は泣き声だった。

「あたし……どうしていいかわからなくて。もう企画部で仕事を続けるのに自信なくなっちゃって……異動願いを出した方がいいのかなって」

「異動したいの？　あなたなら若いし将来を期待されてる身でもあるし、希望する部署が他にあれば異動願いを出してみるのも手よ。もっとも、課長が手放したがらないでしょうけどね。課長、あなたのことすごく気に入ってるから」

「企画部は最初から希望部署でした」

麻美は気丈《きじょう》に言った。

「企画の仕事は続けたいです」

2

二、三日時間が欲しいと言ってはみたものの、二、三日で何かの結論を出す自信などはなかったし、それほど懸命になって犯人探しをするつもりもない。麻美が個人的に誰かから恨まれて嫌がらせされていることについては、あたしが余計なことをする義理も義務もないのだ。そうしたことは、いわばプライベート。麻美が個人的に助けを求めて来たのならばともかく、会社の上司として相談している以上は、要は麻美に対する嫌がらせが仕事に影響を及ぼすかどうかだけが問題だった。

その意味では、あたしがまず追及しなくてはいけないのは、シュレッダー事件である。シュレッダー事件が単なる勘違いだとか事故であったとわかれば、その他のことは今のところ、あたしが知ったことではない。

八幡にこちらから声を掛けるのは気が重かったが、まずは八幡の言い分を聞かないことには始まらない。運良く、その日の残業組の中に八幡の姿があった。あたしは八幡に、小会議室まで来てくれるよう伝言した。

「麻美ちゃんのシュレッダー事件ですか」

八幡は、あたしのお金で自販機で買ってやったコーヒーを、礼も言わずにすすりながら頷いた。

「ありましたね、確かにそういうこと。あ、でも、俺のミスじゃないですよ。あの時整理したのは昨年までの書類だったんですから、間違っても麻美ちゃんのレポートがまぎれ込むはずないんだ。誰かがわざわざ、机の下に置いてあった破棄書類の中に、彼女のレポートを突っ込んだんですよ」

「つまり、誰かが故意にやったと、あなたも思う？　アクシデントではなくて」

「思いますね。なんか麻美ちゃん、カラオケのことでもハメられたって話、あるじゃないですか」

「筒井くんの誕生日の時ね？　あなたもカラオケ、行った？」

「行きました」

「幹事、だれ？」

「槙尾さんでしたよ。槙尾さん、三日前に同報送信で社内メールして、第二企画課全員にカラオケのこと伝えたそうです。で、麻美ちゃんからはちゃんと欠席のメールが入ってたって」

「他に欠席は？」

「けっこういたんじゃないかな。渡瀬課長はもちろん欠席だし、係長は有休、黒岩《くろいわ》と矢口《やぐち》は出張、あとえっと……川越さんはなんか私用で来られないって、それと派遣の畑中さんもいなかったな。別に会社の行事ってわけでもないし、欠席だからってその理由をあれこれ聞いたりはしないですしね」

「でも神林さんはそのメール、読んでなかったみたいよ」

「そうらしいですね。槙尾さん、首傾《かし》げてました。送信記録を見ても、麻美ちゃんのアドレスはちゃんと入ってるって」

「他人のメールを横からかすめとるなんてこと、可能なのかしら」

「できないことはないですよ。方法は、そうだなあ……二種類はあるな。まず、ちょっと高度な技は、麻美ちゃんのPOPアカウントに設定されたメールパスワードを盗むんです。社内メールなんてサーバはみんな一緒ですから、パスワードさえわかれば、他人宛《あて》のメールを受信するのなんて簡単なんですよ」

「でも、それじゃ当人にメールが届かなくて不審に思われるじゃない」

「そんなことありません。サーバにメールを残す設定にしておけばいいんですから。今回の場合だと、サーバにメールを残す設定で一度麻美ちゃん宛のメールをすべて盗み読みしてから、今度は槙尾さんからのメールだけ消せばいいんです。メールサーバにアクセスしてメールを削除するのなんかは、携帯電話からでもできますからね。専用ソフトだってフリーウエアでいくらでもあるし、携帯電話からパソコン宛のメールを読むことのできるサービスに登録すれば、簡単ですよ。僕も、パソコン宛のメールを出先から携帯で読むんですけど、ウィルスだとかダイレクトメールは、そのまま携帯から削除してますから」

「パスワードを盗むのも簡単？」

「いや、それはハッカー的知識は必要です。僕は無理だな。でもネットでは裏サイトなんかでパスワードを破るプログラムなんか出回ってるって噂《うわさ》はあるし、ちょっとパソコンに強い人間だったら、社内アカウントのメールパスワードを破るくらいは簡単なんじゃないかな」

「もうひとつの方法、は？」

「そっちはもっとプリミティヴです」

八幡は笑った。

「麻美ちゃんがいない時に、麻美ちゃんのパソコンをたちあげて、メールソフトを起動すればいいんですよ。メールパスワードなんて一度設定したら、パスワードを記憶させる設定にしてますからね、たいていの人は。それで槙尾さんからのメールに勝手に欠席の返事を出して、槙尾さんからのメールと返信の記録を削除してしまうんです。他のメールは未読のまま残しておけば、後で麻美ちゃんが受信記録を見ても、読んでいないメールがあるだけです。読み残しかな、と思って読むだけで、まさか消されたメールがあったなんて絶対に気づかないと思いますよ」

「でも、各自のパソコンにはソフトを起動させるパスワードが設定されてるでしょ？」

「あんなもの、たった四つの記号じゃないですか。麻美ちゃんがパソコンを起動させる時にそばに立っていれば簡単に盗めます。って言うか、みんな平気で教えちゃってますよ。電話でちょっと仕事頼む時とか、僕だって教えてますからね。ちょっと前まては仕事中にネットで遊んでるやつとか、社内メールでデートの約束なんてしてるやつとかいたから、みんなパスワードは大事にしてたけど、ほら、この二月からシステムが変わって、私用メールとか私用でのネット閲覧が原則禁止になって、人事部がランダムにメールの閲覧とかブラウザの履歴の閲覧ができるようになったでしょ。あれでみんな用心して、プライベートなことは会社のパソコンでやり取りしなくなっちゃったから、逆にパスワードなんて意味なくなりましたよね。デートの約束なんて、ケータイでメールすればいいしさ」

なるほど。八幡が饒舌《じょうぜつ》に解説してくれたおかげで、麻美宛のメールを誰かが横取りして返事を出す、ということは、さほど難しいことではないとわかった。

「だけど、麻美ちゃんが嫌がらせされてるなんて、ちょっと信じられないんだけどな」

八幡は不満そうな声で言った。

「彼女、どっちかって言えば人気あると思ってたけど」

「あたしに逆らうしね」

あたしは笑った。

「面と向かってあたしに歯向かってたから、みんないいようにおだてて楽しんでたんじゃないの？」

「そういう面がなかったとは言いませんよ」

八幡はいつもの不遜《ふそん》な表情で言った。

「係長も麻美ちゃんに対しては、意地が悪かったですからね」

「みんな暇なのね。娯楽を求めるなら会社の外にして欲しいもんだわ」

「提供してくれる人間がいるから楽しむだけです。係長、僕はけっこう本気で係長のことが心配ですよ」

「あら、どうして？」

「突っ張り過ぎです。何も自分から憎まれるように仕向けることはないんだ。係長がみんなを挑発するから、若い麻美ちゃんがうっかり調子にのってしまうんです。企画部が幼稚なのは、あなたの態度に問題があるからだと僕は思いますね」

「あなたに幼稚だと言われるとは思わなかったわよ」

あたしはせせら笑ってやった。

「上司に対しての礼儀も知らないあなたに、ね」

「係長が幼稚だと言ったわけじゃないですよ。係長が率いているこのフロアの一角が幼稚だと言ってるんです。僕はね、係長が仕事の面で優秀なことはちゃんとわかってます。いろいろ言う人間がいるけれど、ポイントレッスン制の成人ピアノスクールとか、中・高校生相手のエレキ・ギター教室とか、係長が成功させた企画は数えればいくらでも挙げられる。ゴスペルのヴォーカリスト・クラスなんて、ゴスペルがブームになるずっと前に企画されたものでしょ？　おかげで、プロの人気ヴォーカリストがうちから何人も誕生した。ゴスペルだとかボサノヴァなんていうコアな音楽が、Ｊ－ＰＯＰシーンでヒットを飛ばすなんて、係長以外の誰も予想してなかったんじゃないかな。僕は入社した頃、企画部に墨田って凄《すご》い女がいるって噂を聞いて、わざわざ係長の顔を見にこのフロアまで来たことがあるくらいです。だからあなたの下で働けることになった時は、正直、嬉《うれ》しかった」

あたしは呆気《あっけ》にとられていた。自分自身ですらとっくに忘れかけていた過去の成果を、八幡がこんなに詳しく知っているなんて。

「でも、がっかりしました。不必要に突っ張って部下を悪い方向に刺激してばかりいるし、思い遣《や》りもないし、部下をまとめようと努力もしない。いくら課長が無能で尻《しり》ぬぐいに忙しいからって、部下がいる以上は人間関係をまとめるのも仕事の内なはずだ。あなたがそんなふうだから、麻美ちゃんに対して嫌がらせなんかしようって考えるやつが出て来るんですよ」

「あたしのせいだって言うの？」

あたしはあたまに血がのぼった。

「あたしのせいで、神林が嫌がらせされてるとでも？　神林の性格が悪いから誰かに憎まれただけじゃなくて？」

「彼女は子供なんだ。彼女が本当はそんなに曲がってないことは、あなたがいちばん良く知ってるんじゃないですか？」

「……どうして、そう思うの？　あたしはあの子が嫌いよ。あの子の性格はひん曲がってるわよ！」

「本当に嫌いなら、こんなふうに彼女の為《ため》に犯人探しなんかするわけないでしょう」

「だ、だって」

あたしは怒っているのと混乱しているのとで、ろれつがまわらなくなった舌で言った。

「仕事に影響が出たからじゃないの！　そうでなければかまったりしないわよ、いちいち！」

「そうじゃない。係長は彼女のことが好きなんです」

八幡は、ニヤッと笑った。

「あなたはわざわざ、物事をややこしくして楽しんでいるんだ。退屈して暇なのは僕らじゃなくてあなたなんですよ、係長。いくら仕事で忙しくても、あなたは心が退屈してるんだ。あなたの心が、暇を持て余してる。ケアンズに行ってどうでした？　少しは心の退屈がまぎれましたか？」

「余計な」

あたしは怒りで手近なものを八幡に投げ付けるのをぐっと堪えた。

「お世話」

八幡は立ち上がった。

「じゃ、僕、まだ仕事残ってますから。ともかく麻美ちゃんに嫌がらせしたのは僕じゃない。それと、これは僕の個人的な意見なんで参考にするかどうかは係長の判断ですが、僕の勘ではね、麻美ちゃんに嫌がらせしたのは、企画部の誰かでもないと思いますよ」

「どういうこと?」

「そのうちわかると思います」

八幡は一礼して部屋を出て行った。あたしは、怒りで顔をほてらせながらも、なんだか煙にまかれたような気分でしばらく座り込んでいた。

＊

『翔子さん
メール読みました。その男って、猛烈に失礼なヤツ! きっと女の上司になんて礼儀を尽くす必要ないって思ってるんですよ、そいつ。そんなやつに負けないでね。
こちらはそろそろ秋ですが、いちおう熱帯に属しているので寒くはありません。日本が春になると、会社としてはオンシーズンになりますが、SARSだとかテロだとか、海外旅行を控える人が多いみたいで、思ったほどの忙しさではないようです。あたしも九月には休みをとると思うので、日本に帰る予定でいます。どこか温泉にでも一緒に行きたいなあ。

そうそう、新人の女の子に対する嫌がらせのこと。無責任な想像なんで無視していただければいいんですけど、ふと思ったんですよね。その子、自作自演してるんじゃないの、って。根拠とかはないんですけど……

不自然だなと思ったのは、たとえメールを読んでなくても、カラオケの会があるみたいだ、くらいのことは気づくものなんじゃないのかな、という点です。あたしもハワイにいた頃に何度か経験してるんですけど、誘われていない時って、何かあるというのがすごくわかるもんじゃないですか？　ハワイ大学には日本からの留学生がけっこうたくさんいて、あたしは英語の勉強がしたかったので、あまりそうした日本人学生と一緒に行動しなかったんです。せこい考え方なんだけど、日本人といるとつい日本語を話してしまうので、語学が上達しないんじゃないかな、なんて思って。でもそういう考え方って、見方によっては傲慢というか、鼻持ちならないですよね。だからあたし、嫌われていたんだと思います。それでパーティなんかにもほとんど誘われなかったの。自分から望んだことなので文句言える筋合いじゃないのに、誘われないとなると気になるんですよね……メールを読んでなかったとしても、カラオケの会のことはなんとなくヘンだ、と思うんじゃないかなあ。あ、ごめんなさい、ほんとに無責任なこと書いてますね。

またメールしますね。翔子さんからのメールが楽しみです。そうだ、大泉嶺奈さんからもメールが来ています。ケアンズを気に入ってくれて、お正月もケアンズで過ごしたいと書いてありました。お正月は日本人観光客が多いので、わたしはずっと仕事だと思います。オンシーズンでツアー料金などがいちばん高い時期ですが、もしいらっしゃれるようでしたら、うちの会社のツアーを割引きで利用できるように手配させていただきます。また三人で、おいしいシーフードを食べながらワインを飲みまくりたい～　ではまた。

ケアンズより愛を込めて　愛美』

大泉嶺奈は、自分をフッた男の新婚旅行先にひとりで乗り込んで来た、勇気ある、というか、かなりアブナイ女だった。やぶれかぶれで新婚旅行の邪魔をして、成田離婚させようとしていたらしい。だがすんでのところで嶺奈の挙動不審に気づいたあたしと愛美が嶺奈の行動を見張り、彼女の企《たくら》みを阻止した……と言うとやたらと格好がいいが、実際には、実にくだらないことからあたしと嶺奈が取っ組み合いの大喧嘩《おおげんか》になってしまい、嶺奈の毒気がそれによって抜かれ、女三人、拍子抜けしながら飲み明かして友達になった、というのが事実である。いずれにしても、ひょんな縁でできた友人には違いない。

なるほど、正月をまたケアンズで過ごすというのも悪くないかな。

と、冬休みのことを楽しく想像するより先に、あたしはその四文字に目を奪われていた。

自作自演。

確かに、愛美の指摘は頷《うなず》ける。誕生日のカラオケパーティは、主役となる誕生日を迎える同僚の都合を聞き、日時を決めるが、店を予約するので遅くても数日前にはお誘いがかかる。今回の幹事は槙尾和絵《かずえ》、学生時代に文化祭の実行委員会にいたこともある、仕切り上手だった。たぶん、二、三日前には店を決めてちゃんとメールを配信していただろう。そのメールを麻美が読んでいなかったとしても、部内の雰囲気からそうした集まりがあることぐらいはわかっていたに違いない。

しかも、企画がぽしゃった残念会の飲み会、などという案内状。頭の回転は早い麻美ならば、当のぽしゃった企画の立案者でその夜の主役たる自分に事前の相談もなく日時を決められたというだけでも、おかしい、と思って当然だろう。まさかハメられるとまでは予想しなくても、親しい誰かの携帯にでも連絡して、どういうことなのか確認するくらいのことはしたはずだ。のこのこ池袋まで出掛けて行って騙《だま》されたとべソをかくというのは、いかにも麻美らしくない。

だがどうしてそんな自作自演をする必要があったのか。その動機が皆目わからない。まさかあたしの同情を買うため、などということは、あの子に限ってあるわけがない。かと言って、自分が周囲から憎まれているのだとあたしに思わせることで麻美が得することが他にあるとも思えない。むしろ、あたしが麻美に同情して犯人探しに躍起になれば、フロアの同僚たちはみんな不愉快な思いをすることになる。そのくらいのことは計算できない麻美ではないはずなのだ。

あたしは、どうにも納得できない気分だった。だが、麻美の動機は、翌日、あっさりと判明した。

3

川面《かわも》に輝いているのは、システムキッチンで有名な某メーカーの社名ロゴだ。白地に鮮やかな緑色の電飾は、夜を映して黒く光っている水のおもてでゆらゆらと揺れ続けている。

「この近くでしたよね、ほら、ロンバケのアパートが建ってたのって」

「ロンバケ？」

「やだな、係長、まさか知らないとか言うんじゃないでしょうね、キムタクと山口智子《やまぐちともこ》の、ほら、セナ〜って抱き合うやつ」

「ああ、ドラマか。何かオバケの一種かと思った」

「笑えません。センスがない」

「ごめん」

あたしは殊勝に言って赤ワインを飲み干した。

「あのドラマってさ」

七歳も年下の男の子と三十女との恋愛ドラマだったよね、と続けようとしたのに、なぜかあたしは口ごもってしまった。意識し過ぎていると思われるのはしゃくだった。

「当たりましたよね。どこがいいのかと思ったけどなあ、あの時の木村拓哉《きむらたくや》。マザコンの情けねぇ男にしか見えなくて」

「そこがウケたんじゃないの？　要するに、今は男らしい男、なんて求められてないってことよ。女の出番が多そうな男ほどいいの。かまってやりたい、面倒みてやりたい、って」

「係長もそのクチですか」

「まさか」

あたしは牛肉を口に押し込み、わざと食べ物を呑《の》み込む前に言った。

「あたしはめんどくさい男、大嫌い」

「口にモノ入れて喋《しゃべ》らない方がいいですよ、はみ出したらみっともないから」

やっぱり。言うと思ったんだ、こいつ。あたしは八幡という男の本質を摑《つか》みかけている、と確信した。この男の正体は、世話焼きおばさんなのだ。

「ロンバケの頃、俺、入社したんだなあ。最初から企画志望だったのに営業とか広告とか、長く感じましたよ、この数年間」

「まだ三十にもならないのに何言ってんのよ。定年まで何年あると思ってんの？」

「係長は定年まで居座るつもりですか、会社に」

居座る、とはどういう言い種《ぐさ》なんだ。あたしは何か言い返そうとしたが、呑み込んだ肉があまりに美味だったので、ついもう一切れ口に押し込んでしまっていて、タイミングを逸した。

「まあ、係長なら似合うかも知れないな。銀髪に老眼鏡でビシッとスーツ着た、外国映画に出て来る女重役みたいなの。でも係長のままで定年までいたりはしないでくださいよ。後から入って来る女子社員に希望を与えるのが係長の使命なんですから、定年まで係長どまりでしたなんて、希望が絶望に変わっちゃいますからね」

「差別主義者なのね、あんたって。出世だけが人生の意義じゃないでしょうに」

「係長の場合は違います」

八幡はきっぱりと言って、どぼどぼとワインをグラスに足した。

「あなたが重役になれるかどうかで、他の女子社員の人生が変るかも知れないんですよ。自覚を持ってもらわないと。あ、もう一本頼んでもいいですか。これ、すっごく旨《うま》い」

高いワインなのに、とあたしは抗議しようかと思ったが、やめておいた。あたしの方から誘った夕飯だった。隅田川のリバーサイド、最近できたばかりで人気のあるテラス・レストラン。

頭上には月が出ている。満月に少し足りない半端《はんぱ》な月だ。

八幡は食事に誘われてもまったく驚かなかった。まるで予期していたかのように。いや、たぶん、予期していたのだろう。あたしは八幡の期待に応《こた》えて、その話題に入ることにした。

「で、さ」

「はい？」

「どうしてわかったの……神林の目的」

「って言うか」

八幡は高価なルビー色のワインをぐびぐびと飲み干した。

「係長が気づかないのが不思議だなと思ってました。忘れてたとは驚きですよ。ケアンズ惚《ぼ》けですね、係長」

「忘れてたわけじゃないわよ。まだ一ヵ月も先が期限だったから、未決の箱に入れたままだったってだけでしょうが」

「それがそもそものミスなんです。麻美ちゃんは野心家だ。あなたが有休とって遊んでる間に、こっそりとあなたの机を調べた。そして未決箱の中にそれを見つけた」

あたしの未決トレイの中にあったもの。それは、オーストリア支店設立に際しての、支店勤務候補者推薦表、だった。もちろん、中身は白紙。人選はこれから。

「世界のピアノ演奏家の憧《あこが》れの地であるウィーン。そこにできる我が社八番目の海外支店にうちの部から誰を派遣するか。係長がその人選を担当してるっていうのは、いちおう、課長と係長だけが知っているマル秘事項だったわけですよね。僕はそのリストが係長の手元に来る前に、課長からウィーンに行かないかと誘われてました。だから知っていた」

「そうだ、あなたどうして断ったの？　課長からは、八幡ははずしてくれって言われてただけで、事情を知らないのよ、あたし」

「その事情については、いつか必ずお話しします。今は勘弁してください。あるいは、課長にお聞きになってください。課長が話すのでしたら、俺は構わないから」

八幡はグラスをおいて、あたしの顔を見た。その目つきがあまりに真剣で真直《まっす》ぐで、あたしはそれ以上突っ込めなくなった。

「いいわ……別に知らなくても。行きたくない人を無理に行かせるつもり、ないし」

「すみません」

「どういたしまして。で、神林はウィーン転勤を目論《もくろ》んだ」

「でも麻美ちゃんはドイツ語ができない。企画部にはドイツ語が喋れるやつが何人かいます。その上、彼女は課長に妙に気に入られていた。課長が簡単に手放してくれないと思った」

「それで、狂言を思いついたってわけね……自分は憎まれていて嫌がらせをされている。それも仕事に影響が出るような嫌がらせを。このままフロアに置いておけばやっかいなことになるかも知れない、とあたしに思わせて、支店勤務候補リストに名前を挙げさせようとした……」

「実を言えば、シュレッダー事件が起こった時に、なんか変だ、と思ったんです。その後、係長がわざわざ事情を聞きに来たんでピンと来ました。なんで変だと思ったかと言うと、彼女のレポートにものすごく目立つ印があったからなんですよ。保管、ってゴム印で赤く押してあった。でもね、確かにあのレポートは重要書類だったけど、保管するのはコピーの方で、原本は課長に提出して会議に出すんでしたよね？　あんなふうにゴム印を押しちゃったんじゃ、会議に出せない。なんか、わざとやったクサイな、と思った」

「八幡くんって、新本格読むでしょ。綾辻行人《あやつじゆきと》とか」

「読みます。いちばん好きなのは笠井潔《かさいきよし》です」

「あ、そ」

あたしは新しくテーブルに届いたワインをグラスに注いだ。覗《のぞ》き込むと、赤い水面に小さな月が踊っていた。

「で、どうするんです？」

「どうするって、何が？」

「麻美ちゃんですよ。彼女に騙されたフリをするんですか、それとも、彼女の希望を粉々に砕きますか？」

「あのね」

あたしは、自分が酔っている、と気づいた。

「あの子はひとつだけ本当のこと、言ったのよね」

「ひとつだけ？」

「うん。企画の仕事が好きだ、そう言ったの。あれは本心だったと思う。土壇場で他社に先を越されたとは言え、あの子の企画はもう少しでうちの目玉になるとこだった。

あの子は好きなのよ……企画って仕事が。あたしだって……好きだもの。好きだからさ、この歳《とし》まで居座ってるわけ。今度のこと、カラオケ事件とシュレッダー事件は狂言だったかも知れない。でも、マニキュア事件については、まだ謎《なぞ》が解けてないの。たぶん、あの子は……怖かったのよ。自分が社内の誰かに恨まれているってことが、とても怖かったのね。本当ならば異動願いを出してさっさと逃げてしまいたかった。でも、あの子はね、企画の仕事が好きだった。やめたくなかったのよ。自分から異動願いを出して企画部を去れば、もう二度と戻って来られないんですものね。海外勤務なら、しかも企画部として推薦されての転勤なら、日本に帰った時、また企画部に戻れる公算が大きいでしょう？　野心というより……あの子はただ、企画部に、あのフロアに戻って来たかった。一時的に避難しても、企画の仕事を続けたかった……んじゃないかなあ、って……」

「それ、本心で言ってます？」

八幡はニヤニヤしている。

「本当は麻美ちゃんが野心満々で係長のこと騙そうとしたってむかついてませんか？」

「ものすごく」

あたしは言った。

「むかついてる」

八幡は豪快に笑った。こいつがこんな笑い方するなんて、と、あたしは少し見直していた。

「じゃあ、賭《か》けなさいよ。あたしがどうするか。あの子を推薦するか、しないか」

「決定権持ってる人を相手に賭けなんかできません」

「いいわよ。ならあたし、今からここに、結論書くから。もう決めてるし」

あたしは酔った指先をワインにひたし、紙ナプキンに文字を書こうと奮闘した。

「ユーミンじゃないんですから、そんなとこに文字書くのなんて無理ですよ。あ、ほら、穴開けちゃった」

「うるさい男だねぇ、あんたって。友達に言われない？　おばさんみたいなヤツって」

「下手な字だなあ……カ、ン、バ、ヤ」

「答えを読んだら賭けになんないでしょ！」

「いいですよ、賭けなんてしなくても。どうせ俺の勝ちなんだから。その続きはこうでしょ。神林なんか、さっさとウィーンに行っちまえ」

「ブーッ。違うもーん。正解はぁ、かんばやしなんか、ウィーンにぶっ飛ばしてやる、だもん」

「同じじゃないですか」

「ぜっんぜん違いますぅ。あたしが、飛ばすの。あたしがぁっ」

頭上の月が笑っている。

あたしはものすごく妙な予感にとらわれていた。もしかして、こんなイヤなヤツとあたし、つきあっちゃうことになるんだろうか。そんなぁ。

だけど、それもまあ、いっか。心の退屈が少しまぎれて、ケアンズの愛美にメールで報告することもできて、それできっと、あんまり感じなくて済むかも知れない。

神林麻美がいなくなっちゃう、寂しさを。

ホリデー・イン・ディセンバー

1

さ、寒いっ！

空港ビルの中に入って入国審査に向かうまでの間で、すでに寒さがこたえ始めていた。無理もない、今、南半球は真夏にさしかかるところである。そしてここ、関西国際空港は真冬なのだ。気温、摂氏十五度。って、そうか、この程度ではまだ真冬というより、晩秋、といったところ？　メールフレンドの墨田翔子からも、この冬の関西は暖冬らしい、という情報が入っていた。日中は二十度をこすこともあって、まだコートは不要。

というのはもちろん、日本に住んでいて「秋」を経て気温の下降に順応した人々に対する情報だったわけだけれど、あたしはその点、ちょっと自分の体力を過信していた。いや、体力というより適応能力？

いずれにしても、あたしは寒い。そして、いちおう持参しているコートを手荷物ではなく、がっちりパッキングしてしまったスーツケースに入れてしまっていたことに今頃気づいている。半袖Tシャツ一枚にサマーカーディガンを羽織っただけのあたしのかっこうは、どう見ても、十二月の関西国際空港にふさわしいスタイルではなかった。

だけど仕方ないじゃん。だって南半球は夏なんだもん。あたしは自分で自分を擁護しつつ、一刻も早くスーツケースを手に入れて中からトレーナーを引っ張り出す為《ため》に駆け足になった。

本当ならば、九月にとれていたはずの、夏休み。七月、八月は日本人観光客がドドッと押し掛けて来るので休みなんてないのが当たり前だけれど、九月になればいきなり暇になる。今年もそのつもりで、九月の第二週あたりから十日ほど日本に戻って来るつもりでいた。

海外で働いていて、日本で働くよりましだな、と思うことは意外なほど少ないのだが、その数少ないアドバンテージが、ロング・バケーションだろう。特に、オーストラリア人は、休むとなったら誰が何と言おうとめいっぱい休む。最近はすっかり、ジャパニーズ・ビジネスマンのお株を奪って働き蜂《ばち》になっているという噂《うわさ》のアメリカ人と違い、オーストラリア人はもともと上昇志向と縁遠く、お金を稼ぐことを人生の目標と考えない人が多い。何しろ、転職経験が多い人、腰の落ち着かない人ほど豊富な体験をしていると珍重し、老後は夫婦でキャンピングカーに乗って死ぬまで放浪して歩くことも珍しくはない、という、労働より休暇、財産より時間を重んじるお国柄。他の会社と比較してそれほど労働条件がいいとは思えないあたしの会社でさえ、年間に取得できる休日は最大四週間、それもまとめてとって構わない、という大盤振る舞いなのである。とは言っても、そこが悲しい日本人のあたしには、一ヵ月もまとめて休みをとりたいと言い出す度胸もなかったし、一ヵ月も休んで何をしたいというあてもなかった。同僚には、一ヵ月インドを放浪して来ますとバックパックで出掛けてしまった者もいたし、大陸の反対側、パースに貸別荘を借り、一ヵ月、インド洋を眺めて本を読むのだとにこにこしていた者もいた。そして彼らは一緒にどう？　と、あたしを誘ってくれたりもした。特定の恋人もいないシングル異邦人のあたしとバカンスを過ごそうと言ってくれたというのは、彼らにしてみたら、最大級の親切だったに違いない。もちろんそうした話はどれも魅力的だったのだが、結局、自分にはできない、と思って断った。

南京虫《なんきんむし》がシーツの下をごそごそ這《は》い回っているような安宿をバックパックで一ヵ月、泊り歩く体力は、すでにあたしにはなかったし、ただボーッと海を眺めて本ばかり読んでいる日々というのも、きっとあたしには耐えられなかっただろう。

要するに、せっかちな社会で生まれ育ってしまったあたしにとって、長過ぎるバケーションはある種の苦痛であり、不安なのだ。数日のホリデー。まあそんなところが、あたしにはちょうどいいところだろう。

で、その数日のホリデーは、絶対に沖縄で過ごしたい、と心に誓っていた。ケアンズに住んでいて、その気になれば休日にグレートバリアリーフで泳げる身なのになぜ沖縄、と問われそうだが、ともかく沖縄、なのである。行ってみたかったのである、沖縄っ。しかし、沖縄旅行は高い。ケアンズから那覇までの直行便なんてものはないので、いったん成田に向かってから乗り換えて沖縄まで行くことになるわけだが、あたしが勤めている旅行社の日本本社からツアー・パンフレットを取り寄せてみてびっくりした。なんと、日本からケアンズに来るツアーより、東京から沖縄に行くツアーの方がお値段が高いじゃないの！

日本の国内線航空運賃ならびに高級リゾートホテルの宿泊料の高額さを、あたしはしみじみと数字で確認したわけである。そして出した結論が、沖縄に行くなら九月だ、であった。

九月は台風が来る。台風銀座の沖縄に九月に出かけるのはまさに、賭《か》け、である。運が悪ければ、ホテルの部屋にひきこもって荒れ狂う波と風を眺めて旅が終わってしまうかも知れない。だがそれだけに、九月の沖縄ツアーは格安だった。もちろん、二月あたりはもっと安いけれど、二月では泳げないものね、沖縄。別に海で泳ぎたいとは思わないけれど、水着を着てプールサイドに寝っころがる、あれはやってみたいじゃない、いちおう。せっかくのバカンスなんだから。

とは言え、欧米人、特にアメリカ人観光客が、「プールサイドで日光浴しながら読書をする」スタイルにこだわる執拗《しつよう》さというのは、ちょっとした笑い話ではある。ともかくバカンスに来たらあれをやらないと始まらないとばかりに、朝食が済むなりプールサイドに直行して場所とりをし、後はただひたすら、日が沈むまでデッキチェアに横になって、ゆでダコみたいに日焼けしながらペイパーバックを読みふけるのだ。それも、タイトルを見るとたいていが、殺人とセックスのいっぱい出て来るロマンチック・サスペンスか、シリアル・キラーが人を殺しまくるサイコもの。それでなくてもメラニンが少なくて紫外線に対する抵抗力が弱い白人なのに、あんなに無防備に日焼けしちゃったら皮膚ガンにならないのかしら、少なくとも、シミだらけになって困るよね、と、他人事《ひとごと》ながら不安になるほど真っ赤に日焼けした手足にアロエジェルを塗りたくり、エビアンを飲み飲みシリアル・キラーに没頭することを宗教のように崇《あが》めたてまつっている連中が、カメラやビデオを片時も離さずに団体でぞろぞろ見物しつつ山ほどくだらない土産《みやげ》を買い込む日本人や韓国人観光客を馬鹿《ばか》にするというのもおかしな話である。あたしに言わせたら、日光浴しながら本を読むだけだったら何も飛行機に乗って南半球まで遠征して来る必要なんてないんだし、それならまだ、嬉《うれ》しそうにお土産を買い込むアジアの観光客の方が素直でよろしいのではないでしょうか、ね。

と、まあそんなシニカルな感想は今はどうでもいい。

つまりですね、あたしは九月に沖縄に行くつもりであったのです。そう、もうすっかりその気になって、日本の友達から沖縄旅行のガイドブックなんかも送ってもらっていたのでした。なのに。

九月の半ばにケアンズで企業の幹部研修。しますかね、そういうの。いきなりですよ。

結局、三十数名の日本のおじさんたちの世話にあけくれた二週間。あたしのバカンス予定は見事に吹っ飛んでしまった。後になって事情が判明したのだが、本当は中国で行うはずだったその研修、日本の恥さらし団体買春事件の影響で中国はまずいということになって、候補地を探したあげく、女遊びができない代わりにカジノがあるので欲求不満が解消できるという理由でもって、ケアンズに決まったらしいのである。まあ正直なところ、ケアンズにも春をひさぐ女性はいる。が、カジノがあれば、そっちの遊びは厳禁令を出されてもなんとか我慢できるだろう、と、そういう発想なのだろう。どこまでも恥ずかしい日本男児。彼らは会社の命令によって女遊びを断念し（命令されないと断念できないのか、おまえらは）、代わりにせっせとカジノに繰り出して、あげく、奥さんへのお土産にブラック・オパールを買うはずの予算をさっぱりとスッて、コアラのぬいぐるみでごまかせないかとDFSで思案にくれていた。仕方なく、ぬいぐるみよりはこちらの方が、と、羊毛からとれるラノリンや日本でもブームになったプロポリス入りの化粧品を勧めたり、ブランド品の中では割安ですよ、とコーチのコーナーに案内したりと忙しかったのだが、ふと気づいてみれば九月は終わってしまい、休暇願いは取り下げたままでほったらかしになっていた。

「休み、取りたいんだけど」

「じゃ、十二月の一、二週にとってね」

と、あっさりとした英語で交わされた会話。十二月ではいくら沖縄でも泳げない。イヤよっ、あたしは泳ぎたいのよぉっ。とジタバタしても無駄だった。いいか別に、泳げなくても沖縄は面白そうだし、と気を取り直して師走《しわす》のバカンスという妙な状態を自分に納得させようとしていたその時に、墨田翔子からこんなメールが来たのである。

『うちの会社の保養所の中で、京都にある洛陽荘《らくようそう》の稼働率があまりよくないので使うように、と通達が来たんですけど、こんな師走に言われても誰も行かれないんですよねー。でも稼働率が悪い保養所は売却されちゃうかも知れなくて。京都って東京からはもう日帰りでも行かれるから、わざわざ休みをとって行こうとは思わないじゃないですか。かと言って週末は希望者が多くて抽選だし。朝食付で一泊四千円、一度泊ったことがあるけれど、純和風でなかなか気持ちのいいところなんですよ。社員でなくても、社員の親族なら同じ値段で泊れますから、もし京都旅行の予定があるなら言ってね。十二月の平日だったら、がらがらに空いてると思います。あたしの従妹《いとこ》ってことにして申請すればオッケーでーす』

朝食付一泊四千円。沖縄はまたの機会にまわそう、と瞬時に決断した。何しろ四泊、五泊となれば、宿泊料の高い安いはものすごく大きな問題となるのである。京都でそこそこのシティホテルに泊るとしたら、朝食付でシングル一泊一万円以下ではネット割引きでもなかなかないだろうし、ビジネスホテルだって七、八千円はかかるのだ。かと言って、修学旅行生相手の安い旅館や民宿にひとりでしれっと泊れるほどには旅慣れていないというか、度胸がない。純和風のそこそこ気持ちのいい宿で四千円、これを利用させて貰《もら》わないという手はないでしょう、実際。

ということで、あたしは今、関空にいる。

ケアンズからならば成田着の便しかなかったのだが、ついでなのでシドニーに寄り、友達のところで三日過ごした。シドニーからならば関空行きがあった。到着はほぼ定刻通りだったが、それでもすでに夜の九時近い。せっかく走ったのに入国審査にはすでに長い列が出来ている。けっこういるんだなあ、十二月に休みをとって海外旅行なんてする人たち。そうか、この人たちはもしかすると、年末年始に働かないとならない人たちなのかも……あたしみたいに。

二十日過ぎから正月六日までの戦争のような日々を思って、あたしは今からブルーなのだ。日本人が大挙してオーストラリアに押し寄せて来る年末年始。でも忙しいこと自体はそう苦にならない。どんなに忙しいと言ったところで、仕事の内容そのものが変わるわけではない。ツアー客や個人客を空港に迎えに行き、ホテルに送り届け、オプショナルツアーの営業をして、帰国する客をホテルから集めてＤＦＳに送り届け、荷物の確認をし、税金をどうやって戻してもらったらいいか説明し、空港に……その繰り返しだ。ただ受け持つ人数が多くなり、それにつれてトラブルも多くなる、それだけのこと。トラブルを怖がっていたのでは旅行会社なんかに勤めていられないし、客に罵倒《ばとう》されるくらいのことでひるんでいたんではプロとは言えない。そんなのは平気だ。どうってことはない。ただ……ただこたえるのは……楽しそうな家族連れの笑い声と、それらにオーバーラップする自分自身の過去との大きなギャップだった。

2

あたしの実の父親と母親とが離婚したのは、あたしが小学校五年生の時だった。理由はよく知らない。年齢から考えても、理由を知っていて良さそうなものなのだが、本当にあたしは知らなかったし、知りたいとも思わなかった。つまり、理由なんてもうどうでもいいというくらい、父と母とは長い間諍《いさか》いを続けていたのだ。たぶん、あたしが物心ついてからずっと。

気の合わない相手と結婚してしまったというのは、父にとっても母にとっても悲劇だったろう。どちらかが一方的に悪かったわけではないと思う。それでも二人は二人なりに、あたしのことを考えて、できる限り離婚しなくて済む方法を探し続けていたのだ、たぶん。だがそれも限界が来て、結局、あたしは父に連れられて生まれた町、大阪を離れた。あと一年半で卒業だったから、本当は転校なんてしたくなかったんだけれど。

父はすぐに再婚した。実の母よりだいぶ若い女性だったので、すぐに弟が生まれた。続いて妹。継母は優しいひとだったけれど、もう自分のことは自分でできる年齢だったあたしに構っている暇なんてなかった。赤ん坊を背負ってよちよち歩きの子の手をひいていたのだから無理もない。あたしは必死に継母を手伝って、弟や妹の世話に明け暮れた。そうすれば家族の中で自分の居場所を確保できることを、無意識に悟っていたのかも知れない。継母は感謝してくれた。それであたしは嬉しかったから、それ以上のことを望むのは贅沢《ぜいたく》だと思っていた。あたしが中学を出た頃に、弟と妹は三つと二つ。あたしが高校を出た時、弟は小学校一年で妹は幼稚園の年長さんだった。そして、父と継母と弟と妹は、はじめて家族一緒に海外旅行へと出掛けて行った……あたしを留守番に残して。

犬を飼っていたから、それで当たり前だと思った。十八歳の女の子にとっては、うるさいガキや親と一緒に旅行するよりひとりで気楽に留守番していた方が楽しかった。友達が毎日遊びに来て、あたしは解放感にひたって過ごした。そしてそれが、家族の習慣になった。それから先、家族旅行ではいつも留守番があたしの役目になった。短大を出てからも、家族旅行のたびに犬と留守番するのがあたしの義務であり、それを不満に思ったことはない。ボーナスが出れば友達と海外旅行もしたし、犬が老衰で死んだ年、ハワイ留学も果たしたのだから、別に海外旅行がうらやましかったわけでもないのだ、もちろん。そんなふうには考えたことすらなかった。羨《うらや》むなんて……うらやましいと思うだなんて。

去年の暮、ケアンズで働きはじめた最初の年末。いつもの倍くらい人が乗れる特大のツアーバスを用意して出迎えた数十名の日本人観光客は、そのすべてが家族連れだった。夏休みで体験していたはずなのに、どうしてあの時、あんなにも動揺してしまったのだろう。両親と子供。両親と子供二人。両親と子供三人。祖父母と両親と子供二人。祖父母と両親と子供と両親のきょうだいにその連れ合いに子供……

家族の洪水だった。

血が繋《つな》がった者たちが手を取り合いながら続々と姿を現した。寝不足のはずなのにはしゃぎまわる子供たち。それを叱《しか》りつける父親。あれがないこれがないと騒ぐ母親。何度もパスポートを確かめている祖母。みんな、家族だった。家族が押し寄せて来て、あたしを押し流した。

あたしには家族旅行の思い出がひとつもなかった。そのことが、あたしを打ちのめしていた。

小学生の頃は両親の仲が悪くて旅行どころではなく、再婚してからは小さな弟と妹に犬がいたので旅行ができず、やっと弟や妹が旅を楽しめる年頃になった時、あたしはすでに大人として独立することを求められる年齢だったのだ。

誰が悪いわけでもない、ただ、そういう巡り合わせだったというだけのこと。落ち込むなんて馬鹿げている。

そう、自分に言い聞かせてはみたけれど、自分の心をごまかし続けることは難しかった。

あたしは客たちに嫉妬《しっと》していた。家族連れでケアンズにやって来て、カンガルーを見たりグレートバリアリーフを見たりする人々を、妬《ねた》んでいた。そしてそれを絶対にさとられないように、最大級の笑顔と親切で彼らの面倒をみた。彼らの多くは感謝してくれ、ツアー後のアンケートでもあたしの評判がとても良かったと会社から誉《ほ》められた。そのことで、あたしはよけい、傷つき、いじけ、惨《みじ》めになった。

今度は二度目の年末年始だった。さすがに、もう動揺はしないし無理して張り詰めて、笑顔を振りまき過ぎてくたびれることもないだろう。

それでも、あたしはやっぱり傷つくのだろう。

いじいじと、情けなく。

ターンテーブルの周囲も大混雑だった。あたしのスーツケースはひとつだけ、海外旅行用のがっしりとしたタイプではあるが、そんなに大きくはない。が、何しろその中にトレーナーだとかコートだとかが詰めてあるので、早く取り出して羽織らないと辛《つら》い。空港の中はちゃんと暖房されているのだが、空間がだだっ広いので全体に空気が冷えていた。もちろん、ちゃんと十二月の関西にふさわしい服装さえしていれば充分に快適な室温なのだろうが。

銀色のアルミ製のスーツケースは今の流行《はや》りらしく、自分のかと間違えて手を伸ばしかけたものがいくつかあった。ようやく目印の赤い花のシールが貼《は》られたあたしのスーツケースが現れ、あたしはホッとしてそれを摑《つか》んだ。もし何かの手違いで荷物がちゃんと到着しなかったら、何はともあれ上着を一枚買わないとならないところだった。

スーツケースを引っ張って人の少ない場所に陣取り、ケースを開けて素早くトレーナーを取り出す。Tシャツの上からすっぽりかぶると、ようやく快適な感覚が得られた。また蓋《ふた》を閉めて税関へ。申告するものはありません。しかし蓋を開けろと言われて中身を見せる。それでようやく、到着ロビーに出ることができた。後は「はるか」に乗って京都まで一直線だ。

神戸に向かう高速艇の案内板に、数秒だけ視線がとまった。神戸には実家がある。父親と継母と、弟と妹、それに最近は猫とハムスターを飼いはじめたと聞いているけれど。八月の旧盆の時期も年末年始も、旅行業界で働いていれば絶対に休みなんてとれない。だから、今年の正月は実家に戻らなかった。それどころか、ハワイに留学している間も年末年始に日本に帰ることなど考えもしなかった。何しろ年末年始の日本—ハワイ路線の航空運賃はバカ高いのだ。

家族のことは嫌いではないのに。継母はいつも優しいし、弟は生意気だが顔がいいのだ。ジャニーズっぽい子なのでちょっと自慢。妹は残念なことに容姿の面ではあたしとどっこいどっこいだったが、性格が明るくて人なつこい。そう、あたしは家族を愛している。それなりに。

でも。

つまんないことは考えるの、やめ。あたしは「はるか」の駅に急いだ。

ＪＲの駅は南海《なんかい》の駅と隣り合っていて、「はるか」と「ラピート」は線路で並んでいる。いつも思うのだが、デザイン的には絶対に「ラピート」の方がかっこいい。しかしあれに乗ると大阪の難波《なんば》に着いてしまうので、そこから京都に出るには梅田《うめだ》まで地下鉄に乗ってから阪急《はんきゅう》に乗らなくてはならない。とてもめんどくさいし時間もかかる。そうだ、いつかはあれに乗って大阪に一泊しよう。いつか、たぶん、次かその次に日本に戻って来た時に、ね。

日本に戻って来るたびに、あれをしようこれをしなくちゃ、と思うことは増えていく。そして時間だけはどんどん経《た》っていって、結局、したかったことの半分もできないうちに人生は黄昏《たそが》れる。あたしだってもう、三十だもんなぁ。三十歳。三十代になるって、女にとってどういうものなんだろう。

メル友の墨田翔子は確か三十七歳だ。あたしから見ると完璧《かんぺき》におばさんの年齢。だが、現実の翔子はさすがに一流企業に勤める本物のキャリアウーマンとやらだけあって、実年齢よりは若々しく、颯爽《さっそう》としているように見えた。高収入なはずなのにやたらとブランド品で固めていない、身の丈を熟知したカジュアルな服装がとてもすっきりとまとまっていたのでひそかに感動したほどだ。日本からやって来る女子大生のグループなどの中には、いったい何を勘違いしたのかエルメスのバッグをぶら下げて腕にカルチェの時計をはめて、そのエルメスから、わけのわからないストラップが山ほどぶら下がった携帯電話を取り出して「あ、やっぱ海外ってこれだと圏外〜」などと素頓狂《すっとんきょう》な声を出す、頭痛がして来るような連中がものすごく多いのだが、墨田翔子は機能性と旅を楽しむ感覚とをバランスよく配合したファッションに身を包んでいた。

あと七年経って、あんなふうに歳《とし》をとっていればまあまあだな、と思う。でも、あと七年もシングルでいるつもりは正直なところ、ないけどね。

指定席が買えたので、ゆっくりとホームに降りてドアが開くのを待った。もう午後九時四十分になる。京都駅に着くのは十一時を過ぎてしまう。遅くなるのがわかっていたので連絡はしてあったが、洛陽荘は岡崎の方にあり、駅からはタクシーで二十分はかかると聞いている。機内食を食べていたのでまだ空腹は感じていなかったけれど、このまま寝るとなると小腹が空いてしまいそうだ。売店が開いていたので菓子と飲み物を少し買った。その時、自分の隣りに栗色《くりいろ》の髪の白人が立っているのに気づいた。バックパッカー？　それにしては荷物が小さい。背負っているリュックでは、長期間のバックパック旅行を楽しむのは無理だろう。寝袋もくくりつけてないみたいだし。

白人にしては小柄だったので、ラテン系と見当をつけた。イタリア系かフランス系だろう。あたしは自慢じゃないけれど、イタリア語もフランス語もまるっきりわからないので、下手に目が合わないように下を向いてそそくさと売店を離れることにする。こういうところが、海外で何年暮しても直らない、情けない日本人気質。

が、そういう時に限って、あたしの耳は聞き付けてしまった。英語だ。それも、ネイティヴの英語ではなくて、まああたしと同じ程度の語学力。売店のおばさんに、必死になって訊《き》いている。おにぎりは売っていないのか。おにぎりが買いたい。

だからね、君たち。お国のガイドブックにどんな嘘《うそ》が書いてあったかは知らないけれど、日本は英語の通じない国、なんだってば。顔がそっくりの中国人がぺらぺら英語を話すからといって、一緒にされても困るわけです。何しろ、中国語は文法が英語によく似てて、単語を入れ替えるだけで文になるけれど、日本語はそうではありません。日本人にとっては、文の成り立ちからしてまるっきり違う英語を学ぶってことは、けっこう大変なんです。と心の中でぶつぶつと売店のおばさんを擁護しつつ、それでもあたしはかかわり合いにならないでいたいと思いながらじりじりとその場を離れつつあった。あった。あったのに。

目が合った。

栗色の髪の青年は、ニコッとした。あたしは観念した。心の中で溜息《ためいき》をひとつついてから、売店のおばさんに通訳した。

「あの、おにぎりを売ってないですか? って」

「おにぎり? ああ、売り切れたんですぅ。すみませんね」

あっさり言われた。あたしは青年に通訳した。売り切れです。

青年の顔が喜びに輝いた。

その気持ちはわかる。アジアは彼らにとって月と一緒なのだ。人々の顔も習慣も文字も、すべてが未知の世界。暗号の洪水。彼らはものすごく不安になるはずだ、空港の到着ロビーを出た途端に。それでも英語の案内板は至るところにくっついているので、最初は漠然と思うだろう。大丈夫、どうやら英語は通じるらしい。ところがそれが罠なのだ。どこもかしこも英語で溢れている国なのに、話し掛けると誰も英語で答えてくれない。いや、ごくたまには答えてもらえることもあるけれど、絶対的に確率が低い。なぜだ？　こんなに英語があちこちに書かれているのに！　ここで彼らは涙目になり、やがてそれを日本人の性格のせいにするのである。いわく、話し掛けても無視され、誰も目を合わせてくれようとしない、日本人は不親切で気味が悪い……

誤解なんです。ただの誤解なんですけどね。日本の英語教育が会話を軽視し過ぎていることと、何より、日本人にとっての英語は、アメリカ人にとってのフランス語とは比較にならないくらい難しい、そういうことなんだけど。

まあそんな、ライスボール一個買うことができないというパニックの最中にあって、とりあえず意味の通じる英語を話すあたしの存在は、青年にとって救いの女神に見えてしまっただろう、というのは簡単に想像できた。だからイヤだったんだよ、通訳するの。絶対、こうなるって思ったんだよね。

そう、栗色の髪の青年は、あたしと一緒ににこにこと「はるか」に乗り込み、たまたまあたしの隣りの席が空席だったのをいいことに、とうとう京都に着くまで、あたしに人なつこく話し掛け続け、彼がなぜ、母国であるフランスからわざわざこんなに遠い異郷の地へとやって来たのかについて、とくとくと説明してくれたわけであった。

災難。でも、実はかなり面白い話だったのだ、この青年、ピエールくんの物語。

3

ピエール・ペロー、というのがその青年の名前らしいのだが、フランス人の名前についてはまったく予備知識がなかったので正確なことはわからない。ペローではなくてフェローだったかも知れないし、ペリエだったかも。まあともかく、ピエールはパリに住んでいて、劇場で働いている青年らしい。二十六歳、大学には進学せず、演劇学校の出身。そのピエールがこの夏、日本から来たひとりの女子学生に恋をした。彼の言葉を借りれば、それは運命的な出逢《であ》いだったそうだが、あたしにはだいたいその後の展開が予測できた。二人は短い間に燃え上がった。女子学生は語学の短期留学で二ヵ月間、ソルボンヌの外国人向け夏期語学講座に通っていた。そりゃ燃え上がるでしょうね。だってその女の子にとっては、たった二ヵ月だけの恋だったのだろうから。

日本の若い女の子は、この手の残酷なゲームをまったく悪気なく世界のあちこちでするので有名なのだ。ある意味、マダム・バタフライだのミス・サイゴンだのに象徴される、白人男性の現地妻にされるアジア人のかわいそうな女、という定説をぶち壊す現象として、あたしはけっこう小気味良く感じてはいるのだけれど、それにしても、日本を離れた途端に性的に奔放になってしまうジャパニーズ・ガールの被害に遭《あ》った男性諸氏はお気の毒である。あたしの同僚にも、日本人観光客にノセられてその気になったあげくメール一通で捨てられた被害者がいて、彼の言葉によれば、なにしろ日本の女の子は肌が綺麗《きれい》で抱き心地がいい。アソコが小さくてキモチがいい。アノ時の声が切なくてたまらない。しかも、素直で親切で、いつもニコニコしている（英語が不得意だからニコニコする以外にない場合が多いのだろうけれど）。その上、瞳《ひとみ》が大きく、その瞳でじーっと見つめながら（日本人は近眼が多いので、コンタクト入れてると瞳がきらきら大きく見えるのよね）、あいらぶゆー、と真剣な顔で言われてしまったので、これはもう国際結婚するしかないだろう、とすっかりその気になってのぼせあがったらしいのだが、日本に帰った途端、電話してみれば番号は現在使われておりませんだし、手紙を出しても一切音沙汰《おとさた》がなく、ようやっと届いたメールには、実はわたしには婚約者がいます。わたしのことは諦《あきら》めて幸せになってください。わたしはあなたのことを決して忘れません。と、なんだか矛盾に満ちた英語が並んでいたらしい。

ピエールくんの物語も、ほとんどそれと同じようなものだった。が、ひとつだけ違っていたのは、ピエールくんが愛してしまった日本人女性ヨーコさん（日本人の女と言えばヨーコ、という発想自体が嘘っぽい）は、帰国する時、空港まで見送りに行ったピエールくんに一枚のメモを手渡したところだった。そのメモには京都の住所らしきものが書かれていて、彼女はこう言ったそうである。

いつでも逢いに来てね。待っています。

「はるか」はようやく京都駅に着いた。ピエールくんの英語には強いフランス語訛《なま》りがあって聞き取りに苦労したけれど、それでも日本人の女の子がくれた住所のメモを握りしめて、アイウエオすら知らずに日本まで飛んで来てしまったその純情さに、あたしは少し感動していた。とは言え、あたしにはあたしのバカンスがあるんです。あたしは駅でピエールくんと別れた。ピエールくんはタクシー代がもったいないので歩いて目的地まで行くと言う。京都の地理はよく知らないので、メモを見せられても場所の見当はつかなかった。それでも彼は地図を持っていたし、京都市中心部の面積はさほど広くはない。ピエールくんは健康そうだったし、問題はないだろう。

別れる時も、ピエールくんは幸せそうだった。その笑顔を見ていて、案外これはハッピーエンドになる珍しいケースかも知れないな、などと思いながらあたしはタクシーに乗った。

洛陽荘に着くと、あたし宛《あて》に墨田翔子からＦＡＸが届いていた。

『無事に着きましたか？　お疲れのことでしょう。今夜はゆっくり休んでくださいね。あさっての土曜日、お約束通り、日帰りでそちらに向かいます。正午過ぎの新幹線で京都駅に着くので、駅でお昼御飯にしませんか？　伊勢丹の上のレストラン街でいかがでしょう。十二時半頃に、伊勢丹の化粧品売場の、オリジンズの売場で待ってます。本当は一泊できたら良かったんですけど、日曜日の午後に仕事があるので今回は日帰りで我慢します。再会を楽しみにしています。

翔子』

日曜日の午後に仕事。一流企業に勤めて出世するのも大変らしい。

墨田翔子に再会できることは、あたしにとってもちろん楽しみではあったけれど、同時にほんの少しだけ鬱陶《うっとう》しいことでもあった。今回も、本心を言えば彼女とわざわざ逢うつもりなどなかったのだ。でも彼女の口ききで宿を手配して貰《もら》った以上、日帰りで京都に遊びに行きますと言われて、鬱陶しいから来ないでよ、とは言えないものね。

翔子のことは嫌いではない。いや、どちらかと言えば好きだ。

彼女は変わっていた。たぶん、仕事をさせたらものすごく優秀な人間なのだろうと思うのだけれど、仕事を離れている時の行動や考え方が、やけに無防備なのだ。隙《すき》のない、いかにも頭が切れそうな様子をしているのに、ペリカンに固執して初対面の女性と殴り合いをした女である。ちょっとフツウじゃない。

あの時、涙でグショグショになりながら、ペリカンに石をぶつけた大泉嶺奈《れいな》と摑《つか》み合い、どつきあいの大喧嘩《げんか》をしていた翔子の顔は、たぶん一生忘れられないだろう。彼女にとってなぜペリカンがそれほど大切だったのか。彼女の心の奥まではあたしにはわからない。たぶん、彼女はあの時、ペリカンを見たいという一心でケアンズまでやって来ていたのだ。そしてペリカンを見ることで、救われようとしていたのだ……と、そのへんまでは想像できるけれど。

一流企業に勤めて女が出世を目指せば、それは楽しいことばかりではないだろう、というのはわかる。きっと、巨大なストレスの塊を背負って、毎日戦っているのだろうと思う。しかし、あたしに言わせれば、それは好きで選んだ道なのだ。あたしが今、自分の心の中にあるいちばん弱く、じくじくとした部分を、家族連れでケアンズに押し寄せて来る幸せな日本人たちにぎゅうぎゅう踏まれて難儀している、そのことと同じなのだ。誰のせいでもない、自分で選択した試練。

翔子にだって、他の人生を選ぶ分岐点はあったはずだった。適当なところで結婚退社して専業主婦になるとか、仕事を続けるにしても共稼ぎでお気軽にやるとか、その他もろもろ。だが彼女は会社に居座り、けっこうな年収を確保して戦うことを選んだのだ。ストレスでペリカンが生き甲斐《がい》になったとしても、自業自得《じごうじとく》。同情する気は起こらない。と言うか、同情しているような余裕は、あたしにはない。

彼女のことを少しだけ疎《うと》ましいと思う理由は、そのあたりにある。つまり彼女は、どう考えてもあたしより恵まれていると思うのだ。これだけ働く女が増殖している今の日本の中でだって、東京二十三区内にマンションを所有している独身のＯＬが、いったいどれだけいるだろう。そうしたくたって普通の収入でひとり暮しをしていたのでは、なかなかそうはいかないのが当たり前。今のあたし自身、貰っている給料だけではろくに貯金もできず、家賃を払うために働いているような有様なのである。翔子のストレスがいかに大きなものであろうとも、家賃が払えなくなるかも知れない恐怖とは比較にならないだろう。翔子はどう転んだって、今のところ、生きていくのに即座に困る状態ではない。そしてあたしは、ひとつ間違えば、尻尾《しっぽ》を丸めて日本に逃げ帰って来る航空運賃さえおぼつかなくなるかも知れないのだ。本社が日本にあるとは言っても、あたしが勤務しているケアンズ支店はオーストラリア支社の下部組織、雇用形態は日本型ではない。つまり、リストラだなんだとことさら騒がなくても、仕事ができないと判断されれば即日、クビになる、ということ。

翔子と一緒にいると、彼女と自分との境遇の違いが嫌でも気にかかって、きっと心から楽しいとは思えないだろう。そんなふうに考えている自分自身が、すでに楽しくない。

あたしはFAXを畳み、入浴も諦めてそのまま床についた。洛陽荘には各部屋に浴室がついているが、すでに時刻は深夜一時。水音をたてれば隣室の客が迷惑するだろう。まあいいや、明日から数日はのんびりとできる。行ってみたかった場所はたくさんあるし、食べてみたいものもいっぱいある。ともかく、あたしは今、バカンスに突入したのだ。誰がなんと言おうと、楽しんでやるんだから。

4

すべり出しは上々だった。朝食はおいしかったし、朝風呂《あさぶろ》にも入ってさっぱりして、ジーンズとトレーナーで外に出てみると、もう歩いて数分のところに平安神宮があった。庭園までゆっくりと見てまわり、そのまま足の向く方向に歩き続けてすぐに永観堂。京都というところは、ぶらぶらと歩いているだけでいくらでも観光名所にたどり着ける。予定では四泊することになっているけれど、たった四日では観光ガイドに載っている名所の十分の一もまわれないだろう。ケアンズの小ささと比べると、なんというお得感！

欲張って南禅寺《なんぜんじ》まで歩いたらさすがにくたびれて、名物の湯豆腐屋さんに入ってランチタイム。ひとり客は冷遇されるかと少しびくびくしていたけれど、幸い、選んだ店は感じよく迎えてくれて、ひとりなのに庭園を眺められる和室の四人用席を用意してくれた。湯豆腐の他に野菜の炊《た》きあわせ、ごま豆腐、青菜の白和《しらあ》えと精進天ぷら。少々予算オーバーの昼食だったけれど、宿泊代を浮かせた分贅沢《ぜいたく》ができる。なんて優雅。なんてリッチ。なんてハイソっぽい。

お腹《なか》も気持ちも一杯になって、南禅寺で二時間過ごし、そのままぶらぶらと洛陽荘に向かって戻る。もう一度シャワーを浴びて少し気のきいた洋服に着替えたら、四《し》条河原町《じょうかわらまち》あたりに出掛けてみよう。寄ってみたいレストランはチェック済。予約しておいた方がいいかしら。ひとりでも入れるとガイドブックに載っている、かなりお洒落《しゃれ》っぽいバーで今夜を締めくくる。わくわくわくわく。今さらこの日本で胸ときめく運命の出逢いなんてものには一切期待をかけていないけれど、それでもちょっとイイ男とさり気ない会話のひとつも交わせればそれでラッキーだものね。

などと、能天気な想像でニヤニヤしながら動物園の前を歩いていた時、あたしの視界に、嬉《うれ》しそうな顔で駆け寄って来るピエールくんの姿が飛び込んで来た。

うげ。嫌な予感。

ピエールくんが持っていたメモに書かれていた住所にちゃんとカノジョがいたのならば、彼が今、こんなところにひとりでいるはずはない。

「ああ良かった、マナミに会えて！」

ピエールくんは強いフランス語訛りの英語を叫びながら、なんとあたしに抱き着いた。

「もうどうしていいかわからなくなっていた」

あたしは、動物園の前を行過ぎる人々の好奇に溢《あふ》れた視線の中、無邪気にあたしを抱きしめているピエールくんの腕をなんとかほどいた。

「どうしたの？」

「見つからないんだ、この住所が。ヨーコの家が！」

ああ、やっぱり。

あたしはピエールくんの手からメモを取り、あらためてよく見た。

11-1 usoda-cho marutamachi-dori-imadegawa-kita-iru sakyo-ku KYOTO

京都市左京区丸《まる》太《た》町《まち》通り今《いま》出《で》川《がわ》北入る（なんちゃって）噓《うそ》だ（よん）町　イイ～イ～だ。

あ、悪質！

昨日はちらっと見ただけだったのでわからなかったけれど、これってまるっきりの冗談じゃないの。あたしの乏しい地理的知識からしても、丸太町通りと今出川通りが交差する地点などは存在しないことがわかる。何しろ両方とも、東西に走ってる通りなのだ。京都市中心部は碁盤の目状態に区分けされていて、主要な通りの東西と南北を組み合わせ、その交差した地点からどちらに向かうかで位置を決める習慣があるが、平行に走っている道路では交差地点の決めようがない。それに何よ、北入る、って。北に行く時は上がる、南に行く時は下がる。～入る、というのは、東か西に向かう時に使う言い方だ。と、これらのことは、日本に戻る飛行機の中で仕入れたにわか知識だったけれど、ともかくこの住所はひどい。絶対に存在しない住所なのだ。

ここまでするかなあ、フツウ。

あたしの頭の中に、白人コンプレックス、という言葉がちらっとよぎる。戦後日本じゃあるまいし、今どきの女の子がそんなこと考える？

けれど、この住所にははっきりとした悪意がある。ピエールくんが運命のひとだとまで勘違いしたほど熱い眼差《まなざ》しをおくっておいて、それでこんなものを手渡すなんて、まともな神経の人間のすることではない。ヨーコさんはいったい、何を考えていたんだろう？　彼女はどうして、好きでもない相手に二ヵ月もからだを開き、最後にこんなしっぺ返しをしてピエールくんを傷つけようとしたのだろう。

ヨーコさんの心がわからなかった。

それはひどく歪《ゆが》んでいるようでいて、たぶん、とても当たり前に見える姿をしているのだ。可愛《かわい》らしい笑顔と生真面目《きまじめ》な眼差しを持つ醜い妖怪《ようかい》。

ふと、背中に寒気が走った。鏡を覗《のぞ》いたような感覚にとらえられる。

あたしは違う。あたしはこんなこと、しないもの。

動物園の前の路上で、あたしは自分の中の闇《やみ》と向き合っていた。

足下にぽっかりと開いた底なしの黒い穴を見つめていた。

あんたも同じだよ。自分の声が耳の中に響く。

あんただって、白人コンプレックスがあったからわざわざ日本を出て行ったわけでしょうが。考えてもごらん。向こうの大学で英語を学んだ、それはいいけどさ、だったらその英語、どこで使うのがいちばん利口？　そりゃ、英語のしゃべれる人が少ないところで使うのが利口に決まってるじゃない。なのにあんたは、日本に戻らない。給料が安いとか同僚がバカだとかぶつくさ文句ばかり言ってるのに、よりにもよって、みんなが英語をしゃべる国で働いてる。あんたは英語がしゃべれるから雇われたんじゃない。日本語がしゃべれるから雇われたんだよ。それなのに、あんたは錯覚したがってる。彼らと同じなんだと思いたがってる。その気持ちを裏返してみれば、ヨーコがちゃーんと出て来るんだよ、ほら！　ほらほら、ほら！

「お願いです」

ピエールくんの英語が頭に割り込んで来た。

「一緒に探してください、ヨーコの家を！」

なんでよ。

なんであたしが、あんたなんかの面倒をみないとならないわけ？　冗談でしょ。

あたしはその時、たぶん、呆然《ぼうぜん》とした顔をしていたのだと思う。なぜならあたしの表情を見て、ピエールくんがびっくりして瞬《まばた》きしたからだ。

「大丈夫ですか、マナミ？　気分が悪いの？」

ピエールくんがあたしを見ていた。とても優しい、とても不安そうな目で。

一瞬、英語を忘れてしまった。唇は動いたのに音が出て来なかった。いろいろなことを言いたかったのに、何も言えなかった。ただ、日本語が頭の中でわんわんと反響していた。

ほっておいて。あたしをほっといて、お願い。

言いたかったことはそれだけなのだ。あたしは逃げたかった。この間抜けで純情なフランス青年から、フランス語訛《なま》りの英語から、自分の心の中に出現したブラックホールから、そして、自分自身から。

あなたはからかわれたのよ、ピエール。そう言って笑ってやればいいのだ。こんな住所、あり得ないんだから。ね、わかる？　あなたはね、あなたたち白人よりずっと下等だと思い込んでる東洋人の女に、イエローキャブだって世界中で馬鹿《ばか》にされてるヤリマンの女に、遊ばれたのよ。ヨーコなんてどうせ偽名、その女はただ、二ヵ月も男なしじゃつまらないから白人男と寝てみたかった、それだけなのよ。どうしてそんなことがわからないの？　なんでそんなに真面目に、こんなメモひとつ持って飛行機に乗って来たりしちゃえるの？　まさか、まさかあなたは本気じゃないんでしょ？　本気で東洋人の女の子と結婚したいとか、思ってるわけじゃないんでしょ！　あなただって、遊びなんでしょ、そうよね？

だがピエールくんは、邪気のない眼差しを必死にあたしに向けたままだった。あたしは思った。彼はヨーコを愛している。

それでも言い訳をたくさん考えた。瞬時の間に、いくつもいくつも考えた。あたしは今バカンス中なんです。京都に前から憧《あこが》れていたんです。あまり時間がないんです。観光したいんです。まだ金閣寺も見てないんです。夜はバーに行きたいんです。男連れだと絶対にモテないので困るんです……

お願い。

お願いだから、そんな目で見ないで。そんな顔、しないで。

だから……だからなんであたしなのよ！　少しばかり英語がわかる人間なら、ほら、そのへんにいるわよ、いくらだって！　も、もしかしたら、フランス語がぺらぺらな人だって歩いてるかも知れない。

ねえ！

あたしの方を見ないで。あたしに頼まないで。

あたしは……休暇中なのよ……休みたいの……休みたいのよ。

「探しましょう」

ようやく口から出た英語は、そういう意味の言葉だった。

あたしは呆然としたまま、自分が喋《しゃべ》る英語を自分で翻訳していた。

「ヨーコは、急いでいたので書き間違えたのよ。でも大丈夫、どんなふうに間違えて書いたのか推理して探しましょう。彼女のラストネームは？　どんなところに住んでいると言ってました？」

絶対に見つからない家。絶対に見つからない女。

あたしはどうして、そんなものを探さないとならないのかまったくわからないままに、ピエールと並んで歩き始めた。

気の利《き》いた服に着替えて河原町に繰り出して、レストランで食事してバーでナンパされる予定だったのに。

でも不思議なことに、決心してしまうと心が軽くなった。それと同時に、翔子がペリカンにこだわった理由が、なんとなくわかったような気もしていた。

結局、なんだって良かったのだろう。なんでもいい、自分が生きて呼吸して、食べて眠って明日を待つことに目的が欲しかったのだ。ペリカンを見たいからケアンズに行く。逃避でもごまかしでもなくて、ちゃんと目的があって、それで生きていると思いたい。ピエールもそうなのだ。ヨーコに逢《あ》うために日本に行く。パリでの生活から逃げたいのではなく、目的があるから飛行機に乗った。手渡された住所がニセモノだということを、きっと、ピエールはもう気づいている。それでもいいのだ。彼はヨーコを探す。翔子がペリカンを探したように。そしてあたしは、ピエールを助ける。なぜって、ピエールに必要とされたから。そう、ピエールはあたしが日本語をしゃべれるから必要としているのではなくて、英語をしゃべれるから、自分に理解できる言葉を話すから必要としている。あたしの英語は、ようやく、今、目的を持った。

家族の中からはじき出されたから日本を出たわけじゃないよ、と、今なら誰に訊《き》かれてもちゃんと言える。居場所がなくなって逃げたんじゃないの。あたしは、こうしてちゃんと誰かの役にたつ為《ため》に、言葉を覚えたかったの。本当よ。

鼻歌が出てしまいそうだった。泣き出しそうな顔で歩いているピエールの横で、あたしはとてものんびりとした気分にひたっている。なんとなく、あたしは今、いい人なんだな、という感覚。

いくら探したってヨーコは見つかりっこない。それでもピエールの気が済むまでつきあってもいいか、と思っていた。

それから三時間、歩いたりバスに乗ったりして過ごした。嘘っぱちのメモをネタにあれこれとくだらない推理をしては、目的地を作ってそこまで行ってみた。NTTに入って電話帳もめくった。ヨーコさんのラストネームはササキだそうだ。ササキヨーコ。どこかで聞いたような名前。大昔に確か、ローラーゲームとかいうのが流行《はや》っていて、それで活躍していたお姉さんの名前じゃなかった？　まあ、オノ・ヨーコと言わなかっただけましなのか。それともそう言っていればピエールくんは冗談に気づいていたんだろうか。

オノ・ヨーコさんであったとしても、やっぱりピエールくんは日本に来ただろう。彼は自分のことをたくさん話してくれた。本当は舞台俳優になりたかったのだが、才能がないと気づいた時、裏方の仕事に興味が湧《わ》いたのだそうだ。仕事は楽しいけれど、人間関係が難しい。なるほどね、あなたも職場でいろいろ苦労してたのね。あたしも自分のことを話した。ハワイにいた時にマリファナを試したよ、たった一度だけだけど。弟と妹がいるの。でも母親が違うの。継母はとっても優しいひと。ううん、いじめられたことなんてないってば。明日は東京から友達が来るの。美人であたまが良くて、かっこいい友達。そう、そうだね、明日もどこかで待ち合わせて、そしたら紹介してあげる。ううん大丈夫、彼女は英語、わかるよ。

師走の京都の町がバスの窓の外に流れている。金閣寺にも行かない京都旅行。見知らぬ他人のために歩きまわっているホリデー。

探しものはなんですか？

見つけにくいものですか？

これって誰の歌だったっけ？

鞄《かばん》の中も
机の中も
探したけれど見つからないのに

どこにもいないササキヨーコ。

どこにもないササキヨーコの家。


日が暮れてしまった。バスは、羽虫が街灯に集まるように人が集まっている場所へと滑りこんでいた。河原町通りを南へ。もうすぐそこが四条通り。

「お腹空《なかす》いたね」

あたしはピエールに言った。

「降りようよ」

「うん」

イエス、とピエールは言う。アメリカ人ならシュア、とか言うんだろうな。ねえピエール、ウィ、って言っていいよ。ウィとノンなら、あたしにもわかるから。

四条河原町でバスを降りて、あたしたちはハンバーガー屋に入った。素敵なレストランのことは忘れることにした。ピエールはお金をあまり持っていない。そしてあたしは、奢《おご》ってあげられるほどピエールと仲良しじゃない。

平日百円のハンバーガーを二個ずつ。それにコーラ。あたしのとっておきのバカンスの、これが最初のディナーだった。

食べ終えて、喧噪《けんそう》の中に二人で戻ると、言葉を探した。もうそろそろ、ヨーコ探しごっこの幕をおろす時刻だろう。ここでひとまずサヨナラしてもいいし、軽くどこかでビールでも飲んでもいい。明日の約束は忘れずに。フランス語にはいい言葉がある。オルボワール。また逢いましょう。サヨナラではなくて、次の約束。

特にピエールくんがあたしの好みというわけではない。身長が二メートル近い人というのがそう珍しくないオーストラリアから戻ったあたしの目では、ラテンヨーロッパ系の小柄な白人にはたいしたインパクトを感じない。美形と呼べるほどの顔でもないし、お金も持っていない。ただ、明日の約束をしてもいいな、そう思っただけのことだ。

「えっと」
エ、ビャン、とあたしは言ってみた。それで良かったんだったっけ？
「これからどうする？　明日もヨーコを探すなら、どこかで待ち合わせを……」

「ヨーコっ！」

突然、ピエールくんが叫んだ。あたしは心臓が口から飛び出すかと思うほど驚いた。ピエールくんが駆け出す。脱兎《だっと》のごとく、というのは逃げ足を飾る言葉だっけ？　でもその時のピエールくんは、本当にウサギのように駆け出したのだ。

あたしは完全に呆気《あっけ》にとられて、動くことができないままでいた。それでもピエールくんが目指した方向に、顔をひきつらせた若い女が立っていることだけは確認できた。フェンディのバッグを持って革のコートを羽織り、踵《かかと》のものすごく高そうなブーツを履いて、この季節にマイクロミニのスカートから惜し気もなく太股《ふともも》を剝《む》き出した女の子。遠目にも、すごい美人だというのはわかった。ああ、そうなのねピエール。あんたって面食いだったのね……

あの顔にあのスタイルで、アイラブユーとかジュテームとか言われてしまったわけね。それでのぼせあがって日本まで……ってちょっとピエール！　待ちなさいよあんた、一言くらい何か言ってよ、ちょっと、オルボワールはどうしちゃったのよ、オルボワールは！

ヨーコは男連れだった。まあ当然と言えば当然なのだろうけれど。たった二ヵ月でも男無しでは生きられない女だもんね。ピエール、あんた殴られるかもよ。

それでもピエールくんは突進して行く。絶対にいないはずの女、幻の女がちゃんとそこにいた。神様はピエールくんに味方したのか、それとも神様まで一緒になって彼をおちょくろうとしているのか。

ヨーコが男の腕を引っ張って逃げ出した。バカだねぇ。逃げたら人違いだって言えなくなるのに。

ヨーコにくだるのは天罰か。それともピエールくんは返り討ちにあってあえなくダウンするのか。

あたしは、芝居がかってひとつ、溜息をついて肩を上げ下げしてみた。いずれにしても、もうピエールくんはあたしのことなんて忘れてる。

あんなに美人でモテそうなのに、つまみ食いした男を傷つけないといられなかったヨーコさん。自分のしたことには自分で決着をつけましょうね、あなたも大人なんだから。

あなたも大人なんだから。

あたしは、その言葉を自分用に言い直す。

神戸なんてここからすぐなのに、どうして帰らないの？　なぜ、ちょっと顔を出して言わないの？

ただいま、お父さん、お母さん。ただいま、ヒロくん、マキちゃん。


明日、翔子に逢ったらピエールの話で盛り上がろう。彼女はなんて言うだろう。アジアン・ビューティにのぼせあがって飛行機に乗って飛んで来た、パリ生まれのドン・キホーテに翔子が浴びせる痛烈な批評がぜひ聞きたい。墨田翔子さん、あなたなら、ばっさりと斬《き》ってくれるわよね？

斬って斬って、斬りまくってくれるわよね。二人でワインかなんかで乾杯して、しみじみと言い合いたい。男ってほんと、バカだよねぇ。

それからあたしは、少しだけ大人になろう。翔子を東京に戻る新幹線に乗せたら、そのまま神戸に向かおう。

ただいま、と言って、ちょっとだけ顔を見せる為に。

ブラディマリーズ・ナイト

1

「本当のことなんですよ！」

川越七海は、自慢のさらさらストレートヘアをさっと揺らして、少し睨《にら》むような視線をあたしに向けた。

「別に、作り話だとは思ってないわ」

七海をなだめるつもりで口にした言葉だったが、興奮している彼女にとっては皮肉か何かに聞こえたのかも知れない。七海は、握り締めた拳《こぶし》でいらついたように軽くテーブルを叩《たた》いた。七海は色白なので指も手の甲も白い。それがぎゅっと握られているのでますます血の気が抜けて、バーのほの暗い照明の下では白骨か何かのように浮き上がって見える。

おお、こわ。

あたしは、その夜の七海の迫力に押され気味だった。七海は猛然と怒り狂っているのだ。

あたしの直属の部下と呼べる人間の中で、七海は、悔しいのであまり認めたくはないが、それなりに有能な女子社員だった。あたしは、不遜《ふそん》だとか横柄《おうへい》だとか傲慢《ごうまん》だとか陰口をいくら叩かれていても、部下にはろくな人材がいないという自分の意見を変えるつもりはない。と言うより、上司にだってろくな人材なんていやしない。ちょっと才能がありそうだった若手の神林麻美は、この春からオーストリアに転勤になってしまったし、比較的ましかな、と思って見ている直属の部下、八幡光雄は、どうも仕事にむらが多くて、能力が高いのか低いのかよくわからない面がある。もっとも、光雄に関しては、仕事ができるかどうかというのはまあその、たいした問題ではなくなっちゃってるんだけどね、今のとこ。

光雄とは、おつきあいしましょう、とかしこまって確認し合ったわけではないけれど、なんとなく食事をしたり映画を見たり、という、恋人未満友達以上、ちょっと古い言葉で言えば、メシ友、という感じの関係が続いている。年下男にありがちな甘ったれたところがない光雄は、食事中に必要以上に会社の愚痴をこぼしたりしないし、単館にしかかからない、ちょいマイナーな映画に誘っても、なんだそりゃ、という顔はしないいし、そこそこ的を射た感想を聞かせてくれたりするので、まあ一緒にいて居心地がいいというのか、楽というのか、センスが似ているというのか、とにかく、悪くない感じなのである。このまま恋人と呼べる相手へとなだれ込んで、久しぶりに恋愛なんてしてしまう自分、というのを想像するとちょっと嬉《うれ》しかったりもするのだが、その一方で、せっかくこの歳《とし》まで独り身で好き勝手に生きているってのに、相手を選ぶのにこんな手近な、机の距離にして十メートルくらいのところに座っているような男とデキてしまうってのもどうなのよ、と、持ち前のプライドがむくむくと頭をもたげて抗議する。

それはともかく。

今は、目の前で恐い顔であたしを見つめている、七海の問題を解決しなくてはならなかった。

「このままではわたし、仕事を続けていけません」

七海は白い握り拳をぐっとあたしの方に突き出した。一瞬、殴られるのかと思ってひやりとする。だが七海は、突き出した拳をあろうことか、口元に持って行って前歯でくわえてしまった。七海にこういう、天然の剽軽《ひょうきん》さがあることを、あたしは初めて知った。もっとも七海自身は、笑いを取ろうとしているのではなく、すこぶる真剣なのである。

「だけど、ねぇ……それって嫌がらせなのかな。ただその、切羽《せっぱ》詰まってちょっと借りちゃっただけなんじゃ……」

「いっぺんに三個ですよ！」

七海は目に涙を浮かべている。

「そんなにたくさん、一度にどうやって使うって言うんですか！　いくら量の多い人だって、そんなに使ったらガニマタになっちゃって歩けませんよ！」

七海の声がいきなり大きくなったので、周囲のテーブルの客がこちらに注目したのがわかり、あたしは思わず、首を縮めた。

「わかった、わかったから、あの、もう少し小さい声で、ね」

「……すみません」

七海は、バッグからティッシュを取り出して、ちーん、と鼻をかんだ。

「これで二ヵ月連続なんです。最初の時はわたしも、悪気があってのことじゃないと思ったんです。誰かが切羽詰まって借りようとした時に、袋から三個とも転がり落ちたりとか、そういう事故だったのかな、って。でも、いい気分はしませんでしたよ。だって、同じ女同士なんだから、困っちゃったなら相談してくれれば、あんなもの、いくらだってあげるじゃないですか。それを黙って使うなんて……」

「まあ、ね、そのつもりがないのに、個室に入ってから、わっ、ってことはあるから。咄嗟《とっさ》に使ってしまったとか」

「ですから、それならそれでいいんです。普通の常識があれば、こっそり買って返しておいてくれるとか、あるいは、事後承諾でも、使わせてもらいましたって言いますよ。ううん、何も言わずに黙って使われたとしても、一個だけならわたしも、そういう人もいるのよね、で終わってます。たかが生理用のナプキンの一個や二個で、犯人探しなんかするつもりはありません！」

また声が大きい、と、あたしは焦《あせ》りながら七海に目配せした。とりあえず、食事中にする話題としてはあまりふさわしくないことは確かなので、他のテーブルの客を不愉快にして睨まれるのは勘弁して欲しかった。

これぱっかりは、女の上司であるあたしに相談する以外になかったわけで、七海が必死なのはわからないでもない。

男性社員にとってはあまり想像したくないこと、あるいは、想像して楽しむ変態もいるかも知れないが、まあ面と向かってその話題を出されても困るぜ、という問題、だが女性社員にとっては毎月毎月の日常的な悩みである問題、それが、生理だ。ひと昔前には、生理休暇、などというそのものずばり、どう考えても法律がセクハラを奨励しているとしか思えない特別休暇が、女子に認められている会社があった。中にはたいして辛《つら》くもないのにズル休みに生理休暇を申請するふらち者もけっこういたようで、一般的には、女っていいよな、という不公平感を男たちが抱える原因になっていたものでもあるが、現実問題として、生理痛が激しくてベッドから起き上がることもできない女性は多いということを、男たちはほとんど知らないでいる。今は生理休暇という名目で無給休暇をとる女性はいなくなったが、その代わり、本当に生理痛がひどい女性は、有給休暇をあてて療養しなくてはならず、休暇が取りにくい職場にいると、鎮痛剤を飲み続けてあぶら汗を流しながら仕事をさせられるはめにもなる、男たちが想像する以上に、女にとっては大変な問題なのである。

でもあたしのように、比較的生理痛が軽く、最中でもさほど気にしないで生活できる女もいることはいる。その場合、苦痛は問題にはならないが、しかし、鬱陶《うっとう》しいという意味では痛くなくても充分に鬱陶しいことに変わりはない。頻繁にトイレに立たないとならない上に、トイレに行くたびに小荷物が必要になるのである。これをいちいちロッカーに取りに行ったり、すごくそれらしいポーチか何かを手にして席を立ったりするのは、小学生ではなくてもやっぱりかなり恥ずかしい。小学生の頃、休み時間のたびにキティちゃんの付いた巾着《きんちゃく》袋か何かをぶら下げてトイレに行くと、つまらないことにばかり目ざといお調子者の男子生徒が、あいつセーリだぜーっ、などとにやついた顔で騒いだりして、悪いことをしているわけでもないのに恥ずかしくて悲しくなってしまったことなどを、ついつい思い出してしまう。

考えてみれば、何も恥じる必要などまったくない、むしろ、生理中の女性を見たら世の男どもは土下座くらいして、ありがとうございます、と感謝してくれてもいいくらいのものなのだ。何しろ、世の中の女が毎月毎月、この苦労を背負って生きているからこそ、おまえらは生まれて来られたわけなんだから、ね。しかし、恥、という感覚は、そう理屈でばかり割り切れるものではないわけで、男女が机を並べているという意味では小学校も会社も基本的に変わることはなく、女性社員は、小荷物をいちいち持たずに済ませられる手軽な方法として、女子トイレの中に、小荷物を常備する、という習性を持つようになる。こうしておけば、周期が一定していなかったり体調が悪かったりして、思いもかけない時に始まってしまった、という場合にも焦らなくて済むし。

で、幸いなことにあたしが勤めている会社は、四年ほど前に新社屋になり、その際、女子トイレの手洗い場に、小物が入れられる小型のロッカーが設置された。鍵《かぎ》はかからないので貴重品は入れられないが、まあ、小荷物程度ならば入れっぱなしにしておけるし、最低限の化粧道具などを入れておくにも重宝する。ただし、数がそう多くないので、ひとつのロッカーを二、三人で適当に共同使用している。

七海が涙ながらに訴えているのは、そのロッカーの中に入れておいた七海のポーチの中から、生理用ナプキンがすべて抜き取られていた、という話だった。それも二ヵ月続けて。

なんだそのくらいのこと、と、男性が聞いたら思うかも知れない。実際、被害金額に換算すると、ナプキン六個でせいぜい三百円、というところ。大騒ぎするような問題ではないと言われればそれまでだ。が、女にとっては、こういう、わけのわからない些細《ささい》な「怪奇現象」ほど気持ちの悪いものはないのだ。一度だけならいざ知らず、二ヵ月続けて自分の生理用ナプキンが盗まれるというのは、これは確かに、かなりイヤだ。

「係長、憶《おぼ》えてます？」

七海が不意に、あたしの目を覗《のぞ》きこむようにして囁《ささや》いた。

「マニキュア事件のこと」

あたしは内心、ドキッとした。実はあたしも、七海の訴えを聞きながらふと、あの事件のことを思い出していた。

いったい、あの事件で問題の書き置きを持ち去ったのは誰なのか。

もし故意に書き置きを持ち去った人間がいたとすれば、その目的は、マニキュアをこぼして後始末をしなかった罪を麻美になすりつけようとした、というものであるのは、ほぼ、間違いない。

あの事件まで、麻美は企画部のアイドル的存在で、誰にも好かれている（あたしを除いて）のだとあたしは思っていた。しかし麻美は企画をたてる才能があり、その才能は開花し始めていたのだ。誰かが麻美の才能に激しく嫉妬《しっと》し、彼女を嫌われ者に貶《おとし》めようとした、と考えるしか、考えようがない。

フロアに見えない悪意が存在することを感じとった麻美は、策略をめぐらして海外転勤を勝ち取り、去っていった。

「だけど、あのマニキュアは、畑中さんと岩村さんがこぼしたんだったわよね?」

「そうですけど……でも畑中さんが言っていたのを憶えていませんか?」

「何を?」

「ちゃんと紙に書いてから出たい って。でもその紙って、なくなってたんでしたよね」

「あれは」

あたしは、七海もあのことに気づいていたんだ、と思いつつ、とぼけた。

「風の仕業《しわざ》でしょ? ほら、確か、窓が開いてたから」

「開いてませんでしたよ」

七海は、声を低めた。

「閉ってました。わたし、憶えてます。閉っていたから、部屋の中がものすごい匂《にお》いだったんですもの。なのに、畑中さんが書いた紙はなくなってました」

「だけど最初は開いてたんだから、風で飛んだのよ」

「仮にそうだったとしても、誰が窓を閉めたんでしょうか。あの匂いですよ、普通なら、閉っている窓を開けてでも空気を入れ換えようとするんじゃないですか?」

あたしは黙っていた。タイミングよく食後のコーヒーが運ばれて来たので、いつもは入れない砂糖とミルクをたっぷり入れ、かきまわすことに専念しているフリを続けた。

「誰かが麻美ちゃんを陥《おとしい》れようとしていたんです」

七海は、あたしの反応に構わず言った。

「そして今度は、わたしなんです」

「ナプキンがなくなったからって、あなたが陥れられたことにはならないでしょ」

「嫌がらせを開始した、って合図だと思います。誰だかわからないけれど、麻美ちゃんを目の敵にしていたのに彼女がいなくなったんで、今度はわたしに目を付けたんです!」

「心当たりがあるの?」

あたしはやっと、コーヒーから顔をあげた。

「あなた、誰かに恨まれてるって自覚があるの?」

「あ、ありませんよ!」

七海がまた甲高《かんだか》い声をあげた。周囲の視線が背中と後頭部に痛い。

「少なくとも、女に恨まれるようなことはしてないと思います」

男には恨まれても？　とつっこもうかどうしようか迷ったが、やめておく。さっきの拳《こぶし》がまた突き出されるとちょっと怖い。

「マニキュアにしてもナプキンにしても、できたのは女しかいないわけです。男が女子休憩室だの女子トイレだのに出入りしてたら、変態ですもの」

変態だから嫌がらせはしない、というのは論理的に成立していないように思うが、まあ、誰かに見とがめられる危険性を考えると、男性がそこまでやる可能性は低いだろう。

「第一、心当たりがあれば、係長なんかに相談したりしません。自分で直接対決します」

対決はいくらでもしてくれればいいが、係長なんかにと言われると、むかっとする。しかし七海は怒りのあまりなのか、口がすべっていることに気づいていなかった。

「とにかく、企画部の誰かだと思うんです、犯人は。あのトイレは企画部しか使わないじゃないですか、ほとんど」

「来客はしょっちゅうあるでしょ？　他社の女性の出入りは、うちはけっこう多いわよ」

「トイレはともかく、休憩室がどこにあるかなんて、他社の人が知ってるわけありませんよ」

「マニキュアの一件とナプキンの紛失を、そんなに簡単に結びつけるのはどうかなぁ。マニキュアのことが本当に麻美ちゃんに対しての嫌がらせだったとしても、それをした犯人と、あなたのナプキンを抜き取った犯人が同一人物だと決定づける証拠は、ないのよ」

自分の言っていることは正しいはずなのだが、七海はすでに思い込みの世界に突入しているようで、マニキュア事件とナプキン事件との犯人は同一人物で、自分に嫌がらせをしようとしているのだと結論してしまっている。あたしは内心、やっかいなことになりそうで憂鬱になった。何しろ紛失したモノがモノだけに、課長の渡瀬に報告するというわけにもいかないし、犯人探しをするにしても、男性社員に嗅《か》ぎつけられたらセクハラ問題に発展するかも知れない。

「それで」

あたしは半分以上開き直って言った。

「川越さん、あなたはどうしたいの？　あたしにどうして欲しいのかしら？」

「どうって……」

「このままでは仕事ができない、あなたそう言ったでしょ。今のうちの部署で、あなたの存在は大きいのよ。あなたが仕事してくれないと、あたしも困るし会社も困る。どう対処したらあなた、仕事ができる状態になるの？」

「それは……やっぱり、誰がこんなことしてるのか突き止めて、どうしてなのか問いただしてすっきりしないと」

「なるほどね。で、その探偵仕事をあたしにしろと？」

「係長、わたし、そんなつもりで言ったんじゃありません！　でもこんなこと、係長以外に相談できないじゃないですか、だから」

「あのね、川越さん。うちは小学校ではないし、あたしはあなたの担任の先生じゃないのよ。もちろん、あたしに愚痴ってあなたがすっきりして、明日から普通に仕事ができます、って言うなら、いくらでも愚痴は聞いてあげる。一晩中だってつきあうわよ。でも、聞いてるだけじゃだめです、って言うなら、じゃあどうしたらいいのか考えないとならないのよ。わかるでしょ？　あなたは会社から給料を貰《もら》ってるんだから、どんな事情があろうと、勝手に、仕事したくないのでしません、ってわけにはいかない。仕事ができない環境だって言うなら、その環境をどうにか改善しないとならないの」

「それは……わかります。すみません、仕事ができないなんて……仕事はします。責任は果たします。でも、わたし、気持ち悪いんです。会社にいると、誰かが、わたしを憎んでいる、誰かがいつもわたしのことを見ているみたいな気がして……」

七海は、ようやく怒りをほどいて、今度は気弱な表情になった。七海の不安はよくわかる。だがどうすればいいのだろう？　現実問題として、社内で探偵ごっこをする暇は、あたしにはない。あたしだってだてにお局《つぼね》をやってるわけじゃなくて、ただ長く会社にいるというだけでルーチンワークしかできないおばはんとは違うのだ。これでも、今月だけで三つも企画プロジェクトにかかわっているし、すでに秋の音楽祭シーズンの宣伝会議も連日予定されている。だからこそ、デスクワークの要《かなめ》として七海にもしっかり働いて貰わないとならなかった。しかしこの様子では、心ここにあらずで凡ミスを連発してくれちゃうのじゃないかと不安になる。

「仕方ないわね」

あたしは腕組みして、溜息《ためいき》をついた。

「こうなったら二人で探偵屋さんをするしかないでしょうね。このことは渡瀬課長にはまだ知られたくないし。あなただって嫌でしょ、ナプキンを盗まれましたなんて、渡瀬さんに報告するの」

七海はぶんぶんと首を横に振った。

「死んでも嫌です」

「八幡くんの力も借りられないかなぁ」

「……八幡さんなら、いい知恵を貸してくれそうなんですけど……でもやっぱり嫌です……」

「だけど他に、信頼できそうな人っている？　犯人がうちの部にいるんだとしたら、あのフロアにいる人はみんな容疑者なのよ。あなたが、この人だけは信じられるって人を推薦してくれるなら、そりゃ人手は多い方がいいんだけど」

「派遣の二人はどうですか？　派遣の子なら、仕事のことで嫉妬して嫌がらせするってことはないですよね」

「それはそうだけど、でも嫌がらせの原因が仕事のことだって言い切れる？　派遣の二人だって、それなりにストレスは抱えてるのよ。……あ、ひとりだけ、絶対に犯人じゃない子がいるわ！」

あたしは、ぽん、と手を打った。こういうレトロな仕種《しぐさ》がつい出てしまうところに、自分の年輪を感じるのがちょっと淋《さび》しい。

「アルバイトの加奈《かな》さん、彼女だったら少なくとも、先月のあなたのナプキンは盗めなかったわけだし、マニキュア事件の時だってここにはいなかったじゃない。彼女に事情を話して、探偵をやって貰うってのは、どう?」

「でも、加奈さんってまだ、バイトに来て二週間ですよ」

「だからいいのよ。まだうちの会社の中で、おかしな人脈に取り込まれてる心配がないでしょ。ただバイトって身分だと責任がないから、ぺらぺら喋《しゃべ》られると困るわよね。その点だけ、びしっと言い渡しておけばいいのよ。ちょうどいいわ、主にわたしの雑用をやって貰うために入れた子だから、わたしの仕事だって言えば、好きなように動けるし」

七海は少し不安げな顔はしていたが、結局、加奈みどり以外に「絶対に犯人ではない」と言い切れる人物がいない以上、彼女をつかうしかない。最後には七海も、明るい表情になって笑顔が出た。

あたしは少しホッとした。まあ犯人は捕まらないかも知れないけれど、問題は、七海が納得して仕事に集中してくれるかどうかなのだ。あたしが何も対策を講じなければ、七海はサボタージュを始めるかも知れない。自分にその意識がなくても、上の空で仕事をされたのではサボられるのと同じなのだ。

まったく、中間管理職なんて得なことは何ひとつありゃしない。生理用ナプキンの盗難まで、最後は上司の怠慢ってことにされたんでは、やってらんないのよね、ったく。

2

加奈みどりは、イマドキの女の子だ。髪の毛は栗色《くりいろ》を通り越してトウモロコシみたいだし、化粧はマスカラ命、ばっさばっさと瞬《まばた》きするたびに風が起こるんじゃないかと思うくらい、しっかりこってり塗ってある。なんとなく、いなくなった神林麻美を彷彿《ほうふつ》とさせて、懐《なつ》かしい気持ちになる。マニキュアの色も珍しい、というか、よくそんな暇があるなあと感心してしまうことに、毎日毎日、爪《つめ》に違った模様がついているところなどは、神林麻美より上手《うわて》と言える。しかし仕事はのろい。と言うか、本人がかなりトロい。まあ時間給のアルバイトだし、うちの会社は最大一年までしか長期バイトを雇わないので、当然、バイトから社員への昇格もあり得ないから、責任持ってばりばり仕事をしてください、と強制するわけにもいかない。この春に神林より一年ほど先輩だった女の子が、オーストラリアに留学すると言って辞めてしまい、あたしの仕事のアシスタントがいなくなった。でも派遣社員を雇うとなると人事部の決裁が必要でめんどくさいので、部長承認で入れて貰えるアルバイトを募集した。もともとたいした仕事を任せる予定はなかったので、面接は渡瀬課長に任せておいたら、やっぱり、応募して来た中でいちばん若くて可愛《かわい》い子を採用したようである。短大を出て、夜間にスッチー（古語）を目指す人たちの為《ため》の専門学校に通っていて、夢は国際線のキャビンアテンダントというわけなのだが、ちらっとみどりの喋る英語を聞いてみたところ、発音がでたらめでほとんどブロークンだった。いったいどんな教師が教えているんだろう、その専門学校では。まあしかし、外国の航空会社のキャビンアテンダントは、どこでもけっこうさばけていて、客とスラングを交わしているなんていうのは珍しくもないので、案外、みどりみたいな子の方があの仕事には向いているのかも知れない。少なくとも、ひと昔前のＪＡＬみたいに、お高くとまった鼻持ちならない女どもが、上から客を見下ろしつつ慇懃《いんぎん》無礼攻撃で機銃掃射、という状態よりは、多少トロくていくらか言葉が下品でも、親しみやすくて気持ちが寛《くつろ》ぐ人に世話して貰った方が快適なのは間違いない。

で、そのみどりちゃん。思いもかけない探偵ごっこの依頼を、目を輝かせて承諾してくれた。まあ確かに、膨大な量の未整理の企画原案をファイルに整理したり、書類をシュレッダーにかけたりする仕事よりは、探偵ごっこの方がはるかに楽しいのはわかる。

「絶対に犯人、見つけてみせますっ」

目を爛々《らんらん》と輝かせるみどりちゃんを頼もしく思いつつも、「お願いだから、騒ぎになるようなことだけはしないでね。あくまでマル秘よ、マル秘」と念押しはした。

七海はいちおう納得したらしく、ふてくされることなく仕事に専念してくれていた。それでも彼女の心の中に、疑心暗鬼の嵐《あらし》が吹いていることを考えると、あたしも内心、穏やかではいられなかった。が、いろいろ考えてみても、企画部のフロアに七海に対して悪意を抱いているとはたから見てわかるような人物は見当たらない。人の心の内側は外からは決して覗《のぞ》けないのだから、にこやかに七海とランチをとっているその仮面の裏側で、憎悪《ぞうお》や軽蔑《けいべつ》が渦巻いているとしてもそれは所詮《しょせん》、あたしにはわからないだろう。

考え続けていたら気分が悪くなって来た。

神林麻美に対する悪意の存在に気づいた時のあの、どうしようもなく惨《みじ》めな感覚が戻って来るようだった。あの時、こみあげた吐き気は、自分自身に対しての嫌悪感だったと同時に、そんな自分が毎日通ってそこから金を貰っている、この、会社、という場への嫌悪感だったのだろう。あたしはこの会社が気に入らないわけではないし、なんだかんだ言っても仕事は好きだ。この会社が、他の無数にある会社と比べて特に条件が悪いとは思わない、いやむしろ、様々な面で恵まれた職場だとわかっている。充実した福利厚生や、同年代の働く女性と比較しても高額だと思われる給与、まだ新築の匂《にお》いが残っている明るく清潔なオフィス、社員のために設けられた様々な設備。細かな不満や、嫌なことはいっぱいあっても、自分からここを去りたいとは今のところまったく思っていない。

でも。

あたしは、首を横に振って、まとわりついて来るような憂鬱《ゆううつ》を振り払った。仕事は山積み、余計なことを考えている暇なんかない。支払われている高い給料は、同時に、その給料分の結果を出せという無言の圧力だ。結果が出なければ、登りはじめた階段が途中から下りに変わり、見える景色も変わってしまう。それが現実なのだ。

しゃかりきになって仕事に没頭していたので、みどりが何をしているのか気にしている暇がなかった。ふと顔を上げると、朝のうちに頼んであったシュレッダーする書類がまだ、バイト用の予備机の上に積み上げたままになっている。探偵ごっこに夢中になって、本来の業務はほったらかし、か。

あたしは苦笑いしながら立ち上がり、予備机から書類を取り上げた。企画部の社員が目にする分にはどうということもない書類ではあるが、取り扱い注意の判が押してあるものをいつまでもほったらかしておくと、課長に何を言われるかわからない。余計な仕事を頼んだ手前、みどりに文句を言うわけにはいかないので、自分でフロアの隅に置かれたシュレッダーに運んだ。

まったく、もう。

シュレッダーの操作パネルには赤ランプが点灯している。ストッカーの中が満杯で、これ以上クズが出せません、さっさと捨ててくださいよ、という警告灯だ。二段階で色が変わるようになっていて、黄色が点灯しているうちに中身を捨てれば問題ないが、赤が点《つ》いてしまったらもう、シュレッダーは動かない。ストッカーが満杯になっていて紙の切りくずが詰まってしまうと故障の原因になるからだろう。

黄色が点いた時に捨てる。そんな当たり前のことが、このフロアの連中にはできないのだ。まだ動く。自分の分だけ切れればいい。後は誰かがやってくれる……

あたしはむかっ腹を立てながらゴミ袋を用意して、ストッカーの中身を袋の中にあけた。社会学の教授だか誰だかが、新聞に、日本の成人一般の幼児化について何か書いていたのを思い出したが、幼児だったら、赤ランプが点いていれば母親や保育士さんにそれを知らせてなんとかして貰うくらいのことはするだろう。黄色のランプが点いた時点で、どうにかしようと努力するはずだ。こうやってほったらかして、他人に面倒を押し付けて知らない顔ができるほど、幼児は怠慢で傲慢《ごうまん》ではない。

と、ゴミ袋の中にどさっと落ちた、パスタのようになった紙のクズを見て、あたしは、顔から血がひいたように感じた。ほとんどが白い細い紐《ひも》状になった紙屑《かみくず》の中に、まるでカボチャを練りこんだリングイーネのような黄色の屑が混じっていたのだ。

その黄色には見覚えがあった。

あたしは慌《あわ》てて、紙の中に手を突っ込み、黄色く見える部分の紐の束をごっそりと摑《つか》み取った。そのまま、他の社員の目を意識しつつ、摑み取った束は新しいゴミ袋に移し、残りを手早く片づけて、席に戻った。シュレッダーにかけようとした書類の束は自分の机の上に置いたまま、ゴミ袋の中から細い紐のようになった黄色い紙を取り出し、机の上に並べる。幸いというか何というか、シュレッダーがひどく旧式だったおかげで、紐の幅が比較的太く、切り刻まれた紙の復元は不可能ではない。だいたいのことがわかればいい。この紙が、あの原画だ、ということがわかれば……

ああ。

あたしは文字通りあたまを抱えた。机に突っ伏し、しばらく呆然《ぼうぜん》とする。

不吉な予感は当たってしまった。ほんの少し復元しただけで、それが、新企画のポスター制作に使った、超人気イラストレーターから預かって来たイラストの原画だということは、疑いようのない現実だとわかったのだ。

な、なんでなのよ……

あたしは泣きそうだった。その2×RYU《ツー・バイ・リュー》は双児《ふたご》の女性イラストレーターのユニットで、今、ものすごい人気で、既存の絵を一枚使わせてもらうだけでも事務所に日参しなくてはならないような相手なのだ。それを新企画の為に、わざわざ新しいイラストを描きおろしして貰《もら》った。半年近く粘ってようやく実現した、秋のキャンペーングッズの目玉だったのだ。2×RYUのイラストの原画は、ネットオークションにでも出せば一枚が数十万から百万を超える高値がつくだろうと噂《うわさ》されているが、実際には、彼女たちは原画を一切売却しないので市場価格はわからない。今回のキャンペーンで、ポスターや販促グッズなどへの印刷用に原画を借り出した時も、絶対に返却して欲しいと事務所から何度も念押しされていた。コンピューター・グラフィクス全盛の昨今珍しく、完全な手描きだというのも致命的だ。つまり原画はこの世にたった一枚しか存在しない。もちろん、事務所の方ではスキャンデータか何かとって保存はしてあるのかも知れないが、原画というのはそうしたデータとはまったく別の意味を持つもので、それがこんな、稲庭うどんより細い紙の束になってしまっては、もう取りかえしがつかない。

確かに、ポスター制作会社からバイク便で返却されて来た原画を確認してから、すぐに2×RYUの事務所宛《あて》にバイク便を出さなかったのはあたしの手落ちだった。しかし、この原画がシュレッダー行の書類に紛れ込む可能性など、絶対になかったのだ。

あたしは気を落ち着けて、原画を確認してからのことをじっくり思い出した。バイク便で原画が届いたのは今朝の十時半過ぎ、もう四十分になるところだったはず。開封して原画を確認し、そのまま、封筒だけ新しいうちの社名入りのものに取り替え、礼状を書いて同封するつもりで、すぐにはバイク便に乗せずに机の引き出しにしまったのだ。あたしは袖机《そでづくえ》を見た。そう、この二段目に入れた。確かに入れた！

十一時から会議だった。礼状を書いている時間はないと思った。会議資料に目を通しておきたかったから。で、それを読もうとした時、生保会社のセールスレディに声をかけられた。月に一度顔を見せる、元気のいい女の子だ。歩合制の生保レディも、最近は二十代の女の子が珍しくない。新商品のパンフレットとかいうのを手渡され、成人病特約のついた保険をすすめられた。なんで成人病なのよ、と内心少しムッとしたのを覚えている。机のいちばん上の引き出しにはその時のパンフがちゃんと入っていた。よし、あたしの記憶に間違いはない。

セールスレディはすぐに他の社員の方に行ってしまい、あたしは会議資料を読んだ。この席で。誰も引き出しには触れなかったはず。でもそれから会議に出てしまった。簡単な報告会議だったので、一時には終わった。遅い昼休みを三十分だけとって近くの喫茶店でオムライスを食べ、仕事がたまっているので三十分自主的に会社に捧《ささ》げて一時半にはフロアに戻った。この席を空けていた時間は二時間半。

だめだ。長過ぎる。しかも昼休みを挟んでいる。誰があたしの机に近づいたかなんて、とうてい突き止められやしない。

でも……待ってよ。

あたしは腕時計を見た。十一時から今、午後四時までにシュレッダーを使った人間なら、割り出せるかも知れない。

あたしは立ち上がり、シュレッダーにいちばん近いところに席がある、派遣社員の工藤有美《くどうゆみ》の席に近づいた。工藤はまだ派遣されて半年ちょっと、マニキュア事件の頃にはいなかった子だ。

「工藤さん」

あたしは工藤を手招きした。

「あの、ちょっといい？」

「はい？」

工藤は不安げな顔で立ち上がる。あたしが何か用があるというと小言に違いない、とか思っているのかも。

あたしは工藤を給湯室まで連れて行った。

「あなた、シュレッダーのそばに座ってるわよね。ねえ、今日、誰と誰がシュレッダーを使ったか、憶《おぼ》えてない？」

「え、あ、あの」

工藤は目をくりくり動かした。

「……いえ、全員は……」

「憶えているだけでいいの。順番もめちゃくちゃで構わない。あのね、シュレッダーのストッカーが一杯になってるのに、誰も中身を捨ててくれてないのよ。こういうこと、つまらないことかも知れないけど、同じフロアで働く者同士なんだから、後から使う人のことも考えて行動して貰いたいじゃない？」

「あ、そうですね」

工藤は見る間にホッとした顔になった。なんだ、また年増《としま》お局《つぼね》の重箱つつきか、と思ったのか。

「えっと、わたしも使いましたよ、渡瀬課長に頼まれて、午前中です。でもその時はランプは点いてませんでした。それから……うーん、川田《かわだ》さんが、なんかすごくたくさん紙束抱えて来て、長いこと使っていたみたいです。お昼前です」

「じゃ、それで一杯になったのかな」

「そうかも知れません。なんか大変そうだったんで、わたし、手伝いましょうかって言ったんですけど、古いデータ用紙で埃《ほこり》だらけだからいいよ、って言ってくださって。あとは、昼休みは知りませんけれど、ついさっき、そうです、係長がお使いになる前に、みどりちゃんが」

「ありがとう」

あたしは、みどりを捜しにフロアを飛び出した。

3

思った通り、みどりは女子トイレにいた。腕組みして、洗面スペースの壁にとりつけられた小さなロッカーを見つめている。ロッカーは一辺が二十センチ程度の正方形で、縦に三個、横三個の計九個が並んでいた。企画部だけで女子社員は二十名を超えるので、ひとりひとつは使えない。鍵《かぎ》は最初から付いていないから、とびらを開けて、中がまだ余裕があるところに適当に自分の物を入れて使っている。

「みどりちゃん」

あたしが声をかけると、みどりは重々しく頷《うなず》いた。

「わかってます。必ず突き止めてみせます」

「あなた、ここで一日中、見張りしてるの?」

「まさか。見張ってたら犯人は手を出さないじゃないですか。ちゃんと手は打ってありますから、大丈夫です」

みどりは自信満々の顔になった。

「実は、もう、容疑者はある程度絞れたと思ってます」

「それはいいんだけど、ねえあなた、さっきシュレッダー、使った？」

「あ、はい。でもなんか、壊れてるのか動かなかったんで、シュレッドできなかったんですけど」

「赤いランプが点いた時は、中のクズを捨てないと動かないのよ。ね、あなたが見た時、ランプはもう赤だった？」

「赤でしたよ」

「じゃ、あなたは一枚もシュレッドしてないのね？」

「してません。あ、さっきのあれ、急ぎだったんですか？」

「そうね、もう使えるから、やっといて。あたしの机の上に戻してあるわ。シュレッダーをかける書類は、あまり長いこと放置しないでね。ね、あなたの前に誰か、シュレッダーを使ってなかった？」

「使ってました。正木《まさき》さんが」

「わかった。ありがと」

あたしはトイレを出て、正木澄子《すみこ》の机に向かう前に、川田一郎《いちろう》の肩を叩《たた》いた。

「ちょっと確認させて。あなた、今日、大量にシュレッダーしたでしょ」

川田一郎は二十代後半の企画部二年生だ。あたしの顔を見て、また小言か、という顔を露骨にして見せた。

「しましたけど、それが何か」

「大量にシュレッドする時は、ランプが点《っ》かなくてもストッカーのゴミは捨てる。常識よ」

「はあ……すみません」

「あなたが使い終わった時、ランプが黄色くなってたんじゃないの？」

「さあどうですかねぇ。憶えてないです」

何をそんな細かいことを、このババア、という表情。何とでも思え。今はそれどころじゃない。

「で、あなたの後に正木さんが使ったのよね？」

「……ええ、たぶん。僕が終わって席に戻ろうとした時、正木さんと擦れ違いましたから」

「わかった」

あたしは一息ついて、川田に背を向けた。

正木澄子の机はフロアのいちばん端の方にある。

澄子は、一心不乱に仕事をしていた。

あたしは自分の席に戻り、社内LANから澄子に宛ててメールを一通、出した。

＊

「あ、ここ！」

あたしが片手をあげると、澄子は不安げな眼差《まなざ》しであたしの方を見て、軽く頷いた。

いつもながら、おとなしいひとだ、と思う。

正木澄子が感情を剝《む》き出しにするところなど、彼女が企画部に来てこの五年、見たことがない。企画部員としてのキャリアは七海より長いのだが、いかんせん、企画部員としては消極的過ぎた。勤務査定も、そつなくミスなく減点する部分はないのだが、どうしてもBより上は付けられない。そろそろ彼女も人事異動で企画部を去ることになるだろう。企画部には、平均点しかとれない凡庸な社員は不要なのだ。それでも彼女がこれまで企画部にいられたのは、課長の渡瀬に気に入られているということが大きい。定期異動については課長以上の管理職の意見を尊重するというのが建て前なので、渡瀬がノーと言えば、澄子も異動はまぬがれる。しかし、そろそろ限界なのは、渡瀬にもわかっていた。現実に、澄子の異動についてはそれらしいことを渡瀬からほのめかされ、同意を求められたことがある。この秋の定期異動では辞令が出るだろう。

企画で使えなかったという烙印《らくいん》を押された社員は、男性ならば営業にまわされて起死回生のチャンスを与えられるが、女性となると難しい。女性の営業はどちらかと言えばうちの会社では花形なので、企画で使えなかった人間がまわされる可能性は薄い。人事部が何をどう考えるのかはあたしにも皆目見当はつかないが、これまでの例で言えば、企画部から異動になった女性社員は、支店に転勤になってピアノ教室や音楽教室などの事務、イベントホールの事務などに就くことが多かった。

しかし、澄子の異動を渡瀬が決心したのは、単に澄子の性格が企画部には向かない、という理由だけではない。


正木澄子は恋愛に失敗した。

残酷なことに、社内恋愛は成就《じょうじゅ》すればめでたい話だが、壊れてしまうとかっこうの噂の的になる。澄子がここ二年ほど、営業部の男性社員と交際していたことは、なんとなくみんなが知っていることだった。だから渡瀬も、あえて異動などさせなくても、もうすぐ寿《ことぶき》退社するだろう、と思っていたに違いない。

澄子は、古臭い言い方をすれば、楚々《そそ》とした美人、という部類に入るだろう。顔だちが古風で、性格のおとなしさがその顔だちを強調しているようなところがあり、服装も地味で当たり障《さわ》りがない。両親が保守的で、かっちりと包みこんで育てると、こんな娘に育つのかしら、という典型なのだ。男性というのはなんだかんだ言っても、このタイプの女には弱い。が、迂闊《うかつ》に手を出したら遊びじゃ済まないぞ、というのもわかるので、あまり気軽にこのタイプの女をナンパしたりはしない。つまり、気になってちらちらと見てはいるけれど、積極的に誘う対象にはならない、という感じだろうか。

その澄子の失恋は、気の毒に、可哀想《かわいそう》に、という同情と共に、いったい何があったんだろう、という好奇心も刺激した。

澄子と交際していた男性が、社外の女性と電撃的に結婚してしまったのだ。世間には、というより、小説だとか歌謡曲の歌詞にはよくあるパターンなのだが、実際に自分の勤めている会社の中で、生々しい実例を目の当たりにすると、けっこうインパクトが強いものだ。澄子の元カレの結婚が情報として伝わってからしばらくは、なんとなくフロア中の者が、澄子に対してどこか遠慮がちというか、腫《は》れ物に触るような扱いになってしまったのはいたしかたないだろう。つまり、社内恋愛をするのなら、そうしたリスクは覚悟する必要はあるわけである。

だがもちろん、最初から失恋目的で恋愛する者などいたとしても極めて少数派で、人に知られてもいいという社内恋愛をしている場合、目の前には同僚たちに祝福されての結婚、というゴールの幻想がちらちらしているだろうことは、これまたいたしかたのないことである。澄子にしてもそれは同じだったはず。破局の理由まではわからないが、澄子が傷ついていないわけはない。

そのことと、今度のシュレッダー事件とは、はたして関係あるやいなや。

「食事は？」

あたしの問いかけに、澄子は小さく首を横に振った。

「今日はお昼が遅くて……あの、係長、までしたら召し上がってください」

「あたしもまだ、御飯の気分じゃないかな。あのね、正木さん、トマトジュース、飲める？」

「割と好きですけど」

「ならよかった。ここのブラディマリー、トマトジュースが本物の生絞りなのよ。生トマトをジューサーで絞って作ってくれるの。だからすごくおいしいんだ。ね、試してみない？」

澄子が頷いたので、あたしはブラディマリーを注文した。時計を見る。みどりが専門学校の授業を終えて駆け付けて来るまであと一時間。それだけの時間で、どこまで聞きだせるだろう。

世間話というか、社内の噂《うわさ》を少しの間だらだらと喋《しゃべ》りながら、運ばれて来たブラディマリーをすすった。おいしい。

「ほんとにおいしいですね、これ」

澄子も嬉《うれ》しそうな顔になる。こういう笑顔の時、このひとは本当に綺麗《きれい》だ、と思う。

「血まみれマリー、って、怖い名前ですよね」

「いわれは知ってる？」

「イギリスの女王の名前とか」

「新教徒弾圧で虐殺《ぎゃくさつ》を繰り返した、メアリー女王のあだ名だったっけ。でもこのお店のブラディマリーは、血みたいな色じゃないでしょ？　生トマトで作るから、ほら、なんとなく桃色」

あたしはロンググラスを店の照明にかざしてみる。澄子は熱心にその色を覗《のぞ》き込んだ。素直な性格なんだな、とあらためて思う。やっぱりあたしの見当違いだろうか。このひとが、まさか、あたしを陥《おとしい》れようとするなんて……

「係長」

澄子が不意に、頭を下げた。

「申し訳ありませんでした」

「正木、さん？」

「あの原画をシュレッダーにかけたのはわたしです」

あたしは、それを疑ってここに澄子を呼びつけたことも忘れて驚いていた。澄子は顔をあげようとしない。

「本当は、すぐに謝るつもりでいました。でも……係長が何も困っていらっしゃる様子がなかったもので、あ、やっぱりあれはただのカラーコピーで不要なものだったんだ、と、自分を安心させてしまったんです。でも係長が川田さんにシュレッダーのこと訊《たず》ねているのを廊下で聞いてしまって……」

「正木さん、どうしてあんなこと……」

澄子は顔をあげた。目に涙がたまってきらきらしていた。

「ぼんやりしていたんです……考えごとというか……仕事中にこんなことではいけないとわかっていても、つい、ぼんやりしてしまうことが多くて。今日も、シュレッダーに書類を入れていた時、ふっと心がどこかに飛んで行ってしまったみたいで……何を考えていたのか後になると思い出せないんです。きっと……どうでもいいようなことを考えているんだと思います。で、ハッと気づいた時、手にしてた黄色い紙がシュレッダーに吸い込まれていきました。一瞬、それが何の紙だかわからなくて、わたしが処分しようとしていた会議資料の余りはすべて白い紙だったはずなのに、どうして黄色なんだろう、と考えてしまいました。そして、あっ、あれはポスターの、と思った時にはもう……すべて機械の中に吸い込まれていて……」

澄子は、ついにこぼれてしまった涙を指先で抑えた。あたしは無意識に紙ナプキンを差出していたが、そうか、ハンカチじゃないと紙じゃちぎれてだめだ、などと動揺したあたまで考えていた。あたしは絶対に刑事だの探偵だのにはなれないだろう。犯人が勝手に自白してくれているのに、こんなにおたおたしていたんでは……

「その黄色い紙が吸い込まれた直後に、ランプが赤く光ったんです。その前から黄色が点灯していたんだと思いますが、ぼんやりしていたのでそれにも気づかなくて。シュレッダーが停《と》まってしまって、わたし、すごく焦《あせ》ってしまいました。もしゴミ袋を持ち出してストッカーの中身をあけたら、近くに座っている工藤さんがその中身を見てしまうかも……そう考えると怖くて、結局シュレッダーをそのままにして、席に戻ってしまったんです。でも、でも、考えても考えても、どうしてわたしが破棄しようとしていた会議資料の中に、2×RYUの原画が混じっていたのかわかりません。そんなことあるわけがないんです。だから、そんな大切なものではなくカラーコピーだったんだ、いらないものだったんだ、と思ったんです。バイトのみどりちゃんが、係長からシュレッダーしてと言われたものを、ちょっとズルしてわたしの破棄書類箱の中に入れたんじゃないかって……」

「あなたの破棄書類箱はどこに?」

「足下です。つまり机の下ですけど、ダンボールの箱が置いてあります。わたしの業務ではいつも大量にシュレッダーしないとならない紙が出るので、置いてあるんです。破棄、とマジックで書いてありますけど、わたしが席についていればわたしの足の下ですし、いない時は椅子《いす》の奥になるので、他の人がそこに破棄書類を入れるなんてことは、これまでなかったんですけど……」

あたしはふと、その日の朝のある光景を思い出した。

……謎《なぞ》が解けた。確証はないが、他に考えられない。

「原画のことはもういいわ」

あたしは言って、今度はちゃんとハンカチを取り出した。

「今夜来てもらったのは、実はそのことじゃないのよ」

この歳《とし》になると咄嗟《とっさ》の嘘《うそ》もうまくなる。

澄子は顔をあげ、きょとんとした顔つきになった。

「……違うんですか」

「ええ。原画のことは、事情はわかりました。もうあなたは心配しなくていいわ」

「でも、わたしのせいで……わたしがもっと、しっかりしていれば……シュレッダーにかける前にもう一度、その書類を破棄していいかどうか考えなさいって、入社したての新人の頃から言われていたことだったのに……」

「その点は、その通りね。いらない書類をシュレッダーにかける、誰でもできる簡単な仕事みたいだけど、実はちゃんと仕事のことがわかっている人でなければできない仕事、という側面もある。今度みたいな事故があった時、その書類が本当に不要なのかそれとも大切なものなのか、誰でもが判断できるってわけじゃないものね。で、あなたはもう企画部に五年、その判断はできなくてはいけなかった」

「……はい。わたしの責任です」

「あなたはぼんやりしていた。心がそこになかった。注意力が散漫になり、仕事に集中できていなかった。正木さん、この際だから遠回しに言っても意味ないと思うの、だから言うわね。あなたは、失恋をひきずって会社に来て、あなたが貰《もら》っているお給料分の仕事ができなくなっている」

澄子の顔が強《こわ》ばった。あたしはかまわず続けた。

「人生にはいろんなことがあるでしょうね。楽しいことばかりじゃないのはわたしにだってわかってる。この歳になるまでには、ひどい失恋だってしてるし、他にもいろいろ、会社に来ていてもまともに仕事ができないくらい、精神的にダメになったことはあるわ。だから、少しの間は仕方ないと思う。わたしもそこまで鬼婆《おにばばあ》じゃないつもりよ。もう少し時間をくださいと言われれば、あと少しは、あなたをそっとしておきます。でも、いつかは立ち直って貰わないとならない。いつかは元のあなたに戻って、まともに仕事をして貰わないとね。そうでないと」

あたしは、澄子の目をじっと見た。澄子には後のことは言わないでもわかるだろう。

「あなた……企画の仕事は、好き？」

「はい」

澄子は即座に頷《うなず》いた。躊躇《ためら》いはなかった。

「部内の企画コンペで勝ったことは？」

「一位はありません。三位が最高でした」

「社長賞は？」

「……ありません」

　あたしはゆっくり頷いて言った。

「あたしは部内コンペで四位以下になったことは一度もなかった。係長になって提出する資格がなくなるまでに、一位が通算で十一回。会社企画として採用されたものがその中で六個。社長賞は四回貰ってる」

　澄子はそれでも、素直に頷いた。

「あたしって嫌味でしょ？　だけど、それが現実なのよ。わかるわよね？　だからあたしは今、企画部にいる。こうしてあなたに、上司づらして話ができる。あたしたち女は、結果を出さなければ男の半分も階段を昇れやしない。正木さん、まだこれはあくまでわたしの個人的な予測だけど、次の定期異動で、課長はあなたの異動を決めるような気がする」

　澄子は一度大きく目を見開いた。その唇がかすかに震えた。

「あなたは結果を出していない。それなのに、社内恋愛失敗っていうスキャンダルを抱えてしまった。あなたがどんなに企画の仕事が好きでも、このままだとあなたの夢はここまでで終わるわ」

澄子の両目からどっと涙が溢《あふ》れ出した。でもあたしは、今度はハンカチを貸さなかった。これは同情すべき涙ではない。

「あなたがどのくらい時間があれば立ち直れるのかはわからないけれど、あなたの持ち時間はもうあんまり残っていないのよ。次の部内コンペは七月。テーマは来年春の新小学生を音楽教室に勧誘する企画。来週には詳細が決まって全員に発表すると思うけど。あたしが今夜、あなたに言いたかったことは、その部内コンペが、企画部員としてのあなたには最後のチャンスになるだろう、ってことよ。もしあなたが今度のコンペで勝ったら、あたしが課長に、あなたを残すよう進言します。もちろんあたしには人事権がないから、それであなたが異動しなくて済むかどうかはわからない。でも、約束するわ。話はそれだけです」

あたしは腕時計を見た。そろそろみどりが来るだろう。

「このあと、みどりちゃんと飲むんだけど……つきあう？　それとも、今夜は早く寝て、明日からさっぱりして出社したい？」

澄子は二秒ほど黙っていてから、突然、グラスを手にして残っていたブラディマリーを一気飲みした。そして、静かに立ち上がり、深々とあたまを下げた。

「ありがとうございました。……家に帰って、あたまを冷やしてから企画を考えます」

凛々《りり》しい顔だった。楚々《そそ》とした美女などはどこかにすっ飛んで、そこには、トマトの果汁で唇を赤く染めた、ブラディな女がいた。

「本当に……ありがとうございました。目が覚めました」

澄子はもう一度言って、微笑《ほほえ》んだ。赤い唇に滲《にじ》んだトマトが、血よりも生々しくセクシーに見えた。

4

「どうしたんですかぁ、係長」

みどりの声で顔を上げた。

「なんか、今、悩ましい顔、してましたよぉ。なんか、恋の悩みですか?」

「人生の悩みよ。今ね、あたしってばどうしてこう、お人好《ひとよ》しなのかしらん、って、反省してたとこ」

「係長が、お人好し?」

「そんな驚いた顔しなくてもいいでしょう」

あたしは言って、笑い出した。

「あたしだっていつもいつも、底意地の悪いお局《つぼね》ってキャラばっかりやってたら飽きるのよ。たまにはいい人だって言われてみたいじゃないの。それより、探偵さん、犯人の目星が付いたって、会社で言ってた件だけど」

「あ、はいはい」

みどりは座るなり、生ビールを大ジョッキで注文した。運ばれて来たビールをぐっと喉《のど》に流しこみ、プハーッ、とやってから言った。

「ナプキンを盗んでた犯人はわかりました。それが、ちょっとびっくりしちゃいますよぉ。いったいそれは、誰でしょう？　すっごい意外な犯人、です！」

「当ててみましょうか」

「えー、無理だと思いますよ、いくら係長でも。ほんとにほんとに、びっくり仰天、衝撃の真実、なんですから」

あたしは、ふふん、と鼻を上に向けた。

「犯人は、生命保険の勧誘員。どう？」

「ぎょぎょぎょーーーーっ」

無気味な声を出して、みどりが大袈裟《おおげさ》なリアクションをして見せた。

「すっごーい、係長、どうしてわかったんですか！」

「やっぱりそうなのね」

あたしは軽く頷いた。

「なんでもない、ただの勘よ、勘。で、どうしてナプキン泥棒の犯人が、あの勧誘員の人だってわかったの？」

「係長、言ってたじゃないですか。ずっとトイレで見張ってるのか、って。そんなことしたら犯人はシッポを出さないですよね。でも、トイレで見張ってないと、ロッカーをいじったかどうかは、外で見張っててもわからない。だから罠《わな》を仕掛けたんです。あのロッカーの、川越さんがいつもナプキンを入れたポーチをしまっていた右端の真ん中のところに、扉を開けると切れるように、細く切ったティッシュで、小さな封をしておいたんです。そうしておいて、仕事中に誰かが女子トイレに入るたびに、後から入って封印を確認してました。ちなみに、川越さんが使っていたロッカーには、他の人のポーチは入ってません。わたしの席からだと女子トイレに人が入ったかどうかわからないんで、それが確認できる隣りの作業室に入って、ドアを半分開けて、そこで仕事してたんです」

「ああ、それであなた、朝から姿が消えてたのね。ちょっと一言、言ってくれればよかったのに」

「すみません、今朝この方法を思いついたので、焦《あせ》っちゃって」

「それで問題の封印が破れたのは、あの生保レディがトイレに入った直後だった」

「そうです。その時、他には誰もトイレにいませんでした。でも一度だけでは確証がないんで、午後も同じ仕掛けをしてみたんですけど、係長がトイレにわたしを捜しに来た時まで、封印は誰にも破られてないんです。そして後で川越さんに確認して貰ったところ、ナプキンはやっぱり盗まれてました。でも今回は、囮《おとり》として、いちばん安いやつを入れておいて貰ったんですけどねー」

へへへへ、とみどりは得意げに笑う。

「だけどあの人、まだ若いみたいなのに、もうすっかりおばさんですよね。ほら、よく、デパートのトイレとかからティッシュ盗んでいくおばさんの話、聞くじゃないですか。会社とかでも、おばさんの社員はトイレットペーパーは買ったことがない、なんて自慢してたりとか。でもナプキンを盗むなんてねぇー。病気なんですかね？」

病気というよりは、悪意だ。あたしは空恐ろしさをごまかし笑いで振り払った。

あの生保レディが来た時、あたしは原画を見ていて、それを机の引き出しにしまった。それを知っているのは彼女だけだ。そしてあたしの頭によぎった光景、それは、あたしと話したすぐ後で、正木澄子の机のそばに立って、澄子に何か説明している彼女の姿だった。彼女はあたしが大切そうな絵を机にしまったことを知って、さらに、澄子の足下にシュレッダーにかける書類を入れておく箱があることも知ったのだ。澄子の足下にある箱に気づいた彼女が、それは何ですか、とでも質問して、澄子が何気なく答えた、たぶんそんなところだろう。そして、あたしは会議に出て、澄子もなんだかんだと席をはずした。チャンスはいくらでもあったのだ。

　今回の標的はあたしだった。しかしそれはたぶん、偶然というか、突発的に思いついたことだったのだ。あたしは会議のことで頭が一杯で、彼女の説明をろくに聞こうとしなかった。悪気があったわけではない。むしろ、彼女のことは好ましいとさえ感じていたのだ。しかし、あたしだって仕事中だったのだ。彼女だけが仕事をしていたわけではない。彼女はあたしの貴重な仕事時間を奪おうとしていたのだから、適当にあしらわれるくらいのことは、覚悟しておいて貰わなければならない、と思う。でも彼女は甘えていた。自分は一所懸命仕事している、なのにこの会社の女たちは、偉そうに、ろくに話も聞いてくれやしない！　彼女の悪意はおそらく、そんな他愛《たあい》のないことで発生し、そして、設備の整った一流企業の恵まれた職場で、けっこうな給料を貰って働いている、でもほとんど同じくらいの歳《とし》の女たち、に対する嫉妬《しっと》によって増幅される。七海の場合もきっと、きっかけはその程度のことだったに違いない。彼女がすすめた商品を七海がろくに説明も聞かずに断ったとか、彼女が手渡したパンフをゴミ箱に捨てた、とか。そして彼女は、トイレで偶然、七海と一緒になり、ロッカーの位置とポーチの色や形を憶《おぼ》えたのだ。

もしかしたら、彼女にも辛《つら》い生活があるのかも知れない。僻《ひが》みや八つ当たりくらいはゆるしてあげたいくらいの事情を、彼女は抱えているのかも。だがそれでも、彼女のしたことは重大な過《あやま》ちなのだ。彼女は、何よりも、彼女の同僚である、他の何万人という真面目《まじめ》で一所懸命努力している生保レディへの信頼を傷つけるようなことをしたのだ。

赦《ゆる》してはいけない、と思う。だが同時に、赦したいとも思う。

何よりも、彼女がどのくらいあたしのことを憎んだのか、それが知りたい。あの原画を失ったことによって、あたしは始末書を書かされ、もしかすると、大きな企画が失敗して、澄子ではなくあたしがこのフロアを出て行くことになるのかも知れない。そこまで彼女が望んだのか。そうなった時でも、良心の痛みよりは、ざまあみろ、という気持ちの方が大きいのか。

それが知りたい。

教えて欲しい。

あなたはどのくらい、あたしが嫌いなの？

「携帯、鳴ってますよー」

みどりがあたしの腕を軽くゆすぶった。あたしはハッとして、バッグから携帯を取り出した。

「係長？」

八幡の声だ。

「あ、はい」

「ぼく、今残業中なんですけどね、ハーフムーンから電話があったんですよ、係長宛《あて》に。で、向こうさんすごく焦ってて、なんでも、朝バイク便で係長に送ったものが間違っていて、カラーコピーを返してしまったんだとか言ってますよ。原画はこっちにありますので、今すぐバイク便で届けますって。原画って何ですか、まさか2×RY

Uのやつじゃないんでしょ？」

あたしは、数秒の間、神様に感謝する言葉を何か思い出そうとしていた。

「もしあれだったら、あちらさん、真っ青でしょうねぇ。カラーコピーを返して原画を盗んだなんて言われたら」

「こ」

あたしは、声にビブラートなんてかからないよう、ぐっとお腹《なか》に力を入れた。

「コピーだというのは見ればわかるわよ。後でこっちから、何の冗談ですか、って電話してやるつもりだったの」

別に良心は咎《とが》めない。強がりだもの、嘘《うそ》じゃないもの。

「とにかく預かっておいて。明日、御礼の菓子折りでも持って事務所に返して来る」

「バイク便で送ればいいんじゃないスか」

「バイク便は二千五百円。地下鉄と菓子折りで三千円。たった五百円の差なら、ごまをすっておいた方が得」

八幡は笑って、了解、と言った。

「まだ残業、続くの？」

「そうですねぇ、あと二時間くらいかな」

「もうちょっと早く切り上げて、合流しない？　みどりちゃんと一緒だけど。銀座のバーミリオン」

「ブラディマリーですか、今夜は」

「うん」

あたしは言った。

「血まみれ女王様の気分なのよ、今夜はね。みんなに憎まれて恐れられた女王様」

「彼女は尊敬もされていたんです。問題は多い女王だったけど、結局、エリザベス一世を殺さなかったし」

八幡の声が、耳に響いた。

「それを忘れてはいけない」

「そうね」

あたしは言った。

「忘れないようにする。ずっと」

バイバイ、ロストキャメル

1

「くあーっ、眩《まぶ》しいーーーーーっ！」

空港建物から外に出た途端、後ろにいた日本人たちが一斉に声をあげた。

「強烈〜」

「何度くらいあるのかな」

「日灼《ひや》け、すごいよ、きっと」

「やだー、UVカットローション、スーツケースの中よ！」

あれほど、日灼け止めはいつでも使えるよう、手荷物の中に入れておいた方がいいですよ、とアドバイスしたのに。だから新婚ってのはイヤなのよ、こっちの言うことなんてひとつも聞いてやしない。お腹《なか》の中で親指を拳《こぶし》の隙間《すきま》から突き出しながら、あたしはバッグから日灼け止めの乳液を取り出す。

「あの、良かったらどうぞ。油断するとかなり日に灼けますよ」

「わあ、すみませーん」

二十代半ばくらいの新婦は嬉《うれ》しそうにプラスチックのボトルを手にとった。

「みなさんもどうぞ、お使いくださいね」

周囲にいた新婚の片割れたちに声をかけてから、人数と名前の確認に取りかかった。

ケアンズからこのエアーズロック・リゾートまでは飛行機でワンフライト乗り換えなし。エアーズロックは、年々日本での人気が高まっている観光地で、ケアンズとエアーズロックにシドニーの三地点を結ぶツアーは、新婚旅行の定番になりつつある。エアーズロックの神秘的で雄大な光景は、確かに、新たな人生の出発点にはふさわしいものかも知れない。あたし自身、はじめてエアーズロックを見た時には、感動のあまり、まじで涙を流してしまった。が、しかし、今回の旅はあっさりと仕事である。風景に感動している暇はない。

とは言え、ケアンズを離れて少しうきうきしている、というのが正直なところではあった。

オーストラリアはあまりにも広く、観光地と観光地の距離がとてつもなく離れていて、しかも移動はほとんど飛行機しか手段がない。従って、それぞれの地域で観光会社も特化している。あたしの会社も、ケアンズからエアーズロックに向かうツアーの場合、空港までツアー客を送っていってそこで出発ゲートの中に押し込んでしまったら、あとは自分たちで飛行機に乗ってエアーズロック・リゾートまでたどり着いてもらい、現地で支店の担当者がツアー客を回収してホテルまで送ったら、あとはエアーズロックとその周辺の地域を専門に扱っている会社にツアー客を任せてしまうのが普通だった。エアーズロックの観光は通常一泊二日、到着したその日にマウント・オルガを見て、エアーズロックでサンセット・パーティを楽しむ。ツアー会社が用意したサンドイッチやカナッペにシャンパンで乾杯しながら、夕闇《ゆうやみ》に沈んでいくエアーズロックを眺めるわけである。そして翌朝は、なんと夜明け前に叩《たた》き起こされ、バスに詰め込まれ、エアーズロックのサンライズを、朝食ボックスに入れられたバナナとマフィンにパックジュースをすすりながら眺める。薄紫色の岩山に少しずつほんのりとした紅がともり、やがて次第にその輪郭がくっきりして来て、岩山がサーモンピンクへと燃えあがる様《さま》は実際、素晴らしく美しい。夜明け前に叩き起こされた不快感もいっぺんに吹き飛んでしまう。

朝食後は、ナントカと煙りのごとく、ともかく登れるところには登りたがる日本人観光客、もちろんエアーズロック登山をしたがるわけである。これ、本当は、地元の人々は迷惑していて、エアーズロックを聖地としてあがめているアボリジニの人々は、登らないで欲しいと切実に訴えているのだけれど、その一方、登山を禁止してしまったら観光の目玉がひとつなくなるわけで、観光だけが収入源のこのリゾートにとっては致命傷にもなりかねない。禁止することもできず、奨励もしたくない、という複雑な感情があるのだが、日本人観光客の大多数はそんな迷惑など気にもしていない。それでももちろん、聖地であるので、登山ルートはひとつだけ、好き勝手なところを登ることはできない。しかもちょっと風が強かったり小雨が降っていれば登山道は閉鎖される。登山道が閉鎖されると、エアーズロックの周辺の自然散策路をガイドの後についてぞろぞろと遠足ということになる。本当は、登山よりもこの遠足の方があたしとしてはおすすめで、砂漠の動植物の説明や、アボリジニの描いた壁画の解説など、けっこう楽しい。

いずれにしても、二日目の観光は午前中に終了となる。ホテルに戻り、後は出発まで自由行動、という名の、お土産《みやげ》物色タイム。エアーズロック・リゾートは、砂漠のまん中に無理に作った人工の町で、数個のホテルが円形に並んでタウンを形成しており、その中に、レストランからスーパーマーケット、土産物屋に床屋までおさまっている。アメリカ人観光客などはこのリゾートで一週間も、ぼーっと過ごしたりするようだが、日本人観光客は長くて二泊三日、ほとんどはたった一晩でケアンズやシドニーへと戻ってしまう。

二日目の午後には、前の日に空港からホテルまで送り届けた支店の担当者がホテルに迎えに行き、ホテルを巡回してバスにツアー客をかき集め、人数と名前を確認して飛行機に押し込む。ケアンズでそれを待ち受けたあたしたちが、ツアー客を回収する。そういった流れが一般的なのだ。

それが今回の新婚さんツアーは少し勝手が違った。日本の本社がたてた企画で、心配ゼロ、飛行機に乗る時も添乗員がご一緒します、というのが売りなのである。

最近のツアーはほとんどが、飛行機には自分たちで乗ってもらって、添乗員やガイドは空港で待ち受ける。観光地から観光地へと移動する際も、空港の出発ゲートの前でチケットを渡されるとあとはほったらかしである。日本から出る時は出国の係員も日本人だし日本語の表示もあり、機内でも日本語のアナウンスがあるのでさほど問題はないが、海外の空港で自分たちだけで乗り換えろと言われると、英語のヒアリングに自信のないごく普通の日本人観光客にとっては、なかなか気の重いことになる。それが嫌で、乗り換えのあるツアーには参加しない、という人も多い。本社はそこに目をつけて、オーストラリア国内での移動にはずっと同じ添乗員がついて行き、迷子になったり乗り間違えたりする心配はございません、というのをアピールしてこのツアーを売り出した。そしてあたしも、添乗員として新婚さんたちを連れて行く担当にあいなったわけである。

このツアー企画はけっこう当たった。英会話教室が大はやり、英語ブームとまで言われる最近の日本事情については知っているが、それでもまだ、海外で飛行機の乗り換えをさっさとこなせるという日本人は、絶対数からして多くないだろう。かと言って、成田からずっと日本人の添乗員が付いて行くようなツアーは料金が高過ぎるし、中高年の旅慣れていない人々と一緒になるから新婚旅行向きではない。ホテルのグレードだけは思いっきり高く、後はほとんどほったらかし、というツアーの方が新婚旅行には都合がいいのだが、英語力に不安があると飛行機の乗り換えは面倒。そんな人々が、それでも新婚旅行でエアーズロックを見たい、と思えば、このツアーはちょうどぴったりなわけだ。

時期は六月、ジューン・ブライド。本当は日本の六月は梅雨《つゆ》どきで、雨の中披露宴なんかに招かれても迷惑なだけだし、そもそもジューン・ブライドというのは梅雨というものがない国での風習なのだから、わざわざ降水確率がめいっぱい高い季節に結婚なんかしなくてもいいと思うのだが、要するに縁起物という考え方なのだろう、どうせなら六月にしましょうよ、という新婦は相変わらず多いようだ。今月に入って、このツアーでエアーズロックに行くのは二度目、前回は、シドニーまで行って日本からの直行便で到着するツアー客を出迎え、シドニーに二日間滞在した後、それらの人々を引き連れてエアーズロックに移動、一泊二日でケアンズに移動して、ケアンズで二晩過ごしてもらって日本行きの飛行機に乗せる、という強行軍だった。今回は、ケアンズに三日、エアーズロックに一泊、戻ってケアンズに一泊で帰国、という旅程なので、まあ比較的楽である。が、今回、実はちょっとしたイベントがあたしを待っている。

大泉嶺奈。

ほとんど芸名のようなこの名前を持つその女性、一年ちょっと前に、ちょっと忘れられない体験をあたしにさせてくれた人だった。

メール友達の墨田翔子が、あたしの誘いに乗ってケアンズに遊びに来たその時、大泉嶺奈もケアンズにやって来ていた。が、彼女の目的はバカンスではなかったのだ。彼女は復讐を企《たくら》んでいた。自分を捨てて他の女と結婚した男の新婚旅行をぶち壊す、それが彼女の目的だったのだ。

結果的に言えば、あたしはその目論《もくろ》みに寸前で気づき、嶺奈の愚かな行動を止めることができた。しかしその過程で、墨田翔子と嶺奈が殴りあいの喧嘩《けんか》をする、というハプニングが起こり、あたしの脳裏には今でも、顔を涙でぐしょぐしょにしたいい歳《とし》をした女が二人、海辺でつかみあっている光景がトラウマとなって焼きついている。まったく、あんなに恥ずかしい思いをしたことって、ここ近年なかったのだ。でも恥ずかしかったけれど、なんとなく嬉しくもあった、そんな体験だった。

墨田翔子とはその後もメール友達を続け、昨年末に休暇をとって日本に帰った時も、京都で落ち合ってランチを一緒に食べたりしている。でも大泉嶺奈とは、その後、手紙を何通か交わした程度だった。

その嶺奈が突然、国際電話をかけて来た。そして、この秋に結婚が決まって、その婚約者と婚前旅行でオーストラリアを一周する、と言って来たのだ。

婚前旅行でオーストラリア一周！　なんてリッチなんだ！　と嫉妬《しっと》まじりに驚いた

のだが、話を聞いてみると意外なことがわかった。嶺奈の婚約者はなんと、無職男だったのである。

「でも無収入じゃないのよ」

嶺奈は懸命に弁解した。

「彼の絵は、ちゃんと売れてるもの。ただ生活費をまかなうほどには売れてないって、そういうことなの」

つまり嶺奈の婚約者は画家らしいのだ。日本では、画家はその大部分が、絵を描くだけではほとんど絶望的に生活できないと聞いたことがある。みな、絵画教室で子供たちに絵を教えたり、アルバイトでイラストだのポスターの仕事をしたり、あるいは他の仕事で生活費を稼ぎ出したりしながら絵を描き続けているらしい。あたしの周囲には画家という人種がいないので正確なところはわからないが、嶺奈の婚約者も、広告会社でイラストのアルバイトをして生活費を捻出《ねんしゅつ》しながら、年に一度、知り合いの画廊で個展を開いたり、公募の展覧会に応募を続けたりしていたようだ。だが画家としてなかなか生活が成り立たない焦《あせ》りや様々なストレスから鬱病《うつびょう》にかかり、精神科に通院していた。嶺奈とはそこの待ち合い室で知り合ったと言うのだから、けっこう、スリリングな出会いである。

なにはともあれふたりは恋に落ち、あれよあれよという間に結婚ということになったらしい。が、婚約者の鬱病は一進一退、結局、思いきって転地することで回復を待ってみたらどうかと医者にもすすめられ、結婚を機に東京をしばらく離れて暮らすことに決まった。幸い、嶺奈は短大を出てからずっと会社勤めを続けていて地道に貯金をしていたおかげで、一、二年は収入がなくても二人で生活できる状態ではあるそうな。それではどこに住もうか、という話になった時、嶺奈はケアンズのことを思い出した。嶺奈にとっては決して、バラ色の思い出に彩《いろど》られたオーストラリア旅行ではなかったわけだが、彼女はそれでもこの大陸を気に入っていた。婚約者に、半年程度、オーストラリアで暮らしてみるのはどうか、と持ちかけたところ、婚約者も興味を示した。そこで、婚前旅行にオーストラリアの主要都市をまわり、いちばん気に入ったところに半年暮らす、という計画を立てたのだと言う。その婚前旅行の最中にどこかで会って食事でも、というのが嶺奈の申し出だった。彼女たちのスケジュールとあたしの仕事の都合を重ね合わせた結果、今夜、このエアーズロック・リゾートで落ち合うのがいい、ということになったのだ。二人は婚前旅行とは言っても要するにバックパッカーなので、リゾートの中で唯一《ゆいいつ》、リーズナブルな宿泊料を設定しているカジュアルホテルに宿をとっている。そして今夜、三人で食事。つまりあたしは、嶺奈に婚約者を紹介して貰《もら》うことになる。

　あのペリカン騒動から一年かそこらで、恋をして結婚まで考える男と出会った嶺奈のことがうらやましくないと言えば嘘《うそ》だ。はっきり言ってうらやましい。この一年と三ヵ月、あたしにはまったく、そんな類《たぐ》いの出会いがなかった。どんなに思い出そうと努力してみても、この一年に起こったことと前の一年に起こったこととで、基本的に大した差がない。細かな部分でそれなりに刺激がなかったとは言わないけれど、大《おお》雑把《ざっぱ》に分類すれば、この一年は「ただ過ぎただけ」の日々だった。つまり、あたしは確実にひとつ歳をとったけれど、歳以外に手に入れたものがあったとは思えない。

　その同じ一年三ヵ月の間に、嶺奈は最低の失恋状態を脱して新しい恋人に出会い、順調に愛をはぐくみ、二人で新天地での生活を始めようとしている。やっぱりうらやましい。いや、妬《ねた》ましい。それでも、嶺奈の婚約者である売れない画家の顔が見たい、という誘惑には勝てず、ディナーの約束に応じてしまったわけである。

　ま、いっか。どうせこのリゾートにいても、食事以外に楽しみなんてないんだし。

　とは言え、ここにいる間は二十四時間仕事中。あたしは目の前の新婚ツアー客たちの顔をひとりひとり見た。この人たちがおとなしくしててくれれば、楽なんだけどねぇ。

今のところ、問題を起こしそうなカップルはひと組だけだった。日本から到着早々、ケアンズで一騒動起こしてくれたお騒がせハネムーナー、田端《たばた》夫妻。

名簿によれば、夫の田端恭一《きょういち》は三十歳、妻の美花《みか》二十八歳。決して若すぎる結婚というわけではなく、世間一般の常識で言えば、大人のカップル、のはずである。ところがこの夫婦、開いた口がふさがらないほど幼稚なのだ。われ鍋《なべ》にとじ蓋《ぶた》とはよく言ったもので、この男にこの女あり、この妻にしてこの夫あり、と、ふたり揃《そろ》って幼稚度がどっこいどっこい。成田から持ち込んだ手荷物の中にバナナを入れたまま税関を通過しようとして見咎《みとが》められてひと悶着《もんちゃく》起こしていたとかで、到着ロビーに出て来るのに他の客より二十分も遅れ、それでも謝罪の言葉ひとつなく、バナナくらいいいじゃんか、と悪態をつきまくるところから始まって、ホテルまで向かうバスの中であたしが言ったことはひとっこともまともに聞いていずに二人ではしゃぎまくり、最後には、同じツアー客から、ガイドさんの説明が聞こえないので少し静かにしてください、と冷たくたしなめられ、それでもまったく反省はせずに逆に開き直って注意した男を二人して睨《にら》みつけ、自分たちが泊まるホテルに向かう順番が最後の方だとあたしに文句をつけ（田端恭一の理屈では、自分たちはこのツアーでいちばん高いホテルを選んだ、つまりいちばん金をたくさん払ったのだから優遇されてしかるべきである、ということになる）、ようやくホテルに到着すると今度は、カジノに行きたい、連れて行け、との仰《おお》せ。しかしあたしは夕方に到着予定のツアーの準備もあるし、とお断りして、カジノまでの道順から服装の注意まで親切に紙に書いてあげて、なんで連れてってくれないんだとぶーたれる田端夫妻ににこやかに手を振ってようやく解放された、と思ったら、一時間後、田端夫妻から携帯に呼び出しが。なんと、ふたりしてビーサンにTシャツ、膝《ひざ》でちょん切ったジーンズでカジノに出かけて門前払い食らわされたとかで、一緒に行ってくれなかったあんたのせいだ、あのカジノは人種差別してるうんぬん、罵倒《ばとう》の嵐《あらし》。だーかーらーっ、カジノに行くなら、サンダルはダメ、襟《えり》付きのシャツに上着と女性はスカートはいてってね、って、あれほど念押ししたじゃないかぁぁぁあっ！

と、心の中では怒鳴ったものの、この程度のことはさして珍しくもないので、怒る気にもなれず。なだめてすかして、着替えさせて、カジノまで送り届けて、もう一度抗議しようとする田端恭一を押しとどめて、なんとか中へと放り込んだ。それが一昨日のこと。昨日はオプショナルツアーで朝早くからグリーン島に出かけてくれたので助かったけれど、あの様子では、グリーン島でもさぞかし珍しい騒ぎを起こしていたのではないだろうか。いずれにしても、この夫婦は要注意、こいつらだけしっかり見張っていれば、今回の旅もなんとか無事に終えられそうである。

2

初日のあたしの仕事は移動がメインなので、それぞれのホテルにツアー客を押し込み、日程の説明を済ませてしまうと、取りあえず自由になった。とは言え、いつ携帯電話が鳴るかわからないのでオフというわけではない。ツアー客たちは荷物を置く暇もなく、夕方から、エアーズロックのサンセット・ツアーへと出かけて行く。そちらの方は専門のツアー会社に任せてしまうわけだが、客の個人的なトラブルについてはこちらが責任を負わなくてはならない取り決めがある。つまり、パスポートをなくしただの財布を落としただの、痴話喧嘩のあげく自分だけ先に日本に帰りたいだの、そういったよくあるトラブルについては、ということだ。

それでも、ガイドや添乗員が休息するオフィスに引き上げて、ケアンズに連絡を入れるとホッと肩の荷がおりた。嶺奈に婚約者を紹介してもらうディナーの時間まで、三時間近くある。あたしはオフィスのパソコンからインターネットに繋《つな》ぎ、Ｗｅｂメールアドレスに転送してある自分宛《あて》のメールをチェックした。

仕事がらみの連絡の他に、墨田翔子からのメールが一通。

『愛美さま
今日、嶺奈と会うんですよね？　フィアンセ、どんな人なのかな。いい男かな？

うーん、行かれなくてすっごく残念。なんとか四日間だけでも休みが取れたら、と思ったんだけど、どうしても仕事が押してて。嶺奈に、日本に戻ったら必ずあたしにも紹介してね、と伝えてね。

ところで、前にメールに書いたことがあるマニキュア事件のことなんですが。

あれからいろいろ考えてみたの。あの事件の後にも、会社の中でけっこういろいろあったでしょ。ほら、この前の保険屋さんのことも。あれも驚いたよね。だから、マニキュア事件のことも、フロアの誰かがKっていう生意気な新人を陥れようとしたんだ、って考え方、当たってるのかも知れないんだけど。

でも、この頃、そういうふうにしか思えない自分、ってどうなのかなー、って、気がして来たの。なんだかうまく書けないんだけど……

あたし、自分で自分のこと、仕事はできるけどイヤな女、ってイメージで周囲に見られることに、完全に慣れちゃってるでしょ。そうやって慣れた方が気持ちが楽だし。

周囲に好かれる為の努力を最初からしなくていいんだものね。

でもそれで、楽だ、これでいいんだ、と自分に言い聞かせて自分をごまかして、心の奥の方では、やっぱり好かれたい、いい人だって思われたい、周囲と楽しく笑いながら仕事もしてみたい、そういう部分の本音をぐーっと押さえつけて来て……心が変形しちゃったんじゃないかって。

あたしね、もう一度、あの時のこと、調べてみようかと思うの。きっとどこかに誰かの勘違いとか、見間違いとか、そういうのがあって、なんだ、なんでもなかったんだ、そうわかるような……わかって欲しいような。

ごめんなさい、なんだか今日のメール、とりとめがなくなっちゃったね。愛美と嶺奈が、憧れのエアーズロックのふもとで一緒にいるんだと思うと、うらやましくって、それをごまかしたくて余計なこと書いてるのかも（笑）

いずれにしても、こうやって愛美に本音を聞いてもらえるだけで、あたし、気分がすごく軽くなります。

楽しいディナーになるといいね。

ではまた。

フェザーB』

「なにこれ」

あたしは思わず、笑ってしまった。

「翔子らしくないよ。ってか、やっぱ丸くなっちゃったよねぇ、翔子。色ボケだ〜」

画面に向かって舌を出してやった。でも、こんな素直で子供っぽい翔子が、好きだ、と思う。

一流企業の企画部で活躍する本物のキャリアウーマン。高給とりで都内にマンションまで持っちゃって、女ひとり都会で颯爽《さっそう》と生きるお手本みたいな人。なのに、社内ではババアとか陰口叩《たた》かれてて、それを知ってて平然としてる、そんな翔子。だけど、年下の男とイイ感じになった途端、トーンダウンしちゃって。そんな翔子。


心が変形、か。

あたしもそうなのかな。心のどこかが歪《ゆが》んで固まって。

あたしは、最近、無数につくようになってしまった溜息《ためいき》を、またひとつついた。

潮時なのかも知れない。外国でひとりで暮らすのも、そろそろ限界なのかも。

＊

ディナーの予約時間になるまで、奇跡的に何ごとも起こらなかった。サンセット・ツアーが終わってホテルに戻って来たツアー客たちは、それぞれにホテルのレストランで夕食をとる。ショッピングアーケードには食料品を扱っているスーパーもあるので、簡単に済ませたい人は、パンとハムを買ってサンドイッチにビール、という手もあるが、いちばんカジュアルなホテルのバーベキューレストランなら、買った肉をセルフで焼いて食べることもできて、それだと日本で定食を食べるのと料金が変わらない。このリゾートの物価は、オーストラリアの平均物価からすればひどく高いが、東京と比較するとさほど違わないのだ。しかし、今夜、嶺奈が指定して来たのは、日本人観光客が好む高級なホテルのメイン・ダイニングだった。とは言っても、食べ放題のビュッフェがあるので、出費の上限は予測がつくのだが。

どっちにしても、今夜はあたしが奢《おご》らないとね、婚約祝いだし。あたしはクレジットカードを確認してからレストランに急いだ。

レストランは混《こ》んでいたが、嶺奈が席を予約しておいてくれた。手紙のやり取りはあったものの、嶺奈と会うのはほぼ一年ぶり。いくらか太って健康的になっていたが、彼女はほとんど変わっていなかった。嶺奈の横に座っていた男性は、画家という先入観で対面するとびっくりしてしまうくらい、ごく普通の見た目をした青年だった。短く切った髪に平凡な黒い縁の眼鏡。長髪に口ひげか何か生やして、いかにもバックパッカーらしい小汚い様を想像していたのだが、さっぱりとしたチノパンに半袖《はんそで》のポロシャツは、なんだか裏切られたような気分にさせる。市役所に勤めています、と紹介されても普通に信じてしまうだろう。あたしの顔を見て立ち上がり、丁寧に頭を下げたりもして、礼儀正しい人、という印象。あたしは少し、肩透かしを食った気分だった。

気楽にビュッフェで食べることにして、ワインだけ選ぶ。二人ともオーストラリアのワインには詳しくないと言うので、あたしが乏しい知識から適当にセレクトした。乾杯してから、まずは料理を取りに。オーストラリアに住んでいて何より嬉《うれ》しいのは、狂牛病の心配がないので牛骨の髄《ずい》が食べられることだ。髄を焼いてとろっとさせたものは、あたしの大好物なのだ。日本に帰ってしまうと、そう簡単には食べられなくなる。

このレストランのビュッフェは豪勢だった。タスマニア産の生牡蠣《なまがき》まで並んでいて、野菜も果物もたっぷりある。とりあえず、お腹《なか》がきつくなるまでは食べることを中心にすればいいので気楽だ。嶺奈もフィアンセも、少し固くなっていて会話はさほど弾まなかったが、食事がおいしかったので苦にはならなかった。何度か皿を空にして、ワインもフルボトル一本がちょうどなくなった頃、ようやく嶺奈はあたしの顔をまともに見た。

「今まで見た中では、パースが気に入ったの。パースって、日本人もけっこう住んでるのかしら」

「いるわよ、退職者が多いみたいだけど。パースはいいんじゃないかな、静かな町だし。あたしも一昨年、休暇でちょっと行ったけど、インド洋が目の前、っていうのはけっこう、感動したな。日本人会みたいなものもあると思うし、日本人の不動産屋もいるわよ。でも、賃貸の小さなアパートメントがあるかどうかは、ちょっとわからないな。こっちの人たちって狭いとこに住もうとしないからねぇ、家賃が安い小さなフラットは、もっと都会の方が多いと思うけど。でも」

あたしは婚約者の方をちらっと見た。

「えっと、風景画みたいなものの題材なら、パースは綺麗《きれい》なところだから」

「インド洋の青さは独特ですね」

伊藤陽一《いとうよういち》、という割合に平凡な名前の画家は、それだけ言ってあたしの顔からまた皿に視線を落としてしまった。もう皿の上にはメロンの皮しかないのに。寡黙《かもく》、というか、口下手、というか。なんだかぎこちない。でも、そのぎこちなさはどうやら、伊藤のせいばかりでもないようだ。嶺奈もどこか、表情が固い。それでいて時おり、何かを訴えるような目であたしの方を盗み見る。嶺奈は何か、あたしに伝えたいことがあるんじゃないだろうか。

「七つの海はそれぞれ色が違う、と言いますもんね。伊藤さん、この国のスケールの大きさは、いろんな意味で、健康にいいと思いますよ」

伊藤ははにかむように微笑《ほほえ》んだ。

「そうですね……でも、あの狭い日本からいきなりこんな大きな国に来てしまうと、そのスケールに圧倒されてしまって」

「スケールが大き過ぎて、負担ですか」

「負担というより、慣れが必要かな、という気がします。今まで日本の狭さの中で生きることに適応しようとして、自分を縮めてしまっていますから、急にそれをすべて解放しろと言われても、なかなかできないだろうな、と」

「ほんと、こっちの人たちって信じられないくらいおおらかだものね」

嶺奈はデザートスプーンを振って笑った。

「あたしたち、空港でレンタカーを借りたでしょ、で、荷物を置いてすぐ、国立公園にエアーズロック見学に行ったの。あのあたり、ずっと砂漠でしょう、でも砂漠って言うと草一本生えない砂山ってイメージがあったけど、オーストラリアの砂漠は違うのね、けっこう灌木《かんぼく》みたいな植物が生えてて。ところがね、その草のとこが、火事になってたのよ！　びっくりしちゃった。それなのに、管理事務所の車とかが通ってもみんな平気なのよね！　それも一ヵ所じゃなくて、あちこちで火が燃えてるじゃない。あれってたぶん、車から投げ捨てた煙草《たばこ》か何かのせいでしょう？　なのに消火しようともしないなんて、風が吹いたらどんどん燃え広がるかも知れないのに。砂漠なんて燃えても気にしないなんて、日本人の感覚だと理解できないわよね」

「ああ、それは誤解なのよ」

「誤解？」

「うん」

あたしもアイスクリームを口に入れながら頷《うなず》いた。

「そう。あの火事はね、ほとんど自然発火なの」

「自然発火？　だって、確かに暑かったけど、勝手に草が燃えるほどじゃないわよ？」

「ユーカリのせいなのよ。砂漠にはいろんな種類のユーカリがあるんだけど、ユーカリの葉って油分がすごく多くてね、よく自然に発火しちゃうの。だからユーカリの生えてる場所では、砂漠でなくても火事ばっかり起こるの」

「それじゃユーカリって生きていかれないじゃないの」

「ううん、それでないとユーカリは生きていかれないのよ。ユーカリの葉は燃えやすいけど、幹や枝はとても燃えにくくて火に強いの。だからユーカリは葉っぱが燃えて周囲が火事になっても、幹や枝は炎の中で生き残るの。でもユーカリ以外の植物は、火事になったら焼けてしまうでしょ？　結果的に、火事がおさまった時には、ユーカリだけが生き残っているわけ」

「それじゃ、わざと火事を起こして、ライバルの植物を焼き払ってるわけ？」

「そういうことね。そうやって、ユーカリは勢力を広げるの。で、オーストラリアの人たちが山火事や砂漠の火事をほとんど消そうとしないのは、途中で消してしまうと、ユーカリ以外の植物が勢力を保ってしまって、最終的にはユーカリの数が減ってしまうからなの」

「そんなにユーカリが大事なの？」

「そうじゃなくて、ユーカリが減ると、山火事が消えなくなっちゃうのよ。ユーカリの枝や幹は熱に強くて燃えにくいでしょ、だからユーカリの多いところが火事になっても、延焼せずに割とすぐに消える。ユーカリが減ると、いざ山火事になった時に、火がなかなか消えなくて被害が大きくなるのよ」

「でもユーカリがあるから山火事になるんでしょ？」

「そうなんだけど、山火事の原因はユーカリ以外にもあるわけ」

「なんだか……ニワトリと卵、みたい」

嶺奈は笑った。

「そうよね、でも、山火事を無闇《むやみ》に消さないのは、オーストラリアの人たちが経験的に学んだ生活の知恵みたいなものなのよ。実際、何年か前にね、火事を積極的に消そうと行政が方針転換したことがあったらしいのね、でも結果的に、ユーカリが減ったところで起こった火事の被害が甚大《じんだい》になっちゃって、やっぱり消さないことにしたんですって。この砂漠の火事も、大部分はユーカリの発火なのよ。だからあえて消さないのね。自動車道路で分断されてるから、リゾートまで火が届く可能性は低いし」

「ふうん」

嶺奈は大きく頷いた。

「ほんと、日本の常識はまったく通用しないのねえ。植物まで、日本の花や木とは考えてることがまるで違うって感じ」

「怖《お》じけづいた?」

「とんでもない」

嶺奈は、伊藤の方をちらっと見た。

「少なくともわたしは、ワクワクしてる。わたしも長いこと、あの狭い国で上手に生きようとして、からだも頭も、あちこち縮んじゃってるでしょ。でもわたしは、思いきりそれを伸ばしてみたくて」

「いいと思うな」

あたしは本心から言った。

「半年とか、一年くらいなら、この国で暮らすのも」

「それ以上は、辛《つら》い?」

嶺奈は悪気のない顔をしていた。それでも、あたしにはその質問が意地悪く聞こえた。

「その人によるでしょうね。この国のスケールに血が合ってれば、ずっとここで暮らしたくなるかも知れない。いずれにしても、半年ならば旅人のままでいられるわ。無理をしなくてもいい」

「それが大事なの」

嶺奈は言った。

「今のわたしたちには、たぶん、無理をしないで暮らすことが本当に大事なんだと思うの」

嶺奈の口調には、どこかせっぱ詰まったものが感じられた。

あたしは、伊藤の方を見て言った。

「コーヒー、飲みたくないですか？　わたし、とって来ましょうか」

嶺奈は勘が良かった。すぐに伊藤の腕を軽く叩《たた》いた。

「わたしも飲みたいな。三人分、持って来られる？」

伊藤は素直に立ち上がった。嶺奈の頼みごとを聞き入れることには慣れているふうだった。

「持って来られるよ。えっと、ミルクも入れますか？」

「お願いします」

伊藤が席を離れてコーヒーサーバーの方に向かった途端、嶺奈が身を乗り出した。

「ね、彼、どう思った？」

「どうって、まだ会ったばかりだし」

「いいの、第一印象、正直にお願い」

「正直に……か。うん……礼儀正しいし優しそうな人だよね。ただ……ちょっとネクラ?」

嶺奈は曖昧《あいまい》に笑った。

「その通りなの。彼の鬱《うつ》……こっちに来てもあんまり良くならないのよ。さっき言いかけてたでしょ、なんだか、オーストラリアの広さにかえって圧倒されちゃったみたいで」

「無理にオーストラリアで新婚生活をおくる必要はないんじゃない? お医者さんがすすめた転地療法って、国内でも良かったんでしょ?」

「だめなの」

嶺奈はきっぱりと首を横に振った。

「彼は怖がってるのよ。自分の小さな殻から出て行くのを、怖がってる。それがわたしにはわかるの。だから、この国のスケールに挑ませたいの。決して無理をさせるつもりはないのよ。そうじゃなくて、彼が本当はこの大陸に来て感動しているのがわかるから、ここから逃げ帰って欲しくないのよ」

「あなたがそう思ってるなら、あなたの選択はきっと正しいわよ。彼のことは、今、嶺奈がいちばん良く知ってるはずだもの」

「愛美さん」

嶺奈はあらたまった口調になった。

「問題は……彼の方にあるんじゃないんです。わたしの方にあるの」

「……どういうこと？」

「わたし……わたしはずるいんです。彼のことが好きだって気持ちに嘘《うそ》はないし、彼と一緒に新しい人生を歩きたいのも本当の気持ち。だけど……だけど……」

「だけど？　だけどまさか……あの、北見さんのことまだ……」

嶺奈は唇を嚙《か》み、それから、小さなコーヒーカップを三つ、器用に持って歩いて来る婚約者の方に視線を流した。

「今夜、このあと、あなたとおしゃべりしたいからって彼に言います。あのショッピングアーケードのロータリーの、ベンチで、九時半にいいですか？」

「あたしはいいけど……彼、変に思わない？」

「女同士で積もる話があるから、って言えば大丈夫。彼、男のくせにシャワーが長いんです。ちょっと神経質なとこあるから、徹底してからだを洗うの。きっとわたしがいなければゆっくりシャワーが浴びられて喜ぶわ。わたしたちのホテルからも巡回バスで来られますよね？」

「遅くなるとバス、なくなっちゃうけど」
「そしたら歩いて帰るわ。貧乏旅行だから、歩くのには慣れてるの」
あたしは承知した。どうやら嶺奈の婚約は波瀾《はらん》含みのようだ。興味はあったけれど、あまり面倒なことに巻き込まれるのは困るな、と、正直なところ思う。嶺奈がいざとなると直情型なのは知っているし、うっかりして今度は、あたしが嶺奈と殴り合うなんてことになったら、やってられないものね……

3

エアーズロック・リゾートは大きな円形に近い形をしていて、中心に広い草地がある。草地の周囲を大型のリゾートホテルが取り囲むように建っていて、ショッピングアーケードはその中の一角に設けられている。嶺奈たちが泊まっているカジュアルホテルはショッピングアーケードからいちばん遠いところにあり、各ホテルを巡回して結んでいるバスを利用することになる。

アーケードは、ディナーをとったホテルから近い。あたしはオフィスにも自分の宿泊所にも戻るのが面倒で、携帯を胸ポケットに入れたまま、九時半までアーケードをぶらついた。途中、ケアンズから連れて来た新婚ツアーのカップルとすれ違ったが、誰もあたしに気づいて挨拶《あいさつ》する人はいなかった。みんな、ハネムーンの興奮のせいで、目の前にハートマークしか見えていないらしい。田端夫妻はどこにいるのだろう、と、一瞬考える。このリゾートにはカジノもないし、夜の娯楽と言っても各ホテルのレストランで奏《かな》でられる音楽の生演奏くらいのもの。偏見を取り除いても婚前交渉はしまくった感のある田端夫妻が、せっかく海外まで出て来て部屋にこもりきりでエッチばかり、とも思えない。オフィスで聞いた話では、やはり田端夫妻はサンセット・ツアーでもご活躍だったらしい。マウント・オルガの岩場でははしゃぎ過ぎて遊歩道からずり落ち、エアーズロックでは、聖地なので写真に撮ってはいけない、とガイドがしつこいくらい注意したその場所で記念撮影をしようと三脚を立てはじめて周囲を慌《あわ》てさせ、最後のシャンパン・タイムでは、二人してがぶがぶとシャンパンをお代わりしてへべれけになって、帰りのバスの中で大声で歌っていたのだとか。

そのまま部屋に戻って高鼾《たかいびき》で寝ていてくれれば問題はないのだが、シャンパン・タイムに出される軽食は、一口サイズのカナッペやサンドイッチだけでとてもお腹《なか》にたまるようなものではないので、ひと眠りした今頃から、空腹で目覚めて活動を開始しそうである。

あたしは、胸の携帯に、頼むから鳴らないでよ、と声を掛けた。嶺奈と今度会えるのはたぶん、二人が結婚してから後になる。嶺奈が結婚そのものに対して悩みを抱えているのなら、今夜それを聞いてあげなくては、もう手後《ておく》れになるかも知れない。

ぎりぎり開いていたカフェの売店でダイエットコーラを二つ買い、ロータリーのベンチで待つうち、九時半になった。さらに五分待って、嶺奈が現れた。ディナーの時に着ていたドレッシーなワンピースから、ジーンズとTシャツに着替えている。コーラのカップを手渡すと、嶺奈は受け取ってあたしの横に腰をおろした。

「夜は涼しいね。上着、持ってくれば良かったかな」

「砂漠って、昼夜の気温の差がすごいのよね」

「この横にあるホテルの名前、変わってる。ロストキャメル・ホテルって言うの。ロストキャメルって、迷子の駱駝《らくだ》、でしょう？　そう言えば、駱駝を見せてくれるところがバスの終点にあるって聞いたけど」

「小さな駱駝牧場よ。駱駝に乗ることもできるわよ。明日、行ってみれば？　でも駱駝って臭いのよね。あたしはちょっと、苦手。ロストキャメルって言うのは、伝説らしいわ」

「伝説？」

「うん、詳しいことは知らないんだけど。このあたりの砂漠には野生の駱駝がたくさんいるのは知ってる？」

「そう言えば、ガイドブックに書いてあった……」

「駱駝はもともとオーストラリアにいた動物じゃないのね。この砂漠を開拓する時、馬の代わりに中近東かどこかから持って来たわけ。馬より乾燥に強いからでしょうね。でも機械化が進んで車が使えるようになると、駱駝の労働力は不要になった。それで、可哀想《かわいそう》に、飼っていた駱駝を砂漠に捨てちゃったわけ。ところが駱駝はしぶとかったのね。人間に餌《えさ》を貰《もら》わなくても、ちゃんと砂漠の植物の中から食べられるものを見つけて生き延びた。それどころか、しっかり繁殖しちゃって、このあたりの砂漠にはたくさんの駱駝が棲息《せいそく》してるんですって」

「じゃ、野生っていうより、野良《のら》なのね！」

「そう。野良駱駝。ロストキャメルの伝説っていうのは、そうやって捨てられた駱駝が今でも主人を探して鳴いてる、とかそんな話だったと思うけど」

「野良駱駝、か……砂漠に捨てられた最初の駱駝たちは、途方に暮れたでしょうね。それまで愛してつくしていた人間に、急に冷たくされて」

「どうかなあ……駱駝って、ものすごく頑固で忍耐強い動物だと聞いたことがある。人間に飼われていた間も、人間を愛して人間のためにつくしていた、っていうんじゃなくて、ただ我慢していたのかも知れないわよ。餌をもらえなくなって困ったのは確かでしょうけど、動物は自分が食べられるものを自然の中から見つける力がもともとあるから、けっこうすんなりと順応しちゃったような気がする。力仕事だの、重い荷物を背負わされて長い距離を歩かせられるようなことがなくなった分、せいせいしたかも」

嶺奈は少し笑った。

「そうよね……人間に捨てられて可哀想、なんて、こっちの勝手な思い込みね、きっと。駱駝はせいせいしたんだ……自由に砂漠をほっつき歩いて、好きなもの食べて好きな時に寝て」

「大泉さん」

あたしは、前を向いたままで言った。

「まだあの、北見さんのこと……忘れられないの？」

嶺奈が頷《うなず》く気配がしたが、あたしは横を見なかった。

「わたし……ずるい女なの。ずるくて汚い。でも……まだやっと一年ちょっとしか経《た》ってないのよ……北見のことは、本当に、本当に好きだった。結婚の約束だってしたし……ずっと、北見の妻になる夢ばかり見ていたんだもの。北見が心変わりしてわたしを捨てて、あっという間に他の女と結婚して。もうそれからは、毎日毎日、どうやって生きていたのか記憶がないの。気がついたら北見の新婚旅行を追い掛けてケアンズにいた。あなたと翔子が止めてくれなかったら、わたし、北見を殺していたかも知れない」

「大丈夫よ、あなたにはそんなこと、できなかった」

「ううん……できたと思う。わたし……北見を殺したいって、本気だった。それぐらい、わたしの心って、ぼろぼろになっちゃってた。あれからまだ一年三ヵ月。忘れられるわけ、ないよね？」

「無理に忘れなくていいと思うけどな。北見さんのことは心にとめたままで伊藤さんと結婚することが、そんなに悪いこと？　伊藤さんのことが好きなのは、本当のことなんでしょう？」

「そうだけど」

嶺奈は苦しそうに息を吐いた。

「……彼は気づいてる。知ってるのよ。わたしがまだ、北見のこと、忘れられないでいるって」

「そのことで嶺奈を責めたの？」

嶺奈は首を横に振った。

「……彼は、他人を責めたりしないの……決して。そういう人なの。全部自分の中に、抱え込んでしまうのよ」

あたしは何か言おうとしたけれど、結局、黙っていた。

婚約中の二人が、どうしてあんなにぎこちなく見えたのか、その理由はわかった。わかったけれど、いったい何がしてあげられる？

二人で乗り越える以外にどうしようもない壁。二人にしか見えない、心の壁。

嶺奈の沈黙がひどく痛かった。心臓が何かで刺されたみたいに、ぎくんぎくんと鳴っている。こういうのって、他人のことでも、辛《つら》い。

「わたし……ただ北見と正反対だから、それだけの理由で、彼のこと好きになったのかな」

嶺奈が、ぽつん、と言った。

違うよ、そんなことないよ。伊藤さんのいいところをちゃんと好きになったんだよ。

そう言ってあげたかったのに、言葉が喉《のど》にひっかかって出て来なかった。


ぶるるるっ。

わっ。

あたしは慌てて胸のポケットを押さえた。携帯が振動している！

「はいっ、どうしました!?」

あまり慌てていたので相手が誰かも確かめずに叫んでいた。だけどこんな時間に携帯にかけて来るとしたら、ツアー客しか考えられない。

わーん！

電話の向こうで、いきなり誰かが泣き出した。

わーん、わーん、わーん！

「ち、ちょっと、落ち着いてください！　もしもし、もしもし！　どうなさったんですか！　あなたはどなたですか！」

「き、き、き、」

「き？」

「きょう、きょうちゃんが……」

「きょうちゃん……恭一……さん、田端さん？　田端さんの奥様ですか！」

「は、は、はい、きょうちゃんが」

「田端さんがどうされたんです？　もしもし、今、どちらにいらっしゃるんですか！」

「ち、ちゅうしゃ」

「駐車場ですね！　どこの！」

「ほ、ほ、ほて」

「わかりました！　そこにいてください、すぐに行きますから！」

あたしは駆け出した。嶺奈に何の説明もしなかったことに気づいたのは、しばらく走ってからだった。田端夫妻が泊まっているホテルはそう遠くない。五分も走るとホテルの駐車場が見えて来た。田端美花は車内灯を点《つ》けていたので、車がどれかはすぐにわかった。日本車だ。オーストラリアで走っている車は、日本車と韓国車ばかりなので驚くようなことではないが。

ドアを開け、助手席で泣いている美花の肩をゆすった。

「どうしたんですか?　説明してください。ご主人はどちらにいらっしゃるんですか?」

美花は、ケアンズで借りた携帯電話を握り締めたまましゃくりあげた。

「よ、夜のほうが、カンガルーとか、駱駝とか見られるって、ガイドさんが、言ってたから……車で、見に行って……」

「砂漠に行ったんですか、こんな夜に!」

「す、すぐ戻る、つ、つもりだったの。ら、駱駝をみ、見つけたの。き、きょうちゃんは、く、車から降りて、し、写真を、そしたら、ど、動物が、なにか、飛んで、おっきくて、怖くて、く、車にむ、向かって突進……怖くて、つい、逃げて、あ、あたし運転してて、後で、も、戻ったのに、きょうちゃん、いな、いなくて……」

なんてこったい。

あたしは目眩《めまい》がしてその場に倒れそうになった。なんとこの花嫁さんは、愛する夫を夜の砂漠に放り出して自分だけ逃げてしまったらしい。やれやれ。

「わかりました。今から出かけて、ご主人を探しましょう。大丈夫ですよ、徒歩ならそんなに遠くには行かれませんから。でも場所がわかりませんから、一緒に来て教えてください。だいたいどのあたりでご主人とはぐれてしまったのか」

「き、きょうちゃん、食べられたらどうしよう」

「食べられる?」

「ディンゴとか、ニシキヘビとか、ライオンとかに」

田端美花の認識の誤りを訂正するのもめんどくさいので、あたしは返事せずに運転席に座った。その時、後部座席に人が乗り込む気配で振り返った。

「嶺奈……」

「連れて行って。だめ?」

「お客様を探すのよ」

「手伝うわ。なんでもする。まだひとりになりたくないの」

そうじゃなくて、部屋に戻って婚約者と顔を突き合わせたくないんでしょ、と心の中で訂正したが、あたしは頷いて車を出した。オーストラリアの砂漠には、少なくともライオンはいない。田端恭一がとんでもない馬鹿《ばか》でなければ、たぶん、すぐに見つけることができるだろう。

と思ったのに。

田端恭一がとんでもない馬鹿なのか、田端美花がウルトラ馬鹿なのか、そのどっちもなのかは知らないが、あたしは田端恭一を見つけることができずに三十分以上、砂漠のまん中をのろのろと車を走らせることになった。何しろ、美花の記憶がきわめて曖昧《あいまい》で、自分がどこで夫を捨てて逃げ出したのか、その場所がまったく特定できないのだ。確かに、夜の砂漠に目印はない。昼間ならば巨大な赤い岩山であるエアーズロックが目印となって、だいたいの位置関係は一目でわかる。しかし夜は岩山が闇《やみ》に沈み、星と月の位置だけが頼りになる。美花は当然のように、星の位置など読むだけの知識は持っていなかったし、そもそも、星や月のことなど最初から気にもしていなかった。

参ったなあ。

嶺奈が運転を引き受けてくれると言うので代わってもらい、あたしは懐中電灯で闇を照らしながら、車の窓を大きく開け、声を限りに田端恭一の名前を呼んだ。が、喉が破けたと思うくらいひりひり痛んでも、闇の中から恭一の返事はない。あたしは覚悟を決めた。リゾートに戻り、会社から警察に連絡して貰《もら》って、レンジャーを出して探してもらうよりないだろう。後でどれだけ上司から叱責《しっせき》されるかと思うと、背中が寒くなる。それでも、ぐずぐずしていて恭一に何かあっては、取り返しがつかない。

美花は相変わらずぴーぴー泣いてばかりでほとんど役に立たなかった。泣きたいのはこっちなのに。

「ロストキャメルならぬ、ロストハズバンドね」

あたしはほとんどヤケクソで、ツアーコンダクターとしては最低のことを客に対して言っていた。

「このままご主人が迷子になっちゃったら、ご主人の伝説ができるかも」

しかし美花は幸い、ロストキャメルの伝説については知らなかったらしく、すすり泣いてばかりで反応しなかった。砂漠に捨てられた夫が、妻を探して泣き続ける伝説なんて、そんなものが生まれたら、かなり怖い。

「奥さん、一度リゾートに戻って、応援を頼みましょう。砂漠の地理に詳しい人と一緒なら、もっと効率よく捜せますから」

「そんなあっ」

美花がびっくりするような大声で叫んだ。

「恭ちゃんのこと、見捨てろって言うんですかあっ！」

誰が言ったんだ、そんなこと。見捨てて逃げて来たのはあんたでしょうが。

あたしは怒りをこらえて言った。

「違います、もっと早く見つけてあげる為《ため》に、そういうことの専門家を連れて来る、ちょっと、ちょっと田端さん、泣いていたんじゃダメですよ、田端さん！」

処置なしだった。

田端美花はひたすら金切り声で泣き続ける。もうめんどくさいから、花嫁の方も砂漠にほっぽって帰ろうか、と、半分本気で思い始めた時、運転席の嶺奈が叫んだ。

「あそこ！　車があります！」

嶺奈はライトをハイビームにした。

「人が降りてる！」

確かに、五十メートルほどだろうか、離れたところに一台の日本車が停車している。

「あれ……あれ、あたしたちが借りてる車よ！」

嶺奈が叫んでアクセルを踏み込んだ。二台の車が接近する。と、向こうの車がクラクションを鳴らし、運転席の窓から人の顔がぬっと出た。

「陽一さん！」

嶺奈が急ブレーキを踏み、運転席から飛び出して走る。あたしも慌《あわ》てて車から降りた。

「嶺奈！　いったいどうしたの、その車……」

「陽一さんこそ、どうしてこんな夜中に砂漠になんて！」

あたしは何がなんだかわからないまま、嶺奈の後ろから顔を出してみた。そこに、不思議な光景があった。

地面に座りこんだ男と、立っている男。立っているのは伊藤だ。そして座っているのは……

「田端さんっ！」

＊

かくして、ロストハズバンドは無事発見された。

伊藤が夜中に砂漠に出かけた理由は、本人の言葉によれば、砂漠で星が見たかったから。

でも、なぜ星が見たかったのか、星を見て何を考えるつもりだったのかは、あたしは訊《き》かなかったし、伊藤も言わなかった。ただひとつ、伊藤もまた、ホテルの部屋にいて嶺奈とふたりきりになるのが、なんとなく、たまらなかったのだろう、というのは想像できる。

それだけ想像できれば、後は黙っているしかないわけだ。しょせん、あたしは他人であって、二人の心の中にまで踏み込むことはできないのだから。

それでも、砂漠に置き去りにされた駱駝《らくだ》はやっぱり、ほんの少し、人間が恋しかったのではないか、と、あたしは思いはじめている。それは、ケアンズに戻って十日後のこと。フェアリーペンギンの写真がついた絵葉書と共に、びっちりと細かな文字で、こんな文面が送られて来たからである。

『前略

あの晩はご迷惑をおかけしました。でも、僕が気紛れを起こしたために、あの気の毒なご主人を助けることができたのは幸いでした。新婚の奥さんに砂漠に置き去りにされた上に、足を挫《くじ》いてしまうなんて。運の悪い人もいるものですね。さて、僕と嶺奈のことで、お心を煩《わずら》わせたことと思います。嶺奈があなたにどんなことを相談したのか、僕にもだいたい想像はつきました。でも、あの夜僕は、砂漠の真ん中で星を見つめていて、正直、とてもとても寂しかった。あの寂しさは、生まれて初めて体験する類いの寂しさでした。宇宙のど真ん中でひとりぼっち、ひとりで生まれてひとりで死ぬ生き物としての寂しさ。僕は満天の星の下で、今の僕にとって本当に必要なものはたったひとつなのだ、と思いました。そして、そのたったひとつのもの、たったひとりの人に今すぐ逢いたい、そう心から願い、ホテルに引き返そうとしていた時、あの人を見つけたのです。あなたと嶺奈もあの人をさがしていた、というのは、ただの偶然ではないように思えました。僕は、寂しかった。そして、嶺奈が闇の中からヘッドライトと共に現れた時、もう寂しくない、そう思った。それがすべての答えなのだと、今、思っています。人生の真ん中で迷子になりかけていた僕を、嶺奈が見つけてくれた。それが僕たちのすべてであり、そのことをずっと忘れないでいれば、僕たちはきっと、大丈夫です。

それではまた。今度はケアンズで御会いしましょう。

アデレードにて。伊藤陽一』

砂漠で迷子になった新米夫と、夫未満。

夫未満の方は、どうやら帰り道を見つけたようだ。そして新米夫の方は……

われ鍋《なべ》にとじ蓋《ぶた》。

なんていい言葉なんだろう。

田端恭一、美花夫妻から贈られて来た、御礼とおわびのしるし、という、コアラのぬいぐるみを抱いて、あたしはひとり、微笑《ほほえ》んでみる。なんでオーストラリアに住んでいてコアラのぬいぐるみを貰わないとならないのか、という疑問は、この際、お腹《なか》の底に沈めておこう。たぶん、ひとつ余計に買ってしまった余ったお土産なんだろうな、などというひねくれた推測も、しないでおこう。大事なことは、あのおかしな新婚カップルが、それなりに仲良く日本に戻って行った、ということだけなのだから。

少なくとも、レジェンド・オブ・ロストハズバンドは生まれなかったのだ。

羨《うらや》ましいけど、恋愛って、やっぱりいいものだな、なんて、ね。

ワーキングガール・ウォーズ

1

あ、これだ。

あたしはずらっと並んでいるマニキュアの小さな瓶の中から、その、どう見ても綺《き》麗《れい》とか可愛《かわい》いとか言いたくなる色ではない色の瓶をつまみ上げた。六百円。何よ、高いじゃないのよ、こんなに小さいのに。ぶつぶつ呟《つぶや》きながら籠《かご》に入れ、ついでに細々と買い物を済ませてレジで支払い、ビニールの白い袋を下げて安売りドラッグストアをあとに車に戻った。

あたしはいちおう免許を持ってるんだけど、車なんて一年に何度も運転しないから、必要な時にはレンタカーを借りることにしている。でもまさか、男性とドライヴするのに「わ」の付いた車で走ることになるなんて、思ってもみなかった。八幡はあたしと同じくらいケチなのだ。

「だって、車なんか維持費を考えるとばかばかしいでしょ。僕の住んでるあたりで駐車場は月二万五千円以上だよ、他にも定期点検だ車検だ、自動車税だって、車なんか持ってたら金ばかりかかるじゃないですか。どうせ月に一度程度しか乗らないなら、レンタカーで充分です」

その意見にはまったく同意するものの、それとこれとはまた話が少し違うのだ。せっかく男とドライヴするんだったら、「わ」の付いたカローラよりは「わ」じゃないBMWの方がいいに決まっている。第一、車も持ってないのに女をドライヴに誘うかなあ、ふつう。

「欲しいもの、ありました?」

八幡の問いかけにあたしは頷《うなず》いた。都心を出て郊外の国道沿いで目に付いたドラッグストアに止めてもらったのは、アーミーグリーン色のマニキュアを買うためではなく、頭痛薬を買いたかったからだった。いつもバッグの中に常備しているのに、うっかりして切らしてしまっているのに車の中で気づいたのだ。

「うん。これなの」

あたしは頭痛薬を袋から出して、ちらっと八幡に見せた。

「偏頭痛持ちでね、日曜日になるとよく痛み出すのよ」

「あ、今、痛いの？」

「ううん、大丈夫」

あたしはシートベルトを締め直した。

「いつも持ち歩いてないと、痛み出した時に困るでしょ。たまたま切らしてたの忘れてて、さっき気づいたから」

「偏頭痛はサンデー・ヘッドエイクなんて言われてるからね。会社が休みの日に痛むことが多いらしいスよ。普段の日は緊張しているあたまが、リラックスしてゆるむと毛細血管が拡張して痛むとか」

「詳しいのね」

「妹がすごい偏頭痛持ちで、週末は機嫌が悪かったんだ」

八幡は静かに車をスタートさせた。たまにレンタカーを借りるだけのサンデードライバーのわりには、八幡の運転は慣れていて落ち着いている。企画部に異動になる前、営業に三年ほどいたことがあるせいだろう。営業部では、毎日車に乗りっぱなしなのだ。

「妹さん、いたんだ。これまで話に出なかったわね」

八幡はちらっとあたしを見て、にこっとした。

「ごめん、言わなかった？　三年前にね……えっと、事故で」

あたしは言葉を呑《の》み込んだ。ごめんなさい、と言おうとしたけれどうまく言えなかった。八幡は笑顔で首を横に振った。

「気にしないでください。別に隠してたわけじゃないんだ。大学出てから妹も独立してたから、別々に暮らしてたし」

「いくつ違いだったの？」

「二つ」

あたしはまた、言葉を失っていた。それでは、八幡の妹は死んだ時、二十四、五。親から独立して仕事を持つ独身女性としては、いちばんいい季節にさしかかっていたのか。事故。交通事故だろうか。いくつで死んでも事故死は気の毒だけれど、そんないい季節の若い女性が、と思うと、哀れさで胸が苦しくなる。

「湿っぽくなりますか」

八幡は軽い調子で言った。

「すみません、わざとじゃなかった。とっくに言ってあったと勘違いしてた。自分から言い出したことなのに勝手だけど、ちょっとの間、忘れて欲しいな。天気いいし、ここから景色、綺麗だし」

「うん」

あたしは素直に頷いた。

「そうね……せっかくだもんね。だけどどうしていきなり、ドライヴなんて誘ってくれたの？」

「気紛れです。ほら、係長、先週新橋の焼き鳥屋で飲んだ時、ぼやいてたじゃない。最近、綺麗な景色とかぜんぜん見てないって」

「あのさ、八幡くん」

「はい、なんでしょう」

「そのね、係長、っての、今日はやめにしない？」

「あ……なんか習慣になっちゃってるな。そうだね、今日はやめとこう。だけど……墨田さん、でいい？」

「いい」

あたしはわざと、速攻で言った。躊躇《ちゅうちょ》したりすれば、翔子さん、なんて呼んでもらいたいと思ってるんだなこのおばさんは、などと勘ぐられないとも限らない……まあその、そう呼ばれたっていいんだけど、もし、呼びたいなら……

「墨田さん、今さっきその袋の中に、マニキュアみたいな瓶が入ってるの、見えたんだけど」

「あ、え？　これ？」

あたしは袋の中から、アーミーグリーンの瓶を取り出した。

「八幡くん、さん、って、目ざといのね」

「くん、でいいよ。僕の方が若いから」

むかっ。としたけれど言い返すのはやめておく。

「その色、目につくもん」

「でしょう。こんな色、爪《つめ》に塗ろうと思うやつの気が知れないわよね」

「いや、指が綺麗だったら似合うかも知れないけど」

あ、っそ。どうせあたしの指はソーセージみたいですよっ、と。

「それ、あれでしょ？　例の、麻美ちゃんが使ってた」

「と、言うよりも、休憩室の畳にこぼれていたのと同じ色、ってことね。こぼしたのは派遣の子たちだったから、神林《かんばやし》とは無関係だったわけで」

「あの事件にまだ、こだわってるんだね、墨田さん」

「うん……こだわってる、と言うか……なんかね、別の真相がありそうな気がして来たのよ」

「つまり、誰かが麻美ちゃんにマニキュアこぼしの罪をなすりつけようとした、ってことではない、別の見方がある、と言いたいの？」

あたしは小さな瓶を顔の前に持ち上げた。

「この色ね……さっきドラッグストアで並んでいるの見て、やっぱり変わった色だなあ、とあらためて思ったの。流行《はや》りだったとしても、この色を爪に塗って会社に来るって、神林はやっぱり変わった子だったわよね」

「でも、派遣の子たちも使っていたんでしょ」

「彼女たちは、神林がつけているのを見て、いたずら半分に買った、って言ってる。それであの日、休憩室で試しにつけてみようとしてこぼしちゃったんだって。つまりね……神林の指には……似合っていたのかも知れないの。この色が」

「あ」

八幡は慌《あわ》てたように言った。

「麻美ちゃんが特別、指が綺麗だったたって意味じゃないよ、さっき、俺が言ったこと」

「いいじゃないの、なんで打ち消すの？」

あたしは思わず笑った。

「やだ八幡くん、麻美ちゃんに気があったってあたしに思われるの、嫌なんだ」

「実際、気なんかなかったよ。才能のある子だなとは思ってたけど」

「そうね」

あたしは頷いた。

「神林には才能があった。彼女はオーストリアでも、きっと、いい仕事、してると思う。他人にどう思われようと自分がしたいおしゃれをして、自分が目指すところに到達するためなら、上司を騙《だま》して同情をひくくらいのことは平気でする。自信と目的を持ってつき進む、前途洋々な女。そんな女を陥《おとしい》れようとするのに……こんなマニキュアひとつ、畳にこぼれたマニキュアくらいで……矮小《わいしょう》過ぎるわ」

「陥れる、というところまで深刻には考えていなかったかも知れないよ。たまたま畳にあのマニキュアがこぼれているのを見て、麻美ちゃんに意地悪することを思いついた、その程度のことだったんじゃ」

「八幡くん」

あたしは八幡の横顔を見た。

「女ってね……そんなにちっちゃい生き物じゃないのよ。確かに姑息《こそく》な意地悪とか、足の引っ張り合いをすることだってある。でもそれって、男にはまったくないの？あたしも会社勤めしてもう十五年以上、男同士だってそんなにさっぱりしたもんじゃないくらいのことは、経験から知ってる。うんざりするくらい、ケツの穴のちっちゃい男ってのは世の中に溢《あふ》れてる。うちの会社にも溢れてる」

「それは事実だね。俺もうんざりした経験はいくらだってある。結局、矮小なことを考える人間は男であれ女であれ、同じ割合でいるってことだ。男の方が腹が太いとか人間が大きいなんてのは、俺たち男が信じていたい、すがりつきたい幻想に過ぎない」

「だったら同じ割合で、女だって仕事に真剣に取り組む人間はいるし、どんなにライバル意識を燃やしても、姑息で矮小な手段に訴えたりしない、あくまで仕事で勝とうとする人間はいる、のよね」

「まあ当然、そうだね」

「そして……八幡くんはいつも、あたしが上司として失格だって言うけど」

「いつも失格だなんて言わないよ」

「嘘《うそ》、言ってるわよ。ずけずけと。これでもあたし、少しは傷ついたりもしてるんだからね。でも事実、あたしは人の上に立つ器じゃない……まだ、今は。それでもね、部下の能力だとか性格くらいは、これでも把握しようと努力してるし、ある程度は把握もしてるつもりでいるの」

「その点は、認めますよ」

「ありがと。でね……だからわかるのよ。あのフロア、企画部のフロアには、神林に対してあんなちっちゃい嫌がらせをするような女は、いない。わかる？　あそこには二種類の女しかいないのよ。一種類は神林と多かれ少なかれ同じタイプの女、上昇志向があって、仕事でそれなりの結果を追い求める人間。そしてもう一種類は、派遣の子も含めてね、条件のいい職場でもらえる給料はもらって、後はできるだけ嫌な思いをしないで過ごしたい、貯金していい結婚相手を見つけるまで、あるいはもっといい職場に移るまで、トラブルにはまきこまれたくない、そう考えている女よ。前者はこんなマニキュアのことぐらいで神林をどうこうしようなんて、最初っから思わない。そして後者は、神林みたいに気が強くてあたまの回転の速い人間に下手にかかわってトラブルを起こすなんてリスクは、絶対、避けようとする」

「企画部には、その中間の半端《はんぱ》な女性はいない、そういうこと？」

「ええ。少なくとも、今は。企画部では、結果の出せなかった人間は長くいることができないんだもの、自然とそうなるんだわ。あたし、そういうね、うちの部の特性みたいなものに思いあたって、あのマニキュア事件の真相は、まったく別のところにあったんじゃないか、そう考えるようになったの」

「なんだかミステリーだね」

八幡は楽しそうに言う。あたしはむしろ、憂鬱《ゆううつ》だった。女同士のつまらない足の引っ張り合い、ということで片付けてしまった方が無難なんじゃないか、そんな気がしたのだ。あたしも伊達《だて》や酔狂で十五年も会社勤めをやっちゃいない。あたしの悪い予感は、たいがい、当たるのだ。


車はいつの間にか、湖を巡る観光有料道路に入っていた。都心から出てまだ二時間かそこらなのに、もう周囲は別世界だ。濃い緑は夏の終わりのけだるい明るさの中でそろそろ円熟にさしかかり、やがて来る紅葉の季節に備えて休息しているように見える。残暑が終われば、このあたりは一斉に色づき、なまめかしく輝くようになる。その頃になれば、有料道路は車で溢れ、家族連れとカップルが列を作ってぞろぞろとここを進むのだろう。

今で良かった、とあたしは思った。湖の周囲いっぱいに、幸せを誇示する人々がぎっしり詰め掛けた中に八幡と二人でいるのは、何となく気まずいというか、くすぐったいというか、妙な気分だったに違いない。しかも「わ」ナンバーだ。ちょっとばかり恥ずかしい、というのも本音。

「社内ミステリーの謎《なぞ》解きは後にするとして」

八幡が前方の標識を見ながら言った。

「ここらへんで休憩、どうですか？　景色、良さそうだし」

「賛成」

「展望レストランもある。観光地の展望レストランじゃ味は期待できないけど、時間的にはちょうどいいよね」

「このあたりのおしゃれなレストラン、なんて調べて来なかったもの。いいわよ、展望レストランで湖畔《こはん》定食でも」

「なんスか、湖畔定食って」

「いかにもありそうじゃない。刺身と煮物に、湖でとれたって触れ込みの、養殖のアマゴのフライか何か付いてるの。それでさ、茶わん蒸しとデザート付きで二千五百円」

「そのくらいだったら手を打ちます?」

「そうね。でも三千円なら考える」

「がっちりしてるよね、か、いや、墨田さん。俺も見習って貯金しないとなあ、そろそろ」

そういうあんただって、がっちりしてるじゃないの。「わ」ナンバーのくせに。あたしは鼻歌を歌いながら、駐車場から展望台に向かってゆるやかにのぼっている小道を歩いていく八幡の後について行った。小姑《こじゅうと》みたいにこうるさくて妙なところで几《き》帳面《ちょうめん》で、だけどどっか抜けていて、そのくせ自信過剰の自意識過剰で、おまけにケチで。それなのに、どうしてこんな奴《やつ》と一緒にいるのがこんなに楽しいんだろう。

あんたにそっくりだからじゃないの?

心の声。悪かったわね。

そう、あたしもそろそろ気づいている。八幡は、あたし自身にびっくりするくらい似ているのだ。それってあんまり嬉《うれ》しいことではないのだけれど、結局あたしは、自分に似ている人間とならば、うまくやっていかれる性質なのかも知れない。

「うわぁ！」

展望台からの眺めは、想像していたよりもはるかに美しかった。眼下に濃い青をたたえた湖。ダム建設のために造られた人造湖だから、細長くてぎざぎざとした輪郭をしている。それは谷の形なのだ。そしてこの湖の底には、谷間の村が静かに沈んでいる。

湖を取り囲む山々も、標高はさほど高くないはずなのに、雄大でそして厳しく見えた。東京からたった二時間足らずで、ここには確かに、都会の街並とは相容《あいい》れない別の世界がある。

残暑の熱を含んでいるのに、空気はぴんと張り詰めて澄んでいた。思いきり吸い込むと、肺がその鮮烈さに驚いて、こほっ、と咳《せき》が出た。

「風が甘い」

あたしは思わず呟《つぶや》いていた。本当に、風に味があるのだ。

「いいところね……来て良かった」

「そう言って貰《もら》えてホッとした」

八幡も深呼吸した。

「墨田さんをドライヴに誘うとしたらどこに行くのがいいか、これでも俺、かなり悩んだんだよ。東京から遠いと、車に乗るのが大好き、って人じゃないと辛《つら》いだろうし、自然の景色だけで満足してくれる人と、何かアトラクションがあったりイベントに参加したりしないと満足しない人といるでしょ？　どっちのタイプなのかなあ、って、見極めが難しくて」

「そんなこと気にしなくても良かったのに。あたしがそんなにしょっちゅう、日曜日に誰かからお誘いを受けるタイプじゃないってことはわかってたでしょ。だもの、そこそこ楽しければ、どこに誘ってもらっても喜んだわよ、あたし」

「そうかなあ。墨田さん、けっこう選《え》り好みする方じゃない。今だって、俺の車がレンタカーだって点、減点大きいと思ってるでしょう？」

あ、図星。あたしは素直に頷《うなず》いた。

「まあ思ってるけど」

八幡は笑った。

「そうだよね。友達から車借りるとかさ、考えなかったわけじゃないんだけど」

「いいわよ、友達から借りるくらいだったらレンタカーで。人に借りた車じゃ、神経つかうじゃない」

「うん。そう思ったから、まあ、減点は覚悟でレンタカーにした。いっそ電車でも良かったんだけど、なんかさ……電車で遊びに行く誘いって、ドライヴに誘うより難しいだろ？　それこそ何か目的がなかったら、どうです今度の日曜日、電車でどこそこまでふらっと行ってみませんか、なんて、よほど気ごころが知れてる相手でないと言えないもんね」

「あるいは、鉄道おたく同士だとか」

八幡は笑いながら、うーん、とノビをした。

「ここが気に入ってくれてほんと、良かった。こういう場所でなら、深刻にならないで聞いて貰えそうな気がしたんだ」

あたしは隣りの八幡の横顔を見た。少し、真剣な顔。

「やっぱり、何か話があったのね」

「うん。いいかな、聞いて貰って」

「ここまで連れて来られちゃったんだから、聞くしかないじゃない。仕事の悩み？」

「それも半分かぶってるんだけど……ね、あそこに座らない？」

八幡が指差した石のベンチは、湖を見下ろして風にさらされるところにあった。並んで腰掛けると、吹き上げる風に髪がさらわれて、肌寒いくらいだった。

「係長、って呼んでいいですか、今だけ」

腰かけるなり八幡が言った。

「仕事絡《がら》みの話、したいから」

「いいけど……何か、すごく話し辛いこと？」

「う一ん……話し辛いってわけでもないんだけど、ただ……弱味をさらけ出すなら、上司に対しての方が、いっそ気楽だから」

八幡はひとりで、なんだかしらけたように笑った。

「俺もつまんない日本男児なんだよね、結局。女に弱味を見せたくない。あなたが女だと思うより、上司だと思った方がまだましだ、なんてさ」

「いいわよ、前置きをいっぱい並べなくても。あたしのこと、何と思ってくれてもいいわ。それで気持ちが楽になって話し易《やす》くなるなら。上司でも犬でもカボチャでも」

「どうしてカボチャ？」

「演劇やってる人が言ってたの。舞台でアガっちゃった時は、観客をみんなカボチャだと思って落ち着くんだって」

「じゃあ、カボチャってことで」

八幡は頷いた。蹴ってやろうか、と一瞬、思う。

「係長のとこに、麻美ちゃんから手紙とか、来ます?」

八幡がいきなり言った。あたしは意表をつかれてちょっと戸惑ってから、首を横に振った。

「特に来ないけど。なんで?」

「いや、あっちで彼女、仕事、うまく行ってるのかな、って」

「定例会議でウィーン支店のことが出たけど、今のところはアンテナショップだから採算は関係ないし、業務は順調ってことだったわ。三年後に支社への昇格を目指すことになってるから、来年からは人員の増強もあるでしょうね。あ、そうそう、神林は会社の費用でドイツ語を習いに行ってるみたい。ドイツ語教育の予算計上報告が入ってた。次回の増強人員は、やっぱりドイツ語のできる人が優先になるでしょうね。八幡くんは第二外国語、ドイツ語だったわね」

「あんまり成績は良くなかったですけどね」

「神林はフランス語だったのよ。でも頑張ってるんじゃないかな、あの子、ものすごく負けず嫌いだったから。……八幡くん、話し難いことってまさか、神林のことが好きだったとかそういうのじゃないでしょうね？」

「そんな話だったら、なんで上司にわざわざ報告しないとならないんですか」

「まあ、そりゃそうだけどさ」

あたしは反射的に肩をすくめた。

「でもなんか、唐突に麻美ちゃんの話なんか持ち出すんだもん」

「いいですよ、嫉妬《しっと》なんてしなくても」

「誰が嫉妬してるのよ、誰が」

「俺はあの子のことは、何とも思ってないスから、安心してください」

「だから、誰が心配してるって言ったのよ！」

「漫才はこれくらいにして」

「誰と誰が漫才やってるって言うのよ！」

「僕は嫉妬してるんですよ、麻美ちゃんに」

へ？

あたしは意味不明でまばたきだけしていた。

「わかりませんか」

八幡は、不思議な笑顔になった。なんだかとても寂しそうな……頼りなげな……

「後悔してる、ってこと。俺、今頃になって、オーストリア行きを断ったこと、後悔してるんです」

「でも、あれは」

「そうです、断ったのは俺の都合でした。だから誰にも文句は言えない。もちろん文句なんてありません。だけど、麻美ちゃんのことを思い出すと悔しさがどうしても心の中に湧《わ》いて来る」

「つまり……オーストリア行きを断ったあなたの都合って、あなたにとってはあまりいいことではなかった。そういうことね？　本当はそんな都合は無視してしまいたかったけれど、どうしても無視できなかった、そういう類《たぐ》いの。何か……ご家族に関すること？」

「……まあ、そうですね」

「家族の問題で自由がきかなくなるのは辛いことよね。でも、そういう人は多いんじゃない？　病気の親を抱えているとか、両親ともういなくて、それで弟や妹の面倒をみないとならないとか、海外勤務ができない人は、うちの会社にもけっこういるわよ。あなたみたいな人が、そんなことでくよくよ思い悩むなんて……海外勤務だけが会社で出世する道じゃないんだし」

あたしは言ってみてから、小さく溜息《ためいき》をついた。

「……ばかみたい。こんな当たり前なこと、言わなくてもあなたにはわかってるわよね。あなたはあたしより、大人だもの。あなたの悩みは、もっと……違う次元のものなんでしょう?」

「過分に認めて貰って嬉しいです。あ、これは皮肉じゃないよ。俺、正直、係長……あなたに誉《ほ》められると嬉しいんだ。他の誰に誉められるより」

あたしは何も言わず、湖を見つめていた。

「日本を離れられないのは……父親が……血は繫《つな》がってない親父《おやじ》が、半身不随で入院したままだから、なんだ」

八幡は、口笛のように細く息を吐いた。苦痛を空気と一緒に肺から絞り出したような音だった。

「俺の実の父は、俺が中学三年の時、肺癌《はいがん》で死んだ。母は二年後に再婚したんだ。義理の親父は、悪い人じゃなかったよ。べたべた優しいってわけじゃないけど、俺と妹にはちゃんと親らしく接してくれた。でも俺はもう高校生だったからさ、はっきり言って、母親が誰と再婚しようとあんまり気にならなかったんだ。受験が目の前だったから、余計なこと考えてる暇はなかったし、大学に受かって東京に出て来ちゃったから、義理の親父とひとつ屋根の下で暮らしたのは、ほんの一年ちょっとのことだったし。でも妹は俺よりは、新しい父親と接する時間が長かった。だからそれなりに、新しい親子関係を楽しんでいたんだと思う。それに女の子ってのは、家を出て独立してからもなんだかんだと家に戻るから。妹は大学出るまで実家にいて、就職でやっと家を離れたんだ。三年前の正月、俺は元日《がんじつ》だけ実家にいて、二日の朝には東京に戻った。妹は休み明けぎりぎりまで実家にいることになっていた。……俺の部屋の電話が鳴ったのは、二日の真夜中だった。電話して来たのは叔父さんで、義理の親父が運転する車が事故を起こして、助手席の妹は即死、運転していた親父も重体。後部座席の母は重傷だが命は大丈夫、そんな電話だった」

湖面にさざ波がたつのが遠く見える。湖の上も風が強いのかも知れない。

「結局、親父は頭部打撲の後遺症で、脳をやられちゃった。それからずっと、病院のベッドで寝たきりなんだ。首から下はほとんど動かすことができないし、会話も無理、まともにものが考えられているのかどうかもわからない。ずっと看護してる母も、親父とコミュニケーションがとれているのかどうか。母は腰をやられて、重労働は無理になった。妹と親父にかかっていた生命保険金のおかげでぎりぎり生活はできてるけど、俺の仕送りが母の食費になってる、まあそんな実情なんだ。だけど……俺は金だけ母に送って、親父の見舞いには行ってない。行かれないいんだ。……親父は正月の振るまい酒を飲んで車を運転してた。事故の原因は、対向車線のトラックの居眠りだ。それは間違いない。飲酒していた形跡はあっても、親父の責任は小さいとされた。だけど……俺の気持ちの中では、妹を殺したのは義理の父親。その呪縛《じゅばく》から逃れられないんだ……どうしても。いくら冷静になれ、大人になれと自分に言い聞かせても、だめだった。俺は……どうしようもなく小さい人間なんです。もはや俺に対して口答えひとつできない、言い訳も説明すらできなくなってしまった無力な親父を、生きていることの楽しみをすべて失った不幸な男を、それでも赦《ゆる》すことができない、そんな情けない人間なんだ」

八幡は両手を空に向かって上げた。その仕種《しぐさ》がどういう意味なのか、あたしにはわからなかった。けれど、八幡の腕はとても長くてすらっと形がいい、と思った。それがなんだか嬉《うれ》しかった。

「見舞いには行かない、母に金を送るだけ。だから本当は、日本を離れて海外で暮らしても不都合なことはないんだ。それなのに俺は、日本を離れることができない、離れたらいけない、と思ってオーストリア行きを断った。……偽善なんだ。自分で自分を赦免しているだけだ。寝たきりの父の為《ため》に、海外勤務を断った自分、に自分で満足したいだけなんだよ。だから後悔した。麻美ちゃんのことを嫉妬した。自分で自分の選んだ道を誇らしく思っていないから、薄汚い悔いばかり残ってる。馬鹿《ばか》みたいだよ。……馬鹿だ、俺は」

あたしはまだ湖を見つめたままでいる。言葉が見つからない、わけではなかった。言いたいことはあった。あったけれど、それを言ってしまって、もう二度と、八幡と二人でこんな休日を過ごすことができなくなってしまうかも知れない、それが怖かった。

湖では何も起こらない。ただ風が吹いて、水鳥が遊んで、ゆっくりと時間が流れているだけだ。

結局、あたしは言った。

「あなたがお父さまのことを理由に海外勤務を断ったなんて聞いたら、お母さま、心に重たいでしょうね……あなたのこと」

あたしは無理をして、あああ、と欠伸《あくび》をひとつした。

「希望を出しなさいよ、オーストリア勤務の。人員の補充はすぐにでも必要だって会議でも議題になってたし、来月にでも、各部に人選の通達が出ると思うわ。今度を逃したら、来年の定期異動までは人員補充はないわよ」

八幡はしばらく黙っていた。

あたしも黙っていた。


「係長は行きたくないんですか」

八幡は、言った。

「……ここで向こうに行ったら、しばらく戻れないですよね、俺」

わかってる。わかってる、ってば。言わないで欲しかったのに。答えるのが嫌だったのに。

「あたしはまだ、管理職修業中だもん」

そう答えるだけで、精一杯だった。

「お腹空《なかす》いた」

あたしは立ち上がった。

「湖畔定食、食べよう」

八幡も立ち上がった。そして、あたしの方に手を伸ばしてくれた。あたしは躊躇《ためら》わずに、その手を握った。

握った手をぶらぶらさせて、あたしたちは湖から離れた。

2

ドライヴの途中で買った頭痛薬を飲んだのは、月曜日の午前中だった。月曜日に頭痛日がずれこむとちょっと辛《つら》い。しかも、薬を飲むタイミングが遅れて、本格的に痛みはじめてしまった。長年の偏頭痛とのつきあいで、痛みを押さえ込むには先手必勝に限るということは学んでいる。痛みそうだな、とちょっとでも思ったら頭痛薬を飲んでしまわないと、痛い、とはっきり思うほど痛みはじめてからでは、なかなか薬が効いて来ないのだ。

偏頭痛は、激しい痛みだけではなくて吐き気も伴うことが多い。頭の片側が殴られているみたいにどかんどかんと痛んで、こめかみの血管がどくどく音をたてているのが自分でわかる。こうなってしまったら、ただ薬を飲むだけではなかなか治らない。薬を飲んだ上に、十五分でもいいから寝てしまわないと。

午前中は何とか耐えたが、すでに吐き気も感じていたので食欲はまったくなかった。昼休みは寝るしかない。女子のロッカールーム横に設けられた休憩室の畳の上には先客がひとりいた。派遣社員の岩村が、生理痛で横になっていた。あたしが畳の上にからだを横たえて備品の毛布をかぶると、岩村が慌《あわ》てて起き上がった。

「すみません、わたし」

「いいのよ、休んでいて。あたしは頭痛。三十分も寝ればなんとかなるわ。あなたも起きないで寝てなさい。鎮痛剤は飲んだの？」

「はい」

岩村はこくんと頭を下げて、また横になった。

「あんまり効かないんです。毎月じゃないんですけど、たまにすごく痛む月があって」

「検査は？　婦人科で相談はした？」

「いいえ。ただの生理痛だし」

「子宮筋腫《きんしゅ》があるのかもよ。あるいは、子宮内膜症とか。一度ちゃんと調べて貰《もら》ったら？」

「そうします」

　あたしは岩村に背中を向けるように寝返りをうって、目を閉じた。こめかみのどくんどくんが激しくなっていて、短い言葉を発するのも億劫《おっくう》だった。岩村も寝返りをした気配があった。ふと、マニキュア事件の時、マニキュアをこぼしたのは岩村ともうひとりの派遣社員、畑中だったことを思い出した。

　二人はいつも仲良く一緒に行動しているが、別々の派遣会社に登録していて、この会社に勤務するようになってから知り合ったはずだ。岩村は二十六歳、畑中は二十五歳。二人とも、今どきの二十代ＯＬとしてはごく平均的、特に強い個性の持ち主ではない。あたしの基準で言えば岩村の方が少し美人度が高い気はするが、客観的に見ればどっこいどっこいだろう。ハッとして道行く人が振り返るほどの美人というわけではないけれど、まあまあ見られる、少なくとも、見合い写真を貰った男が見合い当日に腹痛を起こしたくなるようなモノではない。二人ともよく笑うし仕事中に私語も多いが、割り当てられた仕事はそつなくこなせるし、他の社員ともうまくやってくれている。だからこの二人に対しては、あたしも渡瀬課長もそこそこ満足していて、派遣会社への勤務評価報告には、毎月、Aランクを付けていた。

けれど。

岩村と畑中の二人が本当はどんな人間なのか、あたしはよく知らないのだ。企画部第二企画課の社員については、査定のこともあってできるだけ注意深く観察するようにしている。けれど、契約社員やアルバイトについては、よほど大きなミスをしたり、他の社員の仕事に差し障《さわ》るほど態度が悪かったりしない限りは、あまり気にしていなかった。

今、あたしの背中から数十センチのところに岩村の背中がある。そしてマニキュアがこぼされていたのは、この畳の上だった。

そう思ったとたん、頭痛がすっと薄れて妙にあたまが冴《さ》えて来た。腹痛が辛い岩村には気の毒だが、現場検証をするなら今しかない。

「岩村さん」

あたしはごろっとからだを反対に向けた。

「寝てる？」

「あ、いえ」

岩村はからだを起こそうとした。

「いいのいいの、そのまま寝てて。お喋《しゃべ》りくらいはできそう？」

「大丈夫です。生理痛ですから、気がまぎれた方が楽なんです」

岩村はまた、タオルを畳んで枕《まくら》の代わりにしたものに頭を横たえ、あたしの方を見た。

「係長は、大丈夫ですか？」

「うん、薬が効いて来た。でもまだお昼休みだし、もう少し寝てようと思うの。ね、岩村さん、昔のことなんでもう忘れたかも知れないんだけど、ここの畳の上に、あなたと畑中さんがマニキュアをこぼした時のこと、憶《おぼ》えてる？」

「は、はい。すみません、あの時はほんとに……先にきれいにしてから食事に行くのが常識でした。畳に染《し》みも残ってしまって」

「そんなことといいの。こんな畳、どうせそろそろ取り替えてもらわないとね、ほら、あちこちささくれちゃってるんだもん。それよりあの時ね、どうしてあんな色のマニキュアをしようとしていたの？」

「あ、あの色ですね……あの頃、神林さんがあの色をよくつけてませんでした？」

「うん、つけてたね」

「それで、わたしたちも面白い色だな、って。それをたまたま、あの前の日に畑中さんがショップで見つけたんです。安かったんで買って来てわたしに見せてくれて……わたしたち、いつも昼休みを遅らせてとってますから、みんなが戻ってからここでマニキュアを試してみようとしたんです。それをこぼしちゃって」

「それにしても、あの色って、あなたや畑中さんのキャラには合ってなかったように思うんだけど。あの後、除光液を買いに行ったんだったわよね、あなたたち。ということは、除光液を持ってないのに、あんな色の爪《つめ》にしようとしていたってことよね？ あ、ごめんなさい、なんか詰問するみたいになっちゃって。たまたまここで横になってたら、あの時のことをいろいろ思い出したんだけど……深い意味はないのよ」

岩村は、横になったままであたしの顔を探るように見ていた。その表情から、やはりあの時のことには何かウラがあったんだ、とあたしは確信した。

「わざと」

岩村は、からだを動かして天井に顔を向けた。

「わざとあんな色の爪にしてみたらどうかって……畑中さんが提案してくれたんです」

「わざと？　それは……あなたの爪を、ってことね？　確かにあの色はあなたにはちっとも似合わないものね。でもどうして、わざとあんな色に？」

「……嫌われたかったんです。……ある人からしつこく、つきあってくれと言われていて……あんなすごい色の爪にしたら、幻滅してくれるんじゃないか、畑中さんがそう言ってくれたんです。その人は、派手な女性が苦手だっていつも言ってるので……」

「話を整理していい？　あなたはその……ストーカーみたいなことをされているの？」

「ストーカーって言えるのかどうか。とにかく交際してくれとずっと言われていて、いくら断ってもまるで聞いて貰えないんです」

「その相手の男って、うちの会社の人？」

　少し間をおいてから、岩村が小さな声で言った。

「はい」

「……名前は教えて貰えないかな。決して、あなたに迷惑がかかるようなことにはしないから」

「……係長に相談しようかと思ってました。畑中さんも、係長に聴いてもらった方がいい、って。でも係長、ほんとにいつも忙しそうでいらしたんで、わたしたちが私的なことで相談なんか持ちかけたらご迷惑だろうと思って……」

あたしはゆっくりと上半身を起こした。自分も起き上がろうとする岩村を手で制し、立ち上がると、休憩室の戸をロックした。

「誰か開けようとしたら、ガタガタやるでしょ、それでわかるから、ヤバイ話も途中でやめられるわ」

あたしは肩をすくめて笑うと、岩村の横に座り直した。

「ちゃんと聞きます。そして誰にも言わないから安心して」

岩村はゆっくりと半身を起こし、ロッカーによりかかった。

「ありがとうございます……その相手の人は一課の……宇田《うだ》課長なんです」

あらまあ、と声に出してしまいそうになって、ギャグではなくあたしは口に手をあてた。

宇田課長。企画部第一企画課、同じフロアにいるもうひとりの課長で、渡瀬の確か同期だ。もちろん妻子持ち、でも人当たりは良く女子社員には評判がいい。ただ、あたしは宇田が嫌いだった。その理由は、宇田が女好きだから。

そう、なんのことはない。かれこれ四、五年前、あたしも宇田につきまとわれたことがあった。いや、つきまとわれた、という表現はフェアじゃないかも。いちおうは、交際、と呼べる状態になったこともあったのだ。宇田は当時、妻が第二子だか三子だかを妊娠中。今になって考えてみれば、妊娠している女の亭主を寝取ったわけだから、あたしもかなりえげつなかった。けれど三十を三つ四つ越えたあの頃、あたしは自分に対して自信を失いかけていたのだ。仕事でも壁にぶつかっている時期だったし、結婚を意識していた男との恋愛も見事に御破算になって、三十代をどう生きたらいいのかわからなくなりかけていた。半ばヤケクソで、コナをかけて来た当時の上司だった宇田と寝てしまい、寂しさや苛立《いらだ》ちをごまかす為に、しばらくつきあった。そんなわけだから、宇田のことをことさらに悪く言うつもりはない。ないけれど、やっぱりあの男にはムカついた。宇田は、あたしとつきあっていながら、総務部の新入社員にも手を出して二股《ふたまた》、いや、妻を入れたら三股もかけていたのだ。それがわかって、あたしは宇田の顔面をぶ厚い資料用ファイルで思いっきりぶっ叩《たた》いて別れた。あの手応《てごた》えだけはなかなか爽快《そうかい》で、楽しい思い出だ。これからの残りの人生でも、男の顔面をあんなに思いきりぶっ叩けるチャンスはそうそう巡って来ないに違いない。

要するに、あたしは宇田に損させられたとは思っていない。が、あの男の顔を見るたびにむかむかするのは今でも変わっていない。その後約一年にわたってむかむかは続いたのだが、幸いなことに別れた一年後、宇田は係長から課長に出世して二課から一課に異動になり、あたしが二課の係長になって上司には広告宣伝部から渡瀬がやって来た。それで宇田との関係も未練もむかむかも何もかも、一切が過去のものになった。企画部のフロアはけっこう広いので、宇田の顔はあたしの席からははるか彼方《かなた》、無視していれば気にはならない。それに宇田の方もすでにあたしなんかにはまったく興味がなくなっており、ここ数年はいろんな女の子のお尻《しり》を追い掛けまわしているという風の噂《うわさ》を耳にしている。

なるほどね。あのスケベおやぢのもっかのターゲットは、岩村今日子《きょうこ》、というわけか。

「岩村さんは宇田課長のこと、好きではないんでしょ？」

あたしが訊《き》くと、岩村は大きく頷《うなず》いた。

「……なんとなく、信用できない気がして……それに、たとえ課長が素敵な人だったとしても、わたしはこの会社の男性とそういう関係にはなりたくないんです。派遣で勤めた会社で不倫の相手になんかなるのって、なんだかとっても……惨《みじ》めじゃないですか。わたし、本当は……すみません、本当は正社員の口をずっと探しています。ちゃんと働きたいんです。フルタイムできっちり働いて、ボーナスももらえるようなところで。でも今はここに派遣されているんですから、仕事はちゃんとしたい。……変な言い方になるんですけど、誰にも後ろ指はさされたくありません」

「きっぱりと断ったのよね？」

「はい。……何度も。でも宇田課長、肝心のところでいつも話をはぐらかして……今は派遣もなかなか仕事の口がなくて大変なんでしょ、なんて遠回しに……」

「脅迫？」

「そこまではっきりとは。ただ……企画部のアルバイトや派遣社員のことは自分と渡瀬課長に権限がある、みたいなことをちらちら出すんです。わたし、正社員の口が見つかるまでは派遣で働くしかないですし、どうせ働くなら、慣れていて仕事も楽しい、ここで働きたいんです。なのに、宇田課長のことがあるからって自分からこの仕事を辞めてしまうのって……すごく悔しくて」

岩村は顔を覆《おお》った。

「こういうのって、悔しいですよね？　だってわたし、ちゃんと働いているのに……」

「もちろんよ」

あたしは大きく溜息をついた。宇田に対しての軽蔑《けいべつ》と呆《あき》れとが、あたしの肺から空気になって漏れた。

「あなたが辞める必要なんてないわ。あたしがなんとかする」

「でも係長、わたしが打ち明けたってことは」

「大丈夫よ、あなたから聞いたなんて言わないから。こういうことはね、曖昧《あいまい》にしておいたってろくなことにはならないのよ。だいたい、あなたはいちおうわたしの部下なのよ。自分の部下に対して理不尽な嫌がらせされて、それに対して何か手が打てないようじゃ、上司でいる資格なんてないもの」

岩村は驚いたような顔をしていたが、ゆっくりと笑顔になった。

「……ありがとうございます。わたし……宇田課長の言うことを真《ま》に受けていて」

「あの人が何か言ったの？」

「渡瀬課長も墨田係長も……僕には逆らえないんだから、って。お二人の弱味を握っているみたいなことを……」

「なんですって！」

あたしは思わず立ち上がっていた。

「ちょっとそれ、どういうこと？　あの男があたしのどんな弱味を握ってるって言うの？」

「わ、わかりません。具体的なことは何も言ってませんでした。ただ、だから二人に相談しても無駄だ、みたいなことを遠回しに言われて」

あの野郎っ！

あたしは拳《こぶし》を握り締めていた。断じて赦せない。絶対に赦さない！

「もう大丈夫よ」

あたしは自分でもびっくりするほどドスが効いた声を出していた。

「何も心配いらないわ。きっちりケリはつけてあげる」

＊

アルバイトの加奈みどりに社内探偵役を命じるのはこれで二度目だが、みどりはすっかりその役が気に入っている。しかも有り難いことに、その秘密指令を請け負っている間は、見ていてはっきりわかるほど真剣な顔つきになっていた。あの顔ならば、あたしの指令を誰かにぺちゃくちゃ喋《しゃべ》ってしまう心配はいらないだろう。あれでもう少し、本来の業務にも熱を入れてくれたら言うことないんだけど。あたしは、三日前にみどりに頼んでおいた写真の整理が、まだ一枚もされていないままの箱を覗《のぞ》き込んで小さな溜息をついた。

来年の夏、八ヶ岳《やつたけ》で行われる音楽祭用の資料写真だった。来日予定の音楽家の顔写真や、八ヶ岳の風景、草花の写真や、今年の音楽祭の光景など。キャンペーン用のポスターやパンフレットを作成する為《ため》の参考資料なのだ。その音楽祭は、あたしがはじめて社長賞を貰《もら》った企画だった。第一回が開催されたのはもう十年も前のこと。障害を持つ子供たちに音楽を通して社会参加して貰う、というのがテーマだったコンペに、それならば実際に音楽で身をたてている大人の障害者の姿を子供たちに見て貰い、本物の音楽と本物の希望を肌で感じて貰いたい。それがあたしの企画趣旨だった。世界中から、何らかの障害を抱えながら第一線で活躍している音楽家を集め、無料で野外コンサートを開く。費用も莫大《ばくだい》にかかり、準備にかかる手間も膨大、しかも、子供たちの安全を確保する手立てをどうするのか。コンペには勝ったが、実現までには途方もない難題が山積していた。所詮《しょせん》は絵に描いた餅《もち》だ、と、あたしの企画そのものが嘲笑《ちょうしょう》されたこともあった。それまでに、二、三の企画で当てていたあたしに対して、思いあがっているとか偽善的だとか、風当たりが一気に強まった。

嵐《あらし》のような一年を乗り越えて、音楽祭は開催された。そして、成功した。

けれど、あたしにとっての本当の勝利、喜びは、それから六年も経《た》ってから訪れた。

十九歳の盲目の天才ピアニスト、桂木《かつらぎ》陽《よう》。レコード会社が躍起になって売り出しにかかっていたその、失明した美少年ピアニストが、テレビのインタビューでにこやかに言ったのだ。六年前、十三歳の時に八ヶ岳であの音楽祭を体験し、それで自分もプロの音楽家として生活していく希望を持てた。僕の未来はあの音楽祭によって開けたんです。

泣いたなぁ。

あたしは思い出していた。

そのインタビューのビデオを見せてもらった夜、あたしは自分のベッドの上でたったひとり、祝杯をあげながら声をあげて泣いた。

生まれてはじめての、嬉《うれ》し泣き。

生きていて良かった、と思った。生きて来て良かった。生まれて来て良かった。

あたしがあたしで、良かった。

そう思えた、あの夜。

負けられないんだ。あたしは写真を箱に戻した。今、ここで引き下がることはできないんだ。八幡が言っていたことがある。あたしが上を目指してもがき苦しむことで、細く頼り無いものであってもそこに道ができる。その道をのぼって来るたくさんの、来年のあたし、五年後のあたし、十年後のあたし、未来の、あたし。あたしの予備軍の為に、ここで立ち止まるわけにはいかない。

3

「いや、珍しいじゃない。墨田さんから呼び出しを受けるなんてね」

宇田は上機嫌だった。

「このスモークサーモン、相変わらず旨《うま》いね。この店に来るのも久しぶりだよ。内装は変わったけど、味は変わらないねぇ」

宇田は生ビールをぐびぐびと飲んでいる。あたしはちろちろと、小さなグラスに入ったストレートのアクアビットを舐《な》めている。アルコール度数は四十度、怒りをふっふつと持続するのにちょうどいい度数だ。

「墨田さんも頑張ってるじゃないの。第二の方が勢いがいいぞって、部長にハッパかけられたよ、昨日」

あたしは答えないで、ただ愛想笑いだけしながら、サーモンをフォークに山盛りにして口に詰め込んだ。こんなやつと世間話なんかするつもりはないし、ここの勘定だってきっちり割り勘にするんだから、できるだけ食べないと損だ。

「いやぁ、時の経つのは早いもんだよね。僕んとこも、もう下の子が幼稚園だよ、上なんか今年から小学生だからね。僕も歳《とし》をとったよなあ」

時ってのは誰の上にも平等に流れるもの。あんたが歳をとったってことは、あたしにも、歳くったな、って言ってるのと同じことなんだよ。だけどあたしはあんたと違う。無駄に歳くって、どんどん薄汚くなったりはしない。

あたしは小さなグラスを一気にあけた。四十度の酒が喉《のど》から胃へと燃えながら流れていく。ひと息ついてから、あたしは、バッグから取り出した小さなヴォイスレコーダーをテーブルの上に置いた。

無言のままでスイッチを入れる。

『……なんだよ。僕の言ってること、わかる？　人事部の沢田《さわだ》課長も僕の後輩で、相談にはのってくれると思うよ。この会社は条件、いいでしょう？　どうせ正社員の口を探すなら、慣れている会社でしかも条件のいいところがいいんじゃないの？　君は僕のこと誤解してるんだと思うな。君の為に、いろいろと手は尽くしているつもりなんだけどね、これでも。いや、ここだけの話、うちも派遣契約のリストラ案は出ているからね。僕は君に対して真剣な気持ちなんだよ。君を最初に見た時からずっと……』

宇田の口があんぐりと開いた。人さし指でスイッチを切り、宇田の顔を見ながらまた入れる。

『……ずっと思っていたんだ。とってもしとやかで女らしい人だなあってね。君も知ってるだろ、うちの会社は元気のいい女性が多くてさ、まあそういう時代なんだろうけれど、あんながさつで無神経な女性たちに囲まれて仕事していると、君みたいな人の存在が心の癒《いや》しになるんだ。それに僕とつきあえば、君をせめて契約社員として雇用してあげられると思うし、君にとってもこれは悪い話じゃないはずで……』

またスイッチを切った。

「がさつで無神経な女とこうやって食事していても楽しくはないでしょうけれど」

あたしは、下腹に力を入れて声に迫力と呪詛《じゅそ》をこめた。

「この録音はちょっと、問題になりそうだとは思わない？　管理職であるあなたの意見を聞いておいた方がいいかな、と思って」

「そ、そんなもの、どこで……」

「うちのバイトの加奈さんがね、資料室で調べものしていたら、壁ひとつ隔てた社史編纂《へんさん》室から岩村さんの声が聞こえて来たんで、お喋《しゃべ》りでもしようかと思ってドアを開けかけたら、あなたと岩村さんが深刻な顔してたんですって」

「た、立ち聞きなんて、下品なことを！」

「あなたの口から品なんて言葉が出ると驚いちゃうわよね」

あたしはせせら笑ってやった。

「加奈さんって機転のきく子なのよ。あなた知ってる？　最近の携帯電話ってね、会話の録音もできて、それを音声データにしてインターネットで流したりもできるんですって」

ほんとにそんなことができるのかどうかなんて知らないが、アルバイトの女の子が常日頃からヴォイスレコーダーを持ち歩いていた、というのはあんまり穏やかではないので、この程度の嘘《うそ》は見逃して貰おう。もちろん実際には、加奈みどりはここ数日、ポケットの中にヴォイスレコーダーとデジカメを忍ばせ、岩村の行動をきっちり見張っていたのだ。本当は宇田を見張りたかったのだが、気づかれてしまうと元も子もないし、バイトの身で課長にへばりついて移動するのは難しい。いずれにしても宇田には我慢なんてものはできないだろうから、一週間も見張れば岩村に接近するはず、と踏んでいた。期待に応《こた》えてくれた宇田に、感謝である。

「誤解だ！」

宇田は強がってワハハ、と笑った。

「これはね、えっと、違うんだよ。君が考えているような事情じゃないんだ。岩村さんに訊《き》いてみればいいよ。僕はそんな、派遣の女の子に条件を出して交際を迫るようなそんな真似《まね》は……」

誤解も六階もあるかっ、と、今どき誰も言わないようなことを口から飛び出させてしまう前に、あたしは怒りを抑えてめいっぱい薄気味悪く微笑《ほほえ》んだ。

「語るに落ちる、って言葉があるの、ご存じ？　派遣の女の子に条件を出して交際を迫る。なるほど、とても端的によくまとめてくださってありがとう。この会話は、そういう意味だ、ということよね」

宇田は開き直ったようだ。余裕のあるところを見せたいのか、煙草《たばこ》の箱を取り出して一本つまんだ。指先が震えているのに。

「何が望みだ」

「煙草は遠慮してくださる？　苦手なの」

あたしは冷たく言ってやった。宇田が憮然《ぶぜん》として箱を胸ポケットにしまう。

「ねえ墨田さん、僕とあなたの仲なんだから、こんなまわりくどいことしなくてもいいじゃないの。何か僕にして欲しいことがあるなら、ストレートに言ってよ。君の為だったら僕はできるだけのことをするつもりだよ。何か、そう、渡瀬くんに不満があるとか、なんでも遠慮なく言って欲しいな。僕は前々から、渡瀬くんより君の方がはるかに実力があると認めていたんだから……」

そんなことはあんたに認めてもらわなくてもあたし自身が認めてるわよ。あたしは、ふん、とかっこつけてからウエイターを呼んでアクアビットのお代りを頼んだ。

「望みを言っていいの？」

あたしは流し目をしてみた。宇田は取り繕った余裕の表情が早くも崩れかけていたが、あたしの言葉にパッと顔を輝かせた。

「ああ、いいとも！　僕にできることならなんでもする、君の為なら！」

「たいしたことじゃないのよ」

あたしはにっこりした。

「今後、一切、あたしの部下の女の子たちには手を出さないで欲しいの」

「あ、ああ」

宇田は顔をしかめたが、あたしが睨《にら》みつけるとすぐに頷《うなず》いた。

「わ、わかった。もう何もしない。岩村さんにも何も言わない。約束する」

「それと」

あたしはゆっくりとアクアビットを舐めた。

「あたしの前からできるだけ早く消えて」

「……え？」

「消えてちょうだい。方法は任せるわ。辞表を出すとか異動願いを出すとか、仮病をつかって休職するとか引っ越しして転勤願いを出すとか、まあいろいろあるわよね。あなたにも家庭があることだし、今すぐに、とまでは言わない。でもね」

あたしはヴォイスレコーダーを掌《てのひら》の上でくるっと回した。

「こいつには賞味期限がある、ってことは憶《おぼ》えておいて。さっきも言ったけど、データをインターネットで公開して、誰でも聞けるようにすることだってできるのよ。あたしがしびれを切らして過激な行動に出たくなる前に、決断した方がいいでしょうね。そうそう、来年うちの子会社になるサンライズ音楽企画に出向ってのはなかなかいいかもよ。あなたのキャリアだったら希望を出せばきっと通ると思うし、部長になって形式的には栄転、ってのは間違いないところね。そうすればあなたのメンツは立つでしょ？　まあ給料はちょっと下がるかもわからないけど、あなたのとこは親から譲ってもらった持ち家でローンもないし、なんとかなるでしょ？　少なくとも、このデータがばらまかれて、大恥かいた上に地方に左遷《させん》されることを思えば、遥《はる》かにいい条件だと思うな」

「なんて女だ！」

宇田は唾《つば》を飛ばして叫んだ。

「お、おまえってやつは……そんなに俺に捨てられたのが悔しいのか！　自分の部下が若くて美人だからって、その部下に嫉妬《しっと》してこんなことを！」

「なんですって？」

あたしは腕を伸ばした。そして宇田の胸ぐらを摑《つか》み、ぐいっと引き寄せた。

「どのツラ下げてそういう寝言を並べてんのよ、このバカ。あんたを見限ったのはあたしの方だっての忘れたの？　いずれにしたってね、あたしはもうあんたなんかと、一切かかわりたくないの。だからあたしの目の前をうろうろして欲しくないのよ。あんた、あたしの弱味を握ってるとかって誰かれかまわずフイたんですって？　耳に入ってんのよ。いったいどんな弱味なんだか、今ここで出してもらおうじゃないの。あたしと寝た時の裸の写真でも盗み撮りしてた？　うん？　そんなもんがあるんだったら見せてごらん。あんたがそれをチラッとでもあたし以外の他人の目にふれさせたが最後、あんたは破滅するからね。あたしと刺し違えるつもりだったらやってみるのね。だけどね、あたしには怖いもんなんてないのよ。亭主も子供もいない気楽ないかず後家ですからね、笑われたって石投げられたって、あたしひとりで受ければいいことよ。でもあんたは違う。あんたには家族がある、でしょう？　あたしは容赦しないわよ。あんたの奥さんやガキに恨みはないけど、あんたがあたしを陥《おとしい》れる気だったら、あんたの家族ごと地獄に引きずり込むことなんて屁《へ》とも思っちゃいない。どう、やってみる？　あたしに勝てるかどうか、本気で喧嘩《けんか》売ってみる？」

「そ、それでも」

宇田は顔面蒼白《そうはく》になっている。

「それでも女か、おまえは」

「おあいにくさま」

あたしは笑った。

「これ以上ないってくらい、女そのものよ。何を勘違いしてんだか知らないけどね、女らしいってことは、男の都合のいいように動く、男に逆らわないってことじゃないのよ。本物の女らしさってのは、女としてのプライドを簡単に譲らないことなのよ。どうせあんたには、一生かかったって理解できないことでしょうけどね。あたしにはあたしのプライドがあるの。そしてあたしは、それを守るためだったら、他のなんだって犠牲にするのよ」

あたしは摑んだ胸ぐらを思いきり放り出した。宇田は背中から椅子《いす》にぶつかり、半分椅子からずり落ちた。ものすごく惨《みじ》めな姿だった。不様《ぶざま》で滑稽《こっけい》だった。

「……おまえみたいな女に惚《ほ》れられた八幡は災難だな」

宇田が低い声で笑った。惨めな姿のままで、イタチの最後っ屁をかまそうとしている。あたしは宇田の顔を睨んだまま次の言葉を待った。自分と八幡とのことは、やっぱり社内で噂《うわさ》になっていたのだ。こいつはどうせろくなことを言わないだろう。聞いても不愉快になるだけだ。けれど、どんなふうに言われているのか知りたい、という欲望には勝てなかった。

「せっかくオーストリア行きが決まりかけてたのに、おまえが邪魔して駄目になったんだろ、八幡のやつ。おまえはそういう女なんだ。意地が悪くて根性がひねくれてる。最低の女だよ。八幡はゲテモノ食いなんだな」

あたしは少しの間、へらへらと笑っている宇田を見ていた。そんなふうに言われてたのか。なるほどね。少し悲しかったけれど、別にいいや、と思った。嫌われるのにも陰口を叩《たた》かれるのにも慣れている。自分の性格が悪いのも知っている。だからどうだって言うのよ。だけど、ゲテモノ、ってのは聞き捨てならない。八幡を笑うのは赦さない。これもあたしの、ちっぽけなプライドを守る戦いなのだ。

あたしは拳《こぶし》を握り固めた。そして、思いきりテーブルから身を乗り出し、半分椅子から落ちかけたままのだらしない宇田の腹に狙《ねら》いをつけた。

ボスッ

鈍い音がした。宇田は黙ったままでおとなしく、テーブルに頭を突っ伏した。

「言わなかったかしらね」

あたしは小声で囁《ささや》いた。

「ダイエットボクシングってのやったことあるって。今でもたまに、スパーリングしに行くのよ」

ウエイターが不安げな顔でノビてしまった宇田を見ている。

「あらあらまああ、酔っぱらってしまって！　徹夜続きで疲れてらしたんですねぇ、課長さぁん」

あたしは大声でわざとらしく言いながら宇田のかたわらに立ち、アクアビット二杯にスモークサーモンの値段を伝票で確認し、その分の金を宇田の顔の下にねじ込んだ。ここはきっちり割り勘でお願いしますね、課長。

その時、それに気づいた。宇田の胸ポケットから覗《のぞ》いている、その奇妙な色。アーミーグリーン。

あたしは、慎重に指の先だけでそれをつまみ、引っ張りあげた。名刺入れだ。アルミ製で薄型の、なかなか洒落《しゃれ》た名刺入れ。その名刺入れの細いマチ部分に、べったりとアーミーグリーンの何かがへばりついている。考えるまでもなかった。これはマニキュアだ。しかも……この模様は……畳の目？

謎《なぞ》は解けた。消えたメモ書きの謎。マニキュアを畳にこぼした岩村と畑中は、後で自分たちで掃除します、とメモを書いて部屋を出た。だがそのメモは消えていた。メモを持ち去った人間は、同じ色のマニキュアをしていた神林にその罪をなすりつけようとしたのだ、誰もがそう思った。神林も思った。けれど。

この男は、なんと、女子ロッカールームに岩村がいることを知っていて、いったい何を企《たくら》んだのか、休憩室にまで押し掛けたのだ。だが畑中も一緒にいると声でわかったので、中へは入らずにいたのだろう。二人が出て来てランチに出かけて行く。休憩室は中からは鍵《かぎ》がかかるが、外からはかけられない。無人の時は誰でも中に入れるのだ。このスケベ男は、ふらふらと休憩室の戸を開けた。そして、べったりとこぼれたマニキュアをみつけた。さらに、岩村の署名のあるメモ書きも。

この男が陥れようとしたのは、神林ではなくて岩村だったのだ。自分の意のままにならず、なかなかなびこうとしない女を泣かしてやりたい。まったく、あんたは小学生か。

名刺入れは、メモ書きを拾い上げた時にでも落としたのだろう。こうやって胸のポケットに入れておくのがこいつの癖なのだ、きっと。だから下を向いて何かを拾い上げれば、落ちることもある。

悪さをした時は、証拠隠滅を忘れずに。名刺入れに着いたマニキュアを落とすくらいの手間はかけたらどうなんだ、このズボラスケベ！

この名刺入れも、この男をとっちめる材料にできないことはないな、とあたしは少し迷った。なんと言っても、女子の休憩室にこっそりと入りこんだというだけで、社内でのこの男の信用はガタ落ちになるだろう。

けれど、結局、あたしは名刺入れを元通りにポケットに落とした。この男は小心者だ。これだけ脅かしておけば、そのうち、自分から逃げて行くだろう。だがそれはこの男の人生にとって、けっこう大変な問題になる。自業自得《じごうじとく》ではあるけれど、引っ越しするにしても子会社に移るにしても、家族に迷惑はかかるだろうし、こいつの人生設計も変更を余儀無くされるわけだ。それは報いだし天罰だが、こんなやつを苦しめたって一文の得にもならないし、あたしはそんなことは願っていない。ただ、こいつの女癖はたぶん病気みたいなもので、そう簡単には治らないだろう、そう思っているだけだ。こいつがあたしと同じ部屋で働いている限り、第二、第三の岩村があたしの目の前で泣かされることになる。

それを認めることはできない。八幡が言ってくれたんだもの。あたしは、道をつくっている最中なのだ。そしてその道を、いろんな顔をしていろんな化粧をして、いろんな性格を持った女の子が歩いて来る。その子たちの足下に、ぽっかりとあいた穴をそのまま残しておくことはできないのだから。

宇田はまだノビている。ほんの少しだけ、気の毒になった。こんな男にも妻がいて子供がいて、愛してくれる人間がいるのだ。こんな情けない男にも。

あたしは大きくひとつ溜息をついて、うつ伏せたままの宇田の肩に手を置いた。

「殴ってごめんなさい。……暴力ってのは女らしくないよね、やっぱり。女のプライドは、腕力で守るもんじゃないもんね。あたしももう少し修行するわ。だからあなたも、もっと男らしくなって、そんな不様な生き方から脱皮して。お互い、いつか、もうちょっとましな男と女になったら、またお茶でも飲みましょ」

気絶しているはずの宇田が小さく頷《うなず》いたように見えたのは、目の錯覚だったのだろう、きっと。

エピローグ

『……そんなわけで、長期休暇の申請が通ったら一度日本に戻るつもりです。このへんでもう一度、わたしの人生を建て直してみたいな、なんてね。まあそんな大袈裟なものじゃないけど、のんびりと電車に乗って、駅弁なんか食べながらひとり旅でもしようかと思ってます。翔子も肩の力、たまには抜いてね。今日もペリカンがたくさん窓の外を飛んで行きます。ペリカンって頭でっかちでおかしいよね。でもペリカンを見るたびに、あの日の女の闘いを思い出して、ついつい、笑っちゃうの。ごめーん。

ではまた。

愛美』

愛美が日本に戻って来る。転機なのだ。あたしにも愛美にも、今が人生の、転機。

あの日の女の闘い、か。ペリカンに石をぶつけようとした嶺奈にあたしが殴りかかって。あたしにとってあの日のペリカンは、いろんなもやもや、嫌なこと、苦しいこと、考えたくないことを頭から追い払ってくれる、自由の象徴だった。そのペリカンを守る為《ため》に、あたしは戦った。

ペリカンは、今日も元気にケアンズの空を飛んでいるらしい。

いろんなもやもや、嫌なこと、苦しいこと、考えたくないことは、今でも毎日ふつふつと増えていて、頭でっかちなあたしのペリカンは、あたしの空をなかなか飛んでくれない。

それでもまあ、あたしはまんざら不幸せでもないと思っている。仕事もあるし、マンションもあるし、貯金もあるし。

持っていないものもいっぱいあるけれど、持っているものもたくさんあるんだから。

それで、と。

あたしは、パソコンの電源を切り、会社から持ち帰った書類を膝《ひざ》の上に載せてベッドの上にあぐらをかいた。

オーストリアへの補充人員の推薦表。オーストリア勤務を希望している企画部員の名前が並んでいる。企画部は社内でも希望者が多い部署なので、海外勤務が目的でも、企画部から出たいと申し出る者は多くない。会社側からは、企画部から二名は出して欲しいと言われたと、渡瀬がこのリストをあたしに手渡した。人選は君に任せるから、と。一課はもう推薦者が決定していた。二課からもひとり、今週中に決めないとならない。

これで終わりなのかな。

あたしはその名前の上を、人さし指でそっと撫《な》でた。

まだ始まってもいないのに、終わりになっちゃうのかな。

溜息をひとつ。またひとつ。

同情じゃない。嫌な噂《うわさ》を打ち消したいからでもない。八幡のあの、苦痛を喉《のど》から振り絞るみたいな告白を聞いてしまったから、でもない。考えて考えて、それで決めたことだから、もっと胸を張って丸を付けないとね。

もう一度最後に溜息をついてから、ゆっくりと、あたしはボールペンを舐《な》めた。まずい。

それから、その名前の前に、丸を描いた。

これで終わりじゃない。パスポートは持ってるし、飛行機代くらいはいつだって通帳からおろせるし、有給休暇はたまってるし、ドイツ語だって……その気になれば、習いにいけないこともないんだし。

さ、もう行かないと遅刻だ。あたしはリストをバッグにしまってベッドから飛び降りた。今日の爪《つめ》はアーミーグリーン。っていうより、これって、カーキ色？　どっちにしたって変な色。だけどせっかく買ったんだから、一度くらいはつけてみたかったのよね。それでこんな爪で会社に行ってみたかった。

お天気はいいし、残暑は厳しそうだし、だからどうだというわけでもないけれど、今日は自分に冒険を許す日。そう決めたからこの爪で出かける。

ぎらぎら照りつける夏の太陽の悪あがき、九月のヒートアイランド東京は、灼熱《しゃくねつ》の戦場だ。

エレベーターを降りてエントランスの自動ドアを出ると、眩《まぶ》しい光が一斉に襲って来る。太陽に手をかざすと、無気味な色の爪が白い光の中、小さなバッタが跳んでいるみたいにちらちらと輝いて見える。

いち、に。いち、に。あたしは兵隊さんのように、大きく手を振って歩道を歩き出す。今日もしっかりＮＨＫの朝の連続テレビ小説を見たし、朝ご飯にカップスープとトーストも食べたし、会議資料は全部揃《そろ》ってるし。

負けないもんね。絶対に。

解説

柊子《しゅうこ》
（俳優・作詞家・作家）

翔子さんに、会いたい。

これは、『ワーキングガール・ウォーズ』を読み終えたわたしの胸いっぱいに広がった気持ちだ。けれどそれと同時に、もし翔子さんに会ったら、彼女の目にわたしはどんなふうに映るのだろうと少し不安にもなる。女としてもっとプライドを持ちなさい、と背中を叩《たた》かれるかもしれない。

主人公の墨田翔子は、大手音楽会社に入社して十四年と十カ月の三十七歳。企画部係長、未婚。都内にマンションを持っていて、毎朝出勤前にはＮＨＫの朝の連ドラを見ながらシリアルに牛乳をかけバナナを一本添える。コーヒーはブラック。ネイルはベージュ。だけどランチはひとり。そんなの、もう慣れっこだ。仕事はできるが、周りからは煙たがられる存在と自覚している翔子。

ある日、ストレス解消のためケアンズ旅行を計画し、ネットで知り合った旅行会社に勤務するもう一人の主人公、嵯峨野愛美と出会う。働く女性たちのリアルを描きながらも、小さな謎解きが含まれた連作集。その謎がエッセンスとなり、読み進める手が止まらない。

実はわたしには、柴田さんの人気シリーズの一つである猫探偵正太郎シリーズのなかから、『猫は毒殺に関与しない』の登場人物・桜川ひとみを舞台で演じさせていただいた過去がある。本書のこととは話が逸《そ》れるが、わたしと柴田よしきさんの関係について少し話したい。

わたしが柴田よしきさんと出会ったのは高校生の頃だった。わたしは俳優を志し関西から上京してオーディションを受ける日々を送っていた。ある日、所属事務所の先輩である元プロ野球選手の嶋尾康史氏が、柴田よしきさんからプロ野球について取材を受けたという（※『クロス・ファイヤー』（徳間書店）』）。そのご縁からわたしもご挨拶《あいさつ》させていただいて以来、一緒に野球観戦をさせていただいたり、お食事をさせていただいたり。お会いするといつも愉《たの》しいお話を聞かせてくれる。もう何年も前のことだが、わたしが痛烈に覚えている柴田さんの一言がある。それは「柊子ちゃんのお鼻、かわいいね」だ。なんのこっちゃと思われるだろうが、当時のわたしはその言葉にかなり救われた。ずっと自分の鼻の形にコンプレックスを抱いていたのだ。柴田さんはそのことを知らなかった。それなのに出会って何度目かのとき、わたしの鼻を褒めてくれた。いま思うと、すべてお見通しだったのだろう。人間のリアルを描き続ける柴田さんには、わたしの隠したいことなど、きっと手に取るようにわかってしまう。

舞台『猫は毒殺に関与しない』のＰＲ番組出演にも、柴田さんは笑顔で応じてくれた。そのなかで、柴田さんは小説家になったきっかけについて、このように語っている。

「子どもの頃から、自分は将来小説を書く人間になるんだろうな、と思っていた。はじめて小説を書いたのは小学二年生か三年生のときで、大学の終わり頃まで書いていたけどフッと熱が冷め、それから十年ほどは書かなくなった。その後結婚、出産。子どもが毎晩夜泣きをし、そのたびに起こされる。子どもはまた寝られるけど大人はそうはいかない。そのまま朝まで本を読んだりして……。そんなとき、ふと書き始めたのが推理小説だった。一年のうち二〜三作応募して、初めての長編作が横溝正史賞をいただいてしまって、デビューが決まった」

そんなことがあるものなのか、わたしは言葉が出なかった。柴田さんは次のように続けた。

「だからいわゆる修業はしていない。書かなくなった十年のブランクに大きな意味があったのかな、と。推理小説やエンターテイメントって、実は大人の小説。いろいろな生活や社会のことを体験しないと話に膨《ふく》らみを持たせられない。OLをしたり結婚をしたり普通の生活を送ったことが結局全部役に立ったのかな」

本書のなかで「あるある」「いるいる」を連発してくる登場人物たち。一見、嫌みな人間も何かしらの思いを抱えている。その思いを知ったとき、すべてのキャラクターが愛おしい。そんな彼らのオフィスという日常のなかに、謎が溶け込んでいる。その謎が解けたときの爽快感といったら。

それから思わぬところで、わたしの身近な人物と翔子が重なった。日曜日になると痛み出す翔子の偏頭痛《へんずつう》。わたしには六つ年上の姉がいて、翔子と同じ症状なのだ。その理由が八幡の言葉でわかった。サンデー・ヘッドエイク。「会社が休みの日に痛むことが多いらしいスよ。普段は緊張している頭がリラックスしてゆるむと毛細血管が拡張して痛むとか」

姉は月曜から金曜まで働いて、週末になるとランチでもどう？ と誘ってくれる。そうして時折、こめかみのあたりを押さえながら、会社でのあれこれを話したり愚痴《ぐち》をこぼしたりする。わたしは会社に勤務するという経験がないので姉の話を聞くことしかできない。それがどうだろう。『ワーキングガール・ウォーズ』を読んでいると、これまで姉から聞かされてきた話がむくむくと起き上がる。まるでドラマを見ているようだ。翔子が、八幡が動き出す。本書で描かれている女性たちは、必ずどんな社会にもいる。

また、京都やオーストラリアの観光名所が随所に出てくるのも魅力の一つだ。ページをめくるたび、色々なところへ連れて行ってくれる。ケアンズのツアー会社の裏事情も知ることができて嬉しい。

第三十三回日本アカデミー賞最優秀作品賞受賞作品「沈まぬ太陽」でメガホンをとった若松節朗《わかまつせつろう》監督に、「渡辺謙《わたなべけん》の芝居には匂いがある」という話を聞かせてもらったことがある。柴田よしきさんの作品を読むと、その言葉を思いだす。一緒だ。「いる」だけで終わらせない。柴田さんの描く女性には匂いがする。だから忘れられず、離れられない。

物語のラストで、翔子は宇田の胸ぐらを摑《つか》んで啖呵《たんか》を切る。

「本物の女らしさってのは、女としてのプライドを簡単に譲らないことなのよ」

この言葉に震えた。翔子は宇田にそう言ったはずなのに、わたしの胸はいまだにドキドキとうるさい。

本書を読んでわたし同様翔子に惚《ほ》れた読者は、姉妹編『やってられない月曜日』も必読。物語の主人公は、翔子の従妹《いとこ》である高遠寧々《たかとおねね》。彼女の月曜日から金曜日の憂鬱《ゆううつ》な日々が綴られた連作短編集だ。

何かにくじけそうになったとき、わたしたちはきっと翔子さんを思い出す。

——負けないもんね。絶対に。

二〇二二年十二月

この作品は2007年4月新潮文庫より刊行されました。
なお、本作品はフィクションであり実在の個人・団体などとは一切関係がありません。

徳間文庫

ワーキングガール・ウォーズ

2023年1月15日　初刷

著者　柴《しば》田《た》よしき

発行者　小宮英行

発行所　株式会社　徳間書店

東京都品川区上大崎三−一−一　〒141−8202
目黒セントラルスクエア

電話　編集〇三(五四〇三)四三四九
　　　販売〇四九(二九三)五五二一

振替　〇〇一四〇−〇−四四三九二

印刷
製本　大日本印刷株式会社

ISBN978-4-19-894812-2　(乱丁、落丁本はお取りかえいたします)